UN HOMME
s'il vous plaît !

118, avenue Achille-Peretti – CS 70024
92521 Neuilly-sur-Seine Cedex
www.michel-lafon.com

India Desjardins

UN HOMME
s'il vous plaît !

Michel LAFON POCHE

À mes parents
À toutes les célibataires

1

NOUVEAU PARQUET + IN ET OUT

J'ai été brusquement tirée du sommeil ce matin. La tête enfoncée dans mon oreiller, je me suis rappelé que j'avais engagé quelqu'un pour me poser du parquet flottant dans le salon. Je suis locataire, mais je vois ça comme un investissement dans mon espace. J'ai lu quelque part que c'était zen ou un truc du genre. Le problème, c'est que j'avais oublié de le noter sur mon agenda (ce n'est pas un rendez-vous si important, après tout). Et je suis rentrée tard, après avoir passé presque toute la nuit dans un bar qui vient d'ouvrir dans mon quartier. J'ai croisé mon ex-ex, Yannick Paquin. On est sortis ensemble il y a un peu plus de deux ans. Yannick est propriétaire d'un bistrot branché, et il est ami avec le propriétaire du nouveau bar, ce qui m'a permis d'avoir un traitement VIP (lire : beaucoup de consos gratuites). C'est bien la seule chose que Yannick puisse offrir à qui que ce soit. C'est un être infiniment égocentrique, mais surtout, c'est un *amourophobe*. Je l'ai appris à mes dépens dans cette longue et pénible histoire d'amour qui a failli me coûter la peau. Pas qu'il soit cannibale ni qu'il collectionne les peaux de filles pour s'en faire des manteaux, mais disons simplement que notre histoire d'amour (ou plutôt notre histoire *tout court*) a été compliquée. Il me faisait une déclaration d'amour (ou plutôt une déclaration *tout court*) digne des plus grands films romantiques et, une heure plus tard, il me quittait en me disant qu'il ne voulait pas s'engager. Il répétait ce manège une fois par semaine. Ça m'a rendue légèrement (ou plutôt *très*) parano, côté affectif.

Je suis restée, malgré tout, en très bons termes avec lui. Mes copines croient que je devrais le rayer de ma vie, car en étant son amie, je suis toujours, à un verre près, à même de retomber dans le panneau. (Elles n'ont pas tort de s'inquiéter, je me suis remise avec lui au moins un million de fois après avoir juré : « C'est un salaud ! Je ne le reverrai plus jamais ! ») J'ai heureusement fini par comprendre que nous étions incompatibles côté sexuel. Lui, il voulait baiser avec plusieurs filles, et moi, je ne me faisais baiser que par lui. (À noter que même si ça fait la fille amère, c'est bel et bien de l'histoire ancienne.) Mais je vois ça plutôt comme un apprentissage personnel (j'ai sûrement lu ça aussi dans un magazine qui parlait de paix intérieure). Le fait de côtoyer mon plus retentissant échec amoureux pourra peut-être me permettre de comprendre où je me suis trompée et, éventuellement, m'aider à trouver quelqu'un avec qui j'aie plus d'affinités (traduction : quelqu'un qui sera tout le contraire de lui).

Toujours est-il qu'hier nous avons parlé toute la soirée. De tout et de rien. J'avoue que parfois, simplement par manque de chaleur humaine (traduction : par manque de sexe animal), j'aimerais bien m'accorder une dernière nuit torride avec lui, totalement-sans-attaches-vu-que-maintenant-c'est-vraiment-fini, mais chaque fois que cette envie surgit, j'entends toujours la voix de la sagesse, celle de mon amie Roxanne, ma meilleure amie, qui me dit que je devrais m'enfuir en courant. (En fait, ses propos ressemblent plus à : « Ce sale chien ! Si je pouvais, je le ferais castrer ! ») Roxanne peut bien parler ! Elle est mariée avec un mec super-extraordinaire-attachant-attentionné-merveilleux-et-j'en-passe depuis l'université, a deux enfants et vit dans un appartement en ville, assez grand pour quatre personnes avec mignonne petite cour gazonnée et chien… Bon, elle n'a pas de chien. Mais elle pourrait en avoir un, ça s'agencerait très bien avec sa vie parfaite. Alors hier, quand Yannick s'est approché de moi, qu'il m'a embrassée dans le cou et m'a proposé de le suivre chez lui, j'ai entendu la voix de Roxanne, ce qui, avouons-le, est assez tue-l'amour. Et je suis rentrée. Seule.

L'homme qui vient poser mon parquet est dans le salon. Pendant que je tente d'avoir une certaine contenance malgré ma gueule de bois et de lui expliquer ce que j'aimerais comme décor, il évalue le travail qu'il aura à faire. Il est pas mal, pour un mec-qui-pose-des-parquets. C'est l'ami d'un ami, et le prix qu'il me demande est très raisonnable.

Je ne détestais pas mon plancher. Mais tous ceux qui venaient chez moi me faisaient remarquer qu'il était vieux. Et qu'avoir un bel environnement qui me ressemble me motiverait pour trouver un emploi qui me passionne. Depuis que j'ai mon bac, je change de travail sans trouver vraiment ce que je veux faire. À vingt-quatre ans, semble-t-il, être incapable de maintenir son intérêt pour un emploi est un symptôme du trouble de déficit de l'attention. Cependant, si je me fie à Google quand j'y mets tous les symptômes que je décèle chez moi, je serais atteinte d'un trouble de déficit de l'attention, d'autisme, de sclérose en plaques, du syndrome de la Tourette, et j'en passe. Je n'ai d'ailleurs plus le droit de me présenter aux urgences de l'hôpital, à moins d'être à l'article de la mort.

Je loue mon appartement sur le Plateau-Mont-Royal pas trop cher, compte tenu des loyers exorbitants du quartier. Pourtant, ça me fait mal au cœur de payer moi-même un nouveau plancher. Je ne gagne pas encore très bien ma vie et j'économise mon argent pour les trucs essentiels (vêtements, chaussures, places de spectacles...). Toutefois, les pressions de mon entourage ont eu raison de moi et je me suis résignée à investir.

Pendant que l'ouvrier sème ses outils un peu partout dans mon appartement, j'ouvre le journal à la page des *In* et des *Out*. Non pas que ce soit plus important que le reste de l'actualité. Non, non, la politique, ça m'intéresse aussi. (Ouais, bon, la vérité, c'est que je pourrais être un petit peu plus informée à ce niveau-là... Hé, hé.) Mais j'aime à m'assurer que je suis toujours au top côté tendances.

In :

- La vaisselle bicolore. (Parfait, j'en ai !)
- Le look punk. (Ah oui ? Dans une réunion de travail, ce

n'est pas idéal, mais j'ai quelques minijupes et bas filés qui pourraient faire l'affaire, et en plus... je n'ai jamais de réunion de travail ! Ha ! ha !)

· Le féminisme. (Honnêtement, où trouvent-ils leurs idées ? Est-ce que c'est l'auteur de la chronique qui décide au gré de ses humeurs, ou bien ça vient d'une recherche approfondie sur des sujets de société ? Parce que le féminisme, ça me semble à des lieues de faire partie d'une tendance. C'est juste la normalité, une façon de vivre acquise depuis des années qui pousse les femmes à être indépendantes des hommes, à vouloir être leurs égales et à refuser de se soumettre aux modèles de beauté imposés par la société, non ?)

· Les rousses. (Merde, j'étais rousse et je viens de me faire teindre en brune.)

Out :

· Les brunes. (Ah ! merdeeeeee !)

· Le look militaire. (Ouf ! je n'ai presque rien de militaire.)

· Le parquet flottant. (Je me retourne vers le mec qui

pose... mon parquet flottant. Ben quoi ? Je trouve ça beau et je n'avais pas assez d'argent pour du vrai bois ! Suis-je complètement out ?)

· Le célibat.

Bon. Je peux toujours rire un peu, là, avec ma teinture brune et mon parquet flottant. Je peux comprendre la tentation d'une chroniqueuse tendance à mettre le féminisme dans les *In*, avec toutes les actrices qui s'affichent comme féministes. Mais le CÉLIBAT ? Qui est le nul qui a décrété que c'était *out* ? Je veux dire, le parquet flottant, on *décide* de le poser dans son appartement, les cheveux, on *décide* de les teindre, mais le célibat ? Est-ce que j'ai *décidé* d'être célibataire ? Ce n'est pas comme si je m'étais réveillée un matin et que je m'étais dit : Ah tiens, je vais lancer une nouvelle mode, je vais être célibataire, vivre seule en ville, sortir tous les soirs dans le but de me trouver un mec, mais en faisant en sorte que ça ne fonctionne jamais, et pleurer toutes les larmes de mon corps tous les soirs, parce que C'EST LA NOUVELLE MODE ??

AAAAAAAARRRRGGGGGHHHHHHHHHH !

Cette chronique m'a mise dans une colère indescriptible. Malheureusement, je ne peux pas faire une vraie crise de nerfs, parce que l'ouvrier a déjà commencé son travail. Je décide donc de me servir un bol de céréales. Manger, ça va sûrement me calmer. Et remettre un peu mon estomac de sa gueule de bois. Puis je pourrai lire la section « Arts et spectacles » du journal, ce qui m'aidera à oublier les *In* et *Out*.

Après avoir rempli un bol de mes céréales préférées, j'ai le réflexe, comme tout être humain normal tolérant au lactose, d'y verser du lait. Je m'empare donc de la brique de lait et je tente de dévisser le bouchon, sans succès. J'ai beau m'acharner, rien à faire. Est-ce un message du destin pour me dire que non seulement le célibat est *out*, mais qu'en plus je ne suis plus capable de faire les choses moi-même ? Une boule de la grosseur d'un pamplemousse me monte soudainement à la gorge et, sans que je puisse me contrôler, j'éclate en sanglots devant ma brique de lait, en présence du mec chargé de poser chez moi le parquet flottant complètement *out*.

– Est-ce que ça va ? demande-t-il doucement.

Ben oui, ça va très bien, je suis là à pleurer devant un parfait inconnu dans mon salon, en pyjama, les cheveux sales, complètement dépourvue d'élégance. D'ailleurs, c'est comme ça que j'aime me montrer aux inconnus dans mon salon. Car je n'ai aucune dignité et que, selon mes *In* et mes *Out* personnels, c'est une NOUVELLE MODE !

– Ben… mon parquet est *out*. C'est écrit dans le journal, dis-je en montrant du doigt la section *In* et *Out*.

– Ne pleurez pas… Ça va être beau !

– Ah oui ?

– Bien sûr ! Ça va bien avec la couleur de vos murs, et en plus c'est la grande mode ces temps-ci, la parqueterie.

Je prends une profonde inspiration et j'expire tranquillement pour éviter d'hyperventiler. Puis je regarde le mec et je me demande ce qu'il peut bien connaître aux *In* et aux *Out*. Je me trouve ridicule de penser comme ça. Après tout, il ne va pas porter des vêtements de marque pour poser du parquet. Et puis, selon le journal, la *out*, c'est moi.

Il s'empare soudain de mon journal pour le placer avec les autres qu'il a commencé à disperser un peu partout.

– Tenez, on va s'en servir pour ne pas salir votre appartement, c'est tout ce qu'il mérite, dit-il sans interrompre son travail.

– Ah… euh… ben… merci.

Il se montre si compréhensif envers mon drame que je décide de ne pas corriger son emploi du mot « parqueterie » pour désigner un parquet flottant.

– Écoutez, ajouté-je dans un élan de lucidité, ça me gêne, mais j'ai un service à vous demander. Je n'arrive pas à ouvrir le bouchon de ma brique de lait.

– Oui, ça fait ça, des fois. Vous n'avez qu'à ouvrir le coin avec des ciseaux.

Malaise.

– Ah oui… euh… c'est vrai… Je suis sortie tard hier et je…

Je m'appelle Jasmine Dessiambre. J'ai vingt-quatre ans. Je n'ai pas de travail et je suis complètement *out*.

2

SORTIE AVEC THOMAS + DÉCLARATION D'AMOUR RATÉE

LES CANADIENS[1] ONT GAGNÉ, YEAH !

Franchement, je m'en tape pas mal, des Canadiens. J'ai juste hâte que la saison de hockey finisse parce que ça voudra dire que c'est officiellement le printemps.

Toutes mes amies sont en couple et je n'ai rien à faire. Pour les célibataires, les semaines sont chargées, et les week-ends sont aussi déprimants que lorsque vous avez vos règles et que vous trouvez un paquet de chips par hasard dans votre placard, mais qu'elles sont trop vieilles et donc molles, que vous les jetez à la poubelle, mais qu'après mûre réflexion vous allez les y rechercher, parce qu'il pleut et que vous n'avez pas le courage de sortir en acheter. Ouais… aussi déprimant que ça.

Heureusement, il y a Thomas.

1. « Les Canadiens » fait référence aux Canadiens de Montréal, l'une des meilleures équipes de hockey sur glace professionnelle au monde (*N.d.É.*)

Après Yannick, je suis sortie avec Thomas, bédéiste à ses heures, graphiste à temps plein, que j'ai rencontré lors d'un concert. Il m'avait fait rire grâce à une approche assez originale.

– Hé, a-t-il dit en me tapotant le bras.

– Oui ?

– Tu connais... euh... Jonathan Tremblay ? a-t-il demandé en se passant timidement une main dans les cheveux, ce que j'avais trouvé craquant.

– Jon... non. Tu dois te tromper de personne, ai-je répliqué, un peu déçue de ne pas avoir pensé à mentir pour me donner une raison de poursuivre la conversation.

– Non, non, je ne me trompe pas de personne, a-t-il poursuivi, j'avais envie de parler de Jonathan Tremblay avec toi.

– Mais je ne le connais pas !

– Moi non plus. En fait, il n'existe pas. Je viens de l'inventer. Ben, il doit bien exister des Jonathan Tremblay, ce n'est pas comme si Tremblay était un nom rare, hein ? Mais le Jonathan Tremblay dont je parle est inventé. Et je trouve dommage qu'on ne parle jamais des gens qui n'existent pas. C'est un peu comme si on avait des préjugés contre eux. C'est triste. Je pense que les gens qui n'existent pas devraient avoir le droit qu'on s'intéresse à eux.

Nous deux, ça a immédiatement collé.

Honnêtement, comme chaque fois que je rencontre un mec charmant-en-plus-d'être-original-et-très-beau, j'ai cru avoir trouvé l'homme de ma vie. Je l'ai fait attendre un peu (vu que ce n'était pas encore totalement-complètement-absolument fini avec Yannick), puis il m'a fait attendre un peu (peut-être pour me rendre la monnaie de ma pièce, ou encore parce que lui-même avait quelques histoires affectives passées-présentes à régler). Bref, gymnastique typique des célibataires qui ont peur d'être à nouveau blessés. Finalement on est sortis ensemble un mois, puis on s'est séparés. En fait, *il* a décidé qu'on se séparait. C'est toujours moins dur pour l'orgueil de dire aux autres : « *On* s'est séparés. » Ça fait plus sage. On a l'air de faire partie de la décision. Tandis que si on avoue clairement que la décision vient de l'autre, on se sent loser. Quand on est quitté, c'est notre ego qui a mal. On ne se sent plus désiré, et on se demande si cela signifie que l'on n'est plus désirable.

En plus, nos amies sont solidaires, détestent notre ex, et on perd toute crédibilité à leurs yeux si on cède plus tard à l'envie de nous remettre avec lui.

Quelques semaines après cette première rupture, Thomas et moi, on s'est rappelés. En fait, *je* l'ai rappelé. Mais impossible de l'avouer haut et fort sans risquer de passer pour la fille qui veut trop, celle qui supplie les mecs de sortir avec elle et bla-bla-bla. Le langage des célibataires-recherchant-l'homme-parfait est très pointilleux. On finit par l'apprendre avec le temps.

Bref, Thomas et moi sommes de nouveau sortis ensemble. Ça a duré trois semaines. Puis on s'est séparés de nouveau, jugeant qu'il valait mieux être amis. Et cette fois, la décision venait vraiment de nous deux. *On* s'est séparés. Mais la suggestion venait de *lui*, et il a tout fait pour *me* convaincre que *nous* n'étions peut-être pas faits pour être un couple. Pour quelles raisons ? Je ne sais pas. On me le demande toujours, et je ne sais jamais quoi répondre. « Pourquoi tu n'es plus avec Thomas ? » « Thomas et toi faisiez un si beau couple ! » En fait, j'ignore quoi répondre parce que je ne sais pas trop ce qui s'est passé. Je crois que même si Thomas est un million de fois plus merveilleux et compatible avec moi que Yannick, il a peut-être un minigène d'amourophobie latent. Il se trouve trop jeune pour s'engager et fonder une famille (comme si l'amour menait exclusivement à ça). Thomas et moi avons donc vécu une charmante histoire de boomerang affectif qui s'est soldée par une grande amitié. Nous sommes maintenant inséparables, mais célibataires.

Je suis ambivalente par rapport à cette amitié. Parfois, j'accepte totalement la situation, allant même jusqu'à lui présenter des mecs qui me plaisent. D'autres fois, je fantasme sur ce scénario : on vit tout ce qu'on a à vivre chacun de son côté, et il découvre que nous sommes faits l'un pour l'autre... De toute façon, je préfère varier mes amitiés plutôt que de rester chez moi à regarder des rediffusions à la télé.

Samedi soir, Thomas et moi décidons d'aller voir le concert d'un groupe de musique montréalais émergent. Je reste assise au fond de la salle pendant que Thomas va danser près de la scène. Ce n'est pas que je ne veuille pas m'amuser, mais impossible de danser avec mes talons. De toute façon, ce n'est pas en testant l'efficacité de mes glandes sudoripares sur une piste de danse que je vais attirer des mecs ! J'aperçois dans la salle Guillaume C., un critique culturel très talentueux et respecté. Ce mec, je le trouve particulièrement charmant. Je l'ai vu pour la première fois au concert de… euh… c'était qui, déjà ? Je ne m'en souviens plus. C'était probablement un groupe obscur et je devais être dans la lune. (Traduction : j'avais peut-être bu un verre. Ou deux. Peut-être trois, mais je ne le sais pas *vraiment* puisque ce n'est pas dans mes habitudes de tenir le compte *exact* de mes consommations.) Il sentait la cigarette, alors il a perdu des points, devenant ainsi sans grand intérêt pour moi. Mais ce soir, je me dis que si je ne veux plus être *out*, il faut que j'assouplisse un peu mes critères de sélection. Le fait d'être fumeur ou non ne devrait pas constituer un critère dans le choix de l'homme de ma vie.

Toujours est-il qu'il ne me reconnaît jamais. (Peut-être que le fait que le mec me reconnaisse ou non devrait être un critère de sélection beaucoup plus important que sa consommation de nicotine.) En l'observant, je remarque qu'il parle avec mon ami Hugues Lapierre, ancien collègue du journal où j'ai fait un stage récemment. J'avance vers lui pour m'immiscer dans leur conversation dans l'espoir de me faire présenter à nouveau, ce que fait Hugues sans que j'aie besoin de le lui demander.

– Hey, Guillaume, tu connais Jasmine ? Elle a fait un stage au journal il y a quelques mois, dit Hugues en nous laissant seuls, car il vient de croiser quelqu'un d'autre.

– Euh… oui… salut… répond-il timidement.

Il se souvient de moi. Bon point. Et notre timidité mutuelle est peut-être un deuxième bon point.

– Ça fait trois fois qu'on se rencontre. Peut-être qu'à partir de maintenant tu vas me reconnaître.

– Ha, ha, euh… hé, hé.

Son trouble est évident. Troisième bon signe ?

Je m'assois près de lui et je me concentre sur le concert. Puis Guillaume se tourne vers moi.

– Tu n'es pas restée travailler au journal après ton stage ? me demande-t-il.

Le fait qu'il me parle pendant un concert dont il doit faire la critique est un autre bon signe, car, question d'éthique professionnelle, il se doit d'être attentif à ce qui se passe sur la scène. (À moins qu'il n'ait aucune éthique professionnelle ? Hum…)

– Non. Je, euh… me cherche.

– Tu fais quoi pour gagner ta vie ?

– Je fais des piges dans des magazines. Des trucs très profonds du genre « Comment se mettre des faux cils sans se fatiguer ? » ou encore « Comment le rendre fou d'amour ? ». Mais c'est temporaire.

– Et comment on fait ? demande-t-il sans quitter des yeux le concert.

– Pour faire des piges ?

– Non, pour le rendre fou d'amour…

J'aurais aimé répondre quelque chose d'intelligent, mais mon inexpérience sur le sujet me force à rester muette. Pour mes articles, je demande à d'éminents psychologues de se pencher sur la question et d'y répondre à ma place. Si je connaissais la recette pour rendre quelqu'un fou d'amour, je l'utiliserais peut-être en ce moment même.

Guillaume passe le reste de la soirée assis à mon côté. Un peu avant la fin du concert, il me dit :

– Ça fait longtemps que je n'ai pas assisté à un concert jusqu'au bout.

Dois-je prendre sa remarque pour un compliment ? Je ne sais pas. Mais comme je reste muette et que, côté séduction, je me sens plutôt sans atouts (après tout, côté carrière, je n'ai rien d'intéressant à dire, et côté *In* et *Out*, je ne me sens pas du tout avantagée), je me contente donc de me tourner vers lui et de le regarder en battant des cils si fort que si mes yeux étaient reliés à un moteur d'avion, je pourrais décoller.

– Ah, les choristes ! Elles ont assez de charme pour séduire un journaliste à l'autre bout de la salle, dis-je, tout en laissant la fonction « battements de cils » en mode actif.

Il me regarde et ne dit rien. Aurais-je mis le doigt sur la véritable raison de son intérêt pour le concert en voulant faire une blague sans grand intérêt ?

– Les rock stars aussi, répond-il du tac au tac, me laissant un peu perplexe.

– Alors, tu vas faire une bonne critique ?

– Ma critique était dans le journal d'hier. Tu ne l'as pas lue ? Je suis revenu pour le plaisir.

J'allais répondre quelque chose qui se voulait très sensé lorsqu'un de mes cils s'est malencontreusement glissé sous ma paupière gauche. J'ai tenté de l'enlever tout en conservant 1) ma féminité, 2) ma dignité, 3) mon sex-appeal. Mais impossible. Mon œil se met à cligner de façon incontrôlable et une larme coule sur ma joue.

Guillaume me lance :

– Ça va ?

Je balbutie que j'ai des problèmes de verres de contact (ce qui me semblait plausible), puis il m'embrasse (sur les joues), me dit au revoir et me promet qu'il me reconnaîtra la prochaine fois, à moins qu'une cagoule ne cache mon visage.

Je me demande pour quelle raison je choisirais de porter une cagoule. Je sais très bien qu'à notre époque le port de la cagoule est complètement *out*, sauf si on a l'intention de dévaliser une banque ou un magasin, ou encore d'escalader le mont Everest, ce qui n'est pas mon cas. À moins qu'il n'ait remarqué mon manque de coordination au niveau du battement de cils, ou que mon mascara n'ait coulé sur mon visage. Si c'est le cas, oh nooooon ! Il faut vite que je trouve une réplique habile.

– Ce ne sera qu'un plus grand défi, lancé-je, sourire charmeur.

Un plus grand défi ? Disons que je ne gagnerai pas de prix pour mon sens de la répartie.

Quelques minutes plus tard, Thomas vient me rejoindre, l'air confus. J'ai pensé que c'était de la jalousie due au fait qu'il m'a vue parler avec un autre mec, mais il éclate plutôt de rire en voyant mon visage. Il prend une photo de moi avec son portable : mon cil a fait des ravages sur mon maquillage. Thomas veut absolument publier ma photo sur Instagram, mais après une petite bataille, je réussis à attraper son téléphone et à effacer la photo. Puis il va au bar demander de la glace, qu'il enveloppe dans une serviette pour que je puisse mettre ça sur mon œil, ce qui me permet finalement d'enlever mon cil.

Nous rentrons à pied. Il me reconduit jusqu'à ma porte. Et pendant un instant, j'ai l'impression qu'il veut me dire quelque chose d'important.

– Jasmine, ça fait quelque temps que je veux te dire que… Tu sais, toi et moi…

Je me sens fébrile. Suspendue à ses lèvres, j'attends impatiemment qu'il me dise qu'il m'aime et qu'il veut qu'on se remette ensemble et que, cette fois-ci, ce sera sérieux, solide. Je le regarde. Il est vraiment beau ce soir, avec son look de mec qui se fout de son look. Ce n'est pas que je sortirais avec lui seulement parce qu'il est beau. Il est aussi très intelligent *et* talentueux *et* drôle *et* gentil. Et puis, l'été approche. Avoir un mec l'été me donnerait accès à plein d'activités que les gens font à deux, comme faire du vélo sur le mont Royal, s'asseoir sur les marches de la place des Arts pendant un spectacle du festival de jazz, manger une barquette de frites dans la rue pendant le festival Juste pour rire, ou encore aller passer un week-end dans un chalet près d'un lac et faire griller des guimauves sur le feu. Malheureusement, pendant que je finalise les détails de notre programme estival, exactement au moment où, j'en suis sûre, il va prononcer les paroles que j'attends, il… pète.

Bon. La déclaration, ce sera peut-être pour une autre fois. Nous avons ri et le moment est passé. J'ai essayé de savoir ce qu'il voulait me dire, mais il m'a dit qu'il ne s'en souvenait plus et que ce n'était pas important. La gent masculine est décidément pleine de mystères pour moi.

Malgré tout, depuis l'épisode des *In* et des *Out*, et de mon humiliation face à mon incapacité d'ouvrir une brique de lait devant un parfait inconnu (en passant, mon parquet flottant est superbe), j'ai décidé de faire une liste. Je pense qu'il est plus réaliste de faire une liste de candidats plutôt qu'une liste de critères. Une liste de mes mecs potentiels, en fait. Pour pouvoir classer mes candidats par ordre d'importance, et pour pouvoir suivre leur évolution. Comme ça, je me baserai sur de réelles possibilités plutôt que sur un modèle flou. Il me semble que c'est plein de bon sens. Je ne comprends pas pourquoi l'idée ne m'est pas venue à l'esprit plus tôt.

1. Thomas. (J'ai peut-être encore des chances, si on en juge par l'épisode préflatulence.)

2. Guillaume C. (Pas mal, la soirée !)

3. Inoccupé. (Pfff... même pas capable de trouver trois mecs potentiels !)

3

LA HONTE + RENDEZ-VOUS MANQUÉ

Toujours à la recherche d'une carrière potentielle, j'ai réussi à décrocher un contrat de chroniqueuse pour une émission de télévision. Je le fais pour l'expérience. (Il faut dire que, l'an dernier, j'avais lu dans les *In* et *Out* que c'était *in* de faire de la télé, alors… Ce n'est pas que je le fasse uniquement pour ça, mais disons que ça m'a juste donné une idée à laquelle je n'avais pas pensé avant.) Aujourd'hui, c'était ma première apparition. J'étais vraiment très nerveuse. J'avais préparé une chronique très sympathique sur les crèmes amincissantes.

Ça s'est bien passé. Je tremblais un peu, mais grâce à quelques techniques de respiration très simples (que m'a apprises Roxanne durant sa première grossesse), j'ai réussi à contrôler ma nervosité.

Mes débuts dans l'émission ont été marqués par l'absence de l'invité. Il ne s'est jamais présenté. Après ma chronique, comme il y avait du temps à combler, le documentaliste et le régisseur m'ont demandé si je pouvais aller meubler avec le mec de la météo. J'ai tout de suite accepté. Mais j'avoue que j'avais peut-être mal compris la consigne « faire des folies » (il faut dire que c'est vague comme directive). On m'a donné un immense parapluie noir et j'ai rejoint Jérôme dehors, qui ne comprenait pas trop ce qui se passait mais qui, grâce aux signes du documentaliste et du régisseur, a compris qu'on devait gagner du temps.

Étant donné le mauvais temps, il m'a semblé tout à fait approprié de chanter *Singing In The Rain*. Malheureusement, je ne sais pas ce qui vient après « *I'm singing in the rain / Just singing in the rain / Na na naaaa nana nana / I'm happy again* » (ou c'est peut-être *happy today* ?). J'ai donc arrêté brusquement. Puis, mal à l'aise, j'ai tenté d'arranger la situation.

– Oui… mais euh… de toute façon, ce n'est pas ça que je voulais chanter, ai-je précisé, mais plutôt… « Ouuuuuuh ! J'veux du soleil, j'veux du soleil / J'veux du soleil / J'veux du soleil, soleil / J'veux du soleil ! »

J'en étais à la fin du premier couplet, lorsque j'ai remarqué que le mec de la météo me lançait des regards réprobateurs. Comme je pensais qu'il voulait que je trouve une chanson plus appropriée aux conditions météorologiques, j'ai ajouté :

– Mais aujourd'hui, c'est plutôt : « Toute la pluie tombe sur moi… »

J'ai rempli avec brio ma mission de « faire des folies ». Tout le monde sur le plateau a ri, mais on m'a immédiatement conseillé de me trouver un autre métier. Non mais, il fallait *spécifier* à quel genre de folies ils s'attendaient ! On m'a dit que « faire des folies » dans un bulletin météo, ça signifie davantage gagner du temps en parlant de la météo qu'aller chanter, ce qui ne colle pas du tout avec le genre de l'émission.

Une seule chronique à la télévision, sur une chaîne à faible audience, et j'ai été remerciée de mes services. Hum… Pas trop valorisant, côté orgueil.

Après cette gaffe, Isa m'a convaincue de l'accompagner à une soirée de poésie qui se déroulait dans une maison de la culture, sur le Plateau-Mont-Royal.

Isabelle Vaillancourt, journaliste pigiste dans un prestigieux magazine de mode, est mon ancienne partenaire de célibat. Depuis qu'elle est amoureuse, elle n'est plus aussi disponible pour des soirées entre filles en ville. Son nouveau mec, Gabriel, est un comptable qu'elle a rencontré sur un site pour célibataires. Elle dit qu'elle n'en pouvait plus de cette vie de célibat et qu'elle avait envie de quelque chose de stable, de sérieux. Elle dit que Gabriel est un homme parfait pour elle : il a un bon travail, une maison (en banlieue) et il veut des enfants. Elle dit que c'est ce qu'elle cherchait. Chaque fois qu'on en parle, Roxanne me regarde, l'air de dire : « Ce sont des bons critères que tu devrais toi-même considérer. » Mais ce n'est pas tout à fait ce que je cherche. Je cherche un peu plus de folie. Ce à quoi Isa réplique que Gabriel en a, de la folie, car à ses heures perdues, il écrit des poèmes. C'est à sa prestation que nous venons assister.

Ce soir, Gabriel fait partie des poètes qui présentent une lecture de leur œuvre. C'est la première fois qu'il participe à ce genre de soirée et sa nervosité est palpable. Quelques minutes avant le début du spectacle (est-ce comme ça qu'on appelle ce genre de présentation ?), Isa lui arrange sa cravate, lui suggère de boire de l'eau, le recoiffe, lui masse les épaules et tente de lui prodiguer des conseils de dernière minute, comme si Gabriel était un boxeur s'apprêtant à monter sur le ring pour un match décisif. Quand les organisateurs l'invitent à entrer en coulisses, il embrasse Isa, qui lui chuchote un « merde » bien senti à l'oreille. Si je n'étais pas aussi frustrée amoureusement parlant, je les trouverais sûrement charmants.

– Franchement, Isa, tu aurais pu le conseiller côté vestimentaire, lui chuchoté-je à l'oreille. Il jure avec le reste du groupe.

– Il a travaillé tard. Il n'a pas eu le temps de se changer. Il est parfait. Ce n'est pas son look qui compte, ce sont ses mots. Ouuuuh ! j'ai hâte de le voir, ajoute-t-elle en pressant le pas.

« Ce n'est pas son look, ce sont ses mots » ? Ça, c'est *mon* genre de phrase, pas celui d'Isa ! Elle a perdu la tête ou quoi ? Habituellement, quand Isa sort avec quelqu'un, la première chose dont elle s'occupe, c'est son look : coupe de cheveux, épilation, manucure, nouveau parfum, pédicure et shopping dans *ses* boutiques pour hommes préférées. Roxanne et moi trouvons qu'elle joue avec ses mecs comme on jouait avec nos Ken quand on était petites. On le lui a déjà fait remarquer, et elle a trouvé la comparaison amusante. Elle assume. Voilà pourquoi je ne la reconnais pas avec son Gabriel. Une vraie groupie.

Isa et moi entrons dans la salle. Personnellement, je

trouve ce genre d'événement *totalement* ennuyeux. Ce n'est pas que je n'aime pas la poésie. Mais je l'aime seulement sur papier, parce qu'en vrai les poètes ne sont pas toujours doués pour réciter leur œuvre. Ça fait souvent un peu pompeux. Mais, quand Isa m'a invitée, j'étais tellement déprimée après avoir fait la folle à la télé que c'était soit la soirée de poésie, soit une soirée entière à boire des cocktails pour oublier mes frasques. Et puis, juste le fait d'imaginer un comptable en veston-cravate dans les tons vert forêt parmi des poètes aux cheveux longs en veste de velours côtelé brun, ça me réjouit.

On s'assoit. Isa sort son iPhone pour filmer son mec. (Elle est *tellement* kitsch !) Le spectacle commence. Un homme d'une quarantaine d'années s'avance. Il a les cheveux blancs frisés et porte un béret. Je pense alors qu'il devrait exister, dans un journal quelconque, une section des *In* et des *Out* pour les poètes.

– «L'aube du jour se lève / Et je deviens la plèbe / De… »

Bon, il vient de me perdre. J'attrape mon téléphone et, discrètement, je commence à regarder des photos sur Instagram. Puis le poète crie :

– «Et j'urine ma colère ! Et j'urine mon ennui ! Et j'urine ma peur ! »

Il urine donc bien des choses, lui ! Finalement, si on analyse son texte, ça raconte que le mec s'est levé – il était la plèbe de quelque chose que je n'ai pas écouté –, puis il est allé aux toilettes, et…

J'entends tout à coup un beau mec chuchoter derrière moi. Comment je sais qu'il est beau ? Je ne le sais pas encore en fait. Je trouve juste qu'il parle bien, qu'il semble intelligent. Mais c'est très impoli de parler pendant un spectacle, et j'ai très envie d'« uriner » mon indignation à l'intention de ce spectateur irrespectueux. (Ça me donnerait également un super bon prétexte pour le regarder.) Je me retourne. Waouh. Il est officiellement beau. C'est confirmé. En parlant, il ne cesse de s'approcher de mes cheveux. Je sens une connexion, en plus de son souffle. (Je sais, ça fait la fille en manque de sexe, ce que je suis.)

C'est un poète qui parle comme un poète. J'ai beau ne pas aimer les soirées de poésie, un poète, ça parle bien. Je me retourne une seconde fois, l'air de rien. C'est un vrai poète. Avec un foulard autour du cou d'une couleur pas du tout assortie à celle du reste de ses vêtements. Comment je vais faire pour cacher la marque du super pantalon griffé que je viens tout juste d'acheter à crédit malgré mon découvert ? Parce que selon son look, et selon ce que je connais des poètes en général, il doit trouver la mode complètement superficielle. Son voisin pique ma curiosité lorsqu'il lui dit :

– Ça fait trois jours que tu découches…

J'en conclus que s'il découche, c'est qu'il a une copine ou une maîtresse. Il rétorque :

– Euh… ben… ouais… c'est pas ce que tu penses.

Bizarre comme il est sans mots. Peut-être qu'il a remarqué que je suis attentive à leur conversation et qu'il veut que je sache qu'il n'a pas de copine.

Finalement, je crois que j'adore les poètes. Leur subtilité est très charmante.

C'est au tour de Gabriel. Il s'avance sur la scène. Isa se retourne furieusement vers le beau poète et son ami.

– Chuuuuuut ! fait-elle.

Oups. Je suis gênée. Le beau poète va penser que je suis avec elle. En fait, je *suis* avec elle, mais je ne veux pas qu'il pense que je suis *comme* elle. Même si moi aussi, quand je me suis retournée la première fois, c'était pour leur signifier de se taire. En fait, je voulais leur dire de se taire surtout pour vérifier si le mec était beau. Isa ne peut pas comprendre, elle a un mec maintenant.

Gabriel commence son poème :

– « Chaque jour je meurs / Chaque jour je pleure / Je souffre d'être un leurre / Je souffre d'être ailleurs. »

Dans le fond, Gabriel est un grand sensible. Je ressens une toute nouvelle admiration pour les poètes. Je me sens touchée par cet art. Je me retourne vers Isa, elle a les larmes aux yeux.

– Tu n'as aucun sens critique, Isa. Tu exagères, lui dis-je tout bas à l'oreille.

– Chuuut ! il n'a pas fini, dit-elle en faisant du play-back sur le poème de son mec.

Pendant que Gabriel poursuit sur sa souffrance, mon esprit divague vers le poète assis derrière moi. Je m'amuse à m'inventer une histoire d'amour avec lui. On sort du spectacle. Je lui fonce dedans. M'excuse. Au même moment, il perd ses clés. Il me rattrape et me dit qu'à cause de moi il a perdu ses clés. Je lui dis que ce n'est pas à cause de moi, mais à cause des trous dans la poche de sa veste en velours côtelé usagée achetée chez Emmaüs. Ma blague le fait rire. Je ris avec lui. Je l'invite chez moi et nous nous marions quelques jours plus tard.

Hum… une blague sur ses goûts vestimentaires ne serait peut-être pas un bon gage d'amour éternel. Je pourrais plutôt lui dire que…

– Jas, c'est l'entracte, me dit Isa en tirant sur mon pull.

Elle a tellement hâte d'aller féliciter Gabriel.

Oups ! J'ai carrément manqué sa prestation, pendant que je m'inventais un roman d'amour à l'eau de rose.

Durant l'entracte, le beau poète me lance des regards. Devrais-je lui parler ? Selon mon plan, je devrais lui foncer dedans, mais la situation ne s'y prête pas. Il me voit immobile avec mes amis. En lui fonçant dedans, j'aurais la subtilité d'un taureau.

Isa affirme qu'elle ne veut pas rester pour écouter la deuxième partie. Elle me demande ensuite comment j'ai trouvé la performance poétique de son mec.

– C'était très bien. Il m'a étonnée.

Ce n'est qu'à moitié vrai. Ce que j'ai entendu m'a donné une toute nouvelle perception de Gabriel, mais je n'ai pas trouvé son poème assez bon pour ne pas me laisser envahir par mes pensées. Isa est cependant emballée par mon commentaire. Heureusement, elle ne connaît absolument rien à la poésie. Elle est simplement fière d'avoir déniché un homme qui lui lit des poèmes de son cru. Ouf ! Elle ne s'est pas rendu compte qu'hormis l'épisode beau-poète-avec-qui-je-pourrais-me-marier, j'ai trouvé la soirée d'un ennui légendaire.

L'entracte tire à sa fin. Le poète et moi continuons de nous lancer des regards discrets. Isa veut partir. Elle propose d'aller au resto. J'hésite. Mon regard passe d'Isa, qui m'attend, au beau poète qui ne sait pas qu'il m'attend. Dois-je me taper seule la deuxième partie du spectacle en espérant que des mots accompagneront ces regards furtifs (qui signifient parlons-nous à la fin du spectacle et allons prendre un verre) ? Avant de regagner la salle, il me regarde encore, puis… il me sourit. Il m'a souri !

Oups ! La porte se referme derrière lui. Il était le dernier spectateur à entrer. Trop tard, ça recommence. Plus personne n'a le droit de pénétrer dans la salle.

MERDE ! MERDE ! MERDE ! MERDE ! MERDE !

(Je n'ai peut-être pas assez de vocabulaire pour me taper un poète, finalement.)

Bon, pas besoin de m'en faire, n'est-ce pas, puisque j'ai raté l'opération séduction. Quoique sur le coup, c'est agréable de savoir qu'on plaît. Me suis-je imaginé tout ça ? Il n'a rien fait pour m'aborder, après tout.

Et si, cet après-midi, le poète avait regardé la télé et était tombé par hasard sur une folle en train de chanter des chansons ringardes sous un parapluie noir ? Voilà peut-être la raison de ses regards persistants… Nooooon ! Alors au lieu de faire partie d'une opération de « regards bien placés » dans le but de poursuivre la soirée, ses coups d'œil voulaient dire qu'il m'avait reconnue et qu'il se disait : « Ha ! ha ! ha ! ha ! sacrée folle qui chante mal et qui dit des conneries et qui se trompe dans les paroles de *Singing In The Rain* et qui a dû se faire mettre à la porte. Qu'est-ce qu'elle fait ici ? »

Euh… bon, dans sa bouche de poète supra intellectuel, ce serait mieux dit. Et rien que d'y penser, je me sens déjà épuisée. Non, finalement, les poètes, très peu pour moi. De toute façon, je me demande bien ce que je pourrais dire à un mec qui aligne des phrases qu'on met dix minutes à déchiffrer.

ET SI, EN SORTANT DU SPECTACLE, LE POÈTE PERD SES CLÉS À CAUSE DE SA VIEILLE VESTE TROUÉE, TANT PIS POUR LUI !

Après la soirée, je rentre chez moi, je m'installe sur mon canapé et j'allume la télé. Je tombe sur une comédie romantique mal doublée. On y raconte l'histoire d'une avocate d'une trentaine d'années, célibataire et peu fière de l'être (peu fière d'être célibataire, non avocate). Le reste de sa vie, malgré sa grande et belle carrière, est accessoire. À part le statut d'avocate, les tailleurs (très *in*) à cinq mille dollars et le doublage français très agaçant, je m'identifie à elle… C'est fou que le célibat prenne toute la place. Il ne devrait pas. Elle est avocate, tout le monde lui fait confiance pour des cas difficiles, et elle pleure parce qu'elle est seule chez elle après sa journée de travail. Il me semble que c'est contraire au féminisme. Ça se soigne, le romantisme et le désir d'être amoureuse ? Je devrais me concentrer sur ma carrière et sur une quelconque lutte féministe, au lieu de chercher l'homme de ma vie. Ce serait plus productif.

Liste (improductive et antiféministe) :

1. Thomas. (On ne devrait jamais mettre celui qui nous dit « Je t'aime en tant qu'amie » en numéro un, mais bon, j'ai dit que cette liste était antiféministe.)

2. Guillaume C. (Je ne sais même pas s'il a une copine, s'il est intéressé ou... peu importe, et je ne l'ai pas revu.)

3. Inoccupé.

4. Inoccupé.

5. Le poète. (Bof ! je n'ai rien d'autre à faire. Je pourrais penser à lui lors d'une séance solitaire... et je ne parle pas du jeu de cartes.)

6. Yannick Paquin. (Ha ! ha ! ha ! je dis ça juste pour faire enrager Roxanne, au cas où elle tomberait par hasard sur cette liste. Ce n'est plus un mec potentiel. Même si c'est un dieu du sexe. Promis, juré !)

4

MA FAMILLE + UN NOUVEAU MEC POTENTIEL POUR LA TROISIÈME POSITION

– Je t'aime comme tu es, me dit mon père alors que nous prenons un café entre deux de ses rendez-vous.

En fait, il prend un café, et moi, un jus de fruits bio. Il m'a lancé cette phrase après que j'ai eu un moment de doute en commandant mon jus bio et que j'ai demandé à la serveuse si le jus était naturellement sucré.

– Euh… ben, on met des vrais fruits dedans, m'a-t-elle répondu en se grattant l'oreille avec son crayon.

– Oui, mais est-ce que vous ajoutez du sucre ?

– Je ne sais pas. Est-ce que ça a un goût sucré ?

– Bien sûr que ça a un goût sucré, il y a des fruits. Mais peut-être que le goût des fruits camoufle celui du sucre raffiné.

La serveuse m'a dit qu'elle allait se renseigner, et c'est une fois qu'elle a été partie que mon père m'a fait sa déclaration. « Je t'aime comme tu es », c'est gentil, mais venant de lui, ça veut dire : « Tu me fais honte, mais je t'aime quand même. » Je le sais. J'ai bien senti son découragement pendant que je posais ma série de questions.

Peu importe, j'ai besoin de le voir. Je veux qu'il m'éclaire un peu sur ma situation amoureuse. Je lui raconte donc mes (més)aventures amoureuses et lui demande des conseils en précisant que c'est une question de vie ou de mort, ce que mon père ne prend jamais au sérieux venant de moi.

– Papa, toi qui es un homme…

– Jusqu'à preuve du contraire, oui.

– Arrête de plaisanter !

– Qu'est-ce que tu veux que je te dise ? Oui, je suis un homme.

– Ben non, mais *en tant qu'homme…*

– Qu'est-ce que tu veux savoir ?

– Laisse-moi parler ! Devrais-je rester amie avec Thomas, même si ça me fera faire une crise cardiaque si jamais il rencontre une autre fille ?

– Euh…

– Je reformule la question. Toi, en tant qu'homme qui a du vécu, crois-tu que Thomas est ami avec moi parce qu'il m'aime encore ?

– Qu'est-ce que tu en penses, toi ?

– Je ne le sais pas, *moi* ! C'est pour ça que je te le demande à *toi* !

Nous sommes interrompus par la serveuse qui vient m'informer qu'il n'y a aucun sucre raffiné dans mon jus et que le barman fait la base avec du jus Tropicana, mais que, sa charge de travail ne lui permettant pas d'aller consulter la liste des ingrédients sur l'étiquette du Tropicana, il lui est impossible d'affirmer avec certitude s'il y a du sucre raffiné dans leur recette. J'ai failli lui dire que le jus Tropicana n'était pas bio, mais je me suis abstenue.

– Oui, bon, j'ai compris. Tu m'aimes même si je suis insupportable, dis-je à mon père dès que la serveuse disparaît.

Côté conseils, mon père n'est pas très habile. Il ne me dit jamais grand-chose. Je ne sais pas s'il s'abstient par sagesse ou parce qu'il est carrément décontenancé. Peut-être qu'il est atteint du syndrome du père mal à l'aise de constater que sa fille a vieilli. Je me demande d'ailleurs pourquoi je m'acharne à lui demander son avis. Il n'est pas d'une grande aide. Il est du genre à me dire : « T'es assez grande pour savoir ce que tu fais. » Ça, c'est sûr, ça aide. Chaque fois qu'on se voit, on finit toujours la rencontre en parlant de tout et de rien (surtout de rien) et je repars chez moi, dépourvue de conseils enrichis de vision masculine mature. Il pourrait me parler de lui quand il avait mon âge. Me dire s'il avait déjà dit à des filles qu'il préférait être leur ami, mais qu'au fond ça voulait dire qu'il les gardait dans sa vie en attendant d'être prêt à s'engager dans une relation sérieuse. La seule chose qu'il m'ait jamais répondue à ce sujet, c'est : « Habituellement, quand un homme dit quelque chose, il dit ce qu'il veut dire sans arrière-pensée. »

Il faudra que je me résigne à n'être qu'amie avec Thomas, sans espoir d'obtenir plus, et que je regarde ailleurs. Telle est la conclusion de mon enquête.

J'ai beaucoup plus de facilité à me confier à ma mère. Elle peut m'écouter pendant des heures. Le problème, c'est que mes déboires la divertissent. Ça, ça signifie qu'au lieu de me dire que tout va bien aller et tout autre chose apaisante, elle ne cesse de répéter que je suis drôle.

Drôle ? Je ne suis pas drôle. Amoureusement parlant, je suis complètement désespérée ! En tant que mère digne de ce nom, elle devrait comprendre, non ? Son rôle, si elle le prenait réellement au sérieux, serait de me rassurer.

Nous finissons de regarder *Quand Harry rencontre Sally* pour la cent vingt-deuxième fois de notre vie sur Netflix, faute d'avoir trouvé mieux à faire (comme aller brûler des cierges pour qu'un mec s'intéresse à moi, peut-être ?). Pendant le générique de fin, alors qu'on comate devant l'écran, ma mère se lance dans une analyse saugrenue de ma relation avec Thomas.

– Thomas et toi, vous êtes peut-être comme Harry et Sally.

Moi aussi, je pense ça parfois. Sûrement parce que c'est l'histoire de deux amis qui, après de longues années, tombent amoureux. Mais c'est un vieux film. L'amour a changé depuis. Et dire à ma mère « tu as raison » est un peu au-dessus de mes forces en ce moment.

– Non, maman. Arrête de rêver ! Ce n'est qu'un film. En plus, Sally ne tripe pas sur Harry dès le départ, et moi… je tripe *un peu* sur Thomas depuis qu'on se connaît.

Si seulement la vie était comme dans les films…

– Pourquoi vous ne sortez plus ensemble, alors ?

Parce que la vie n'est *pas* comme dans les films !

– Il ne sait pas ce qu'il veut… Arrête de me parler de ça.

– Remarque, Harry n'a pas l'air très sûr de son amour pour Sally non plus, mais c'est seulement parce qu'il a peur d'être blessé et… ils finissent ensemble !

– Maman… faut vraiment que je t'explique les codes d'un film hollywoodien ?

– J'ai l'impression qu'on n'est jamais tout à fait sûr d'être avec la personne de sa vie. Peut-être que tu voulais aller trop vite. L'amour, ça met du temps à s'installer. La preuve, *Quand Harry rencontre Sally* !

– Tu peux parler, toi ! Tu es divorcée !

Ma mère, c'est la dernière personne que je devrais écouter. Quelle expertise a-t-elle ? C'est une ancienne hippie célibataire de cinquante-quatre ans qui n'a rien de mieux à faire aujourd'hui que de revoir *Quand Harry rencontre Sally* avec sa fille. Et si le célibat était une maladie génétique ?

Puis, comme chaque fois, elle me lance une phrase que je déteste, tirée tout droit d'un livre de psychologie populaire genre *Sagesse et spiritualité pour les nuls*.

– La vie sait ce qu'elle fait, dit-elle au bout d'un long soupir.

Soupire-t-elle à cause de moi ou est-ce un symptôme de sa ménopause ? Peu importe, son conseil (ou phrase pseudo-philosophique ?) ne vaut rien. La vie ne sait pas du tout ce qu'elle fait. Si elle le savait, j'aurais trouvé un mec avant que le célibat soit *out* ! Bientôt, pendant que toutes mes amies auront un mari, une famille et du bonheur qui leur sortira par les oreilles, moi, je serai célibataire. Triste et seule. Seule au monde. *All alone in the world. Sola en el mundo.*

Ma mère ajoute :

– Tu n'es pas un peu jeune pour être désespérée par ta vie amoureuse ? Il me semble que tu devrais te consacrer à trouver une carrière avant de penser à te marier et à avoir des enfants.

Je me rends compte que c'est peine perdue de me confier à mes parents. Je crois que c'est simplement générationnel : ils ne peuvent pas comprendre, voilà tout. Ils me diront que « de leur temps », tout le monde couchait et déclarait son amour à tout le monde. Personne ne se protégeait. Puis tout le monde s'est retrouvé soit avec une MST, soit divorcé. Aujourd'hui, les gens ne se contentent pas de mettre un préservatif pour se protéger des MST, ils s'en mettent un aussi sur le cœur, pour se protéger de l'amour.

Je décide d'appeler ma sœur. Entre sœurs, on se comprendra ; en plus d'être du même sang, on fait sensiblement partie de la même génération. Et Geneviève étudie la psycho. C'est sûrement la personne la mieux qualifiée pour m'aider.

– Je suis célibataire et je ne m'en plains pas, soupire-t-elle après trente minutes intensives de plaintes élaborées sur ma pitoyable vie amoureuse. J'ai un *sex friend* et c'est super. Mes besoins biologiques sont comblés et je peux garder mon indépendance.

« Besoins biologiques » pour parler du besoin d'amour, « garder son indépendance » comme raison de ne pas tomber amoureuse… Ma sœur, comme la plupart des gens de notre génération, est en plein déni romantique ! Geneviève a vingt-deux ans. À son âge, j'étais comme elle. Je ne pensais pas à mon avenir matrimonial. À vingt-deux ans, j'avais peur qu'une deuxième brosse à dents n'envahisse mon porte-brosse à dents, alors l'homme de ma vie, il était très loin dans mes pensées. Bon, j'admets que j'étais avec Yannick, et que j'acceptais une situation qui ne me convenait pas, juste parce que je m'éclatais sexuellement.

Conclusion, ma famille est complètement inutile quand il s'agit de chercher du réconfort affectif.

Il ne me reste plus que mes amies.

Après avoir fini mon film, j'ai donc laissé ma mère et ma sœur à leurs conseils douteux, et j'ai décidé d'aller prendre un verre en terrasse avec Roxanne. Et j'ai rencontré David Gagné.

David Gagné est un producteur assez connu (l'autre jour dans le journal, son nom était même sur la liste des *In* !), un homme charismatique d'une trentaine d'années. Il est aussi mon figurant (traduction : quelqu'un qui apparaît dans le décor de toutes mes activités en solitaire, resto, café, cinéma, shopping, et j'en passe, mais à qui on ne parle jamais – ce genre de personne me permet de ne jamais me sentir seule dans les endroits publics). On me demande souvent pourquoi je ne déménage pas du Plateau-Mont-Royal, alors que les loyers grimpent en flèche. C'est en partie pour ça. Même si on est en ville, j'y croise toujours les mêmes personnes. J'aime me sentir comme dans un village. Ça fait partie des grands paradoxes de ma personnalité.

Ainsi, où que j'aille, il m'arrive souvent de croiser David Gagné. Je l'ai toujours trouvé beau, mais je n'ai jamais tenu à l'aborder. Il a une réputation de dragueur en série au rythme de vie assez malsain. (Selon certaines rumeurs, il serait cocaïnomane, ce qui ne fait pas de lui l'homme idéal avec qui fonder une famille.) Mais c'est quand même valorisant pour l'ego de se faire draguer par lui, même si, à en croire sa réputation, je suis sans doute la vingt-trois mille cinq cent soixante-septième sur sa liste.

Yannick Paquin, quand je sortais avec lui, me l'avait présenté pendant une soirée à son bistrot. Depuis ce jour, David et moi, on se fait des sourires polis quand on se croise. Mais il est tout de même resté mon figurant puisqu'on ne s'est jamais *officiellement* parlé.

Donc. Roxanne et moi attendons pour une table en terrasse de la rue Saint-Denis. Le temps est magnifique pour la première fois ce printemps, et nous avons envie d'être dehors. Elle me raconte que Marc-André, son mari, joue au base-ball et que ses enfants sont chez leur mamie, et qu'il y a longtemps qu'elle ne s'était rappelé une époque où elle aussi était célibataire, et que ça la fait se sentir libre. Je m'apprête à lui dire que je ne me souviens même pas moi-même de son célibat et que le célibat n'est pas tant synonyme de liberté, lorsque David Gagné passe près de nous.

Comme d'habitude, on se fait un sourire poli. Mais voilà qu'au lieu de passer tout droit, il s'approche pour me parler. Comme ça, instantanément, il décide de se donner un rôle parlant.

– On te regardait sur les marches, et on trouvait que tu avais l'air d'une rock star, dit-il.

Le « on », c'est lui et la très jolie fille style top-modèle qui l'accompagne.

– Je n'étais pas sur les marches, et je ne suis certainement pas une rock star.

Confusion totale.

Je me demande d'où il tient sa réputation de grand séducteur, avec une phrase d'accroche pareille.

– Non, *nous*, on était assis sur les marches là-bas, dit-il en montrant du doigt un escalier pas très loin. On te regardait et c'est ce qu'on se disait.

– Ah bon. Je pensais que tu m'avais vue pendant ma performance…

Je me sens un peu embarrassée, car je pense à ma prestation ratée de *Singing In The Rain* à la télé. Il aurait pu, comme le poète, être devant sa télé au même moment, me voir et se moquer de moi. Mais étant donné les points d'interrogation dans son regard quand j'évoque cet affreux souvenir, j'ai compris qu'il fait plutôt allusion à mon look. Le beau temps m'a permis de porter mon nouveau blouson en cuir hyper sexy, déniché il y a quelques heures dans une friperie, que j'ai mis avec un nouveau pantalon. Et bien que mon look me donne un peu d'assurance, j'avoue que pendant un instant, sous le regard persistant de David, je perds toute contenance.

– Je m'appelle Jasmine, dis-je en tentant d'adopter une attitude de rock star et non de fille timide qui perd toute capacité de coordination quand on lui fait un compliment.

– Oui, je m'en souviens. On s'est déjà rencontrés avec Yannick Paquin. C'est un de tes amis ?

Il s'en souvient. J'avoue que ça me fait me sentir spéciale. (Et je me juge immédiatement pour ça.)

– Non, j'étais… disons sa… fréquentation. Maintenant on est amis, je m'empresse de préciser avant qu'il ne pense que nous sommes encore ensemble.

– Tu fais quoi, dans la vie ?

À ce moment, on est coupés par sa copine, la beauté sculpturale.

– Bon, tu viens ? l'implore-t-elle d'une voix fatigante (selon mes goûts en matière de voix).

– J'aimerais bien continuer de parler un peu avec Jasmine.

Ha ! Roxanne est témoin.

– Tu es journaliste en quoi ? me demande-t-il en se tournant vers moi.

– Comment tu sais que je suis journaliste ? Je ne te l'ai pas dit.

– Euh… je ne sais pas. Tu es sûre que tu ne me l'as pas dit ? insiste-t-il nerveusement.

– Certaine ! Mais c'est peut-être parce que tu m'as déjà vue faire des interviews dans un restaurant.

Ou qu'il s'est informé sur moi !

– Euh… ouais… Hé, hé.

Je commence tout à coup à trouver que le

pseudo-clone-de-top-modèle semble irrité (je le serais à moins) et que cette conversation n'a aucun sens.

– Je dois te faire un aveu. Dans ma vie, tu es mon figurant, et je ne suis pas sûre d'être prête à te donner un rôle plus important. Et j'ai l'impression, étant donné que tu m'as abordée aujourd'hui, qu'on sera maintenant obligé de se parler quand on se croisera par hasard.

J'ai cru percevoir, au moment où ces mots sont sortis inopinément de ma bouche, que la fille-qui-si-on-la-regarde-vraiment-de-près-a-l'air-d'avoir-plusieurs-parties-du-corps-refaites, a esquissé un sourire.

– Euh… j'ai souvent voulu te parler, mais tu étais toujours accompagnée d'un superbe mâle.

Qui ça, moi ? La célibataire toujours toute seule qui se plaint que toutes ses amies ont un mec et pas elle ? Celle qui a appris récemment que le célibat est *out* ?

– Tu as beaucoup de succès, hein, toi ? Tu as un mec ? demande-t-il.

– Non, les superbes mâles sont des amis. Des ex, pour la plupart. Et tu te trompes, je n'ai pas « beaucoup de succès », dis-je en me tournant vers Roxanne. Pas vrai, Roxanne ? Je n'ai pas de succès, hein ?

– Pffff ! ouais, ouais, c'est ça ! fait-elle en levant les yeux au ciel.

Si je suis séductrice à ce point-là, ils sont où, les superbes mâles, ce samedi soir où je n'ai rien de mieux à faire que de raconter ma vie à un parfait inconnu et à la fille qui l'attend en tapant du pied ?

– Sérieusement, qu'est-ce que tu fais dans la vie ? Tu es journaliste ?

– Je suis pigiste, mais j'ai décidé de réorienter ma carrière. Je ne sais pas encore ce que je veux faire exactement.

– Tu écris quel genre d'articles ?

– Ben… euh… des articles sur la mode ou la culture, ou sur des phénomènes sociaux. Pour des magazines féminins. Rien d'extravagant.

– Pourquoi t'as pas de mec ?

– Parce que… je suis folle. Enfin… pas tout le temps ! Juste avec les hommes… Enfin, pas *tous* les hommes, juste ceux qui me rendent… folle.

Je n'ai *honnêtement* pas trouvé d'autre explication.

– Eh ben… je crois qu'on va bien s'entendre, la folie est séduisante quand elle est douce, réplique-t-il spontanément. Voici ma carte.

David Gagné est un dragueur professionnel. Je ne suis pas folle au point de ne pas m'en apercevoir.

– Écoute, dis-je en regardant la carte comme si elle était porteuse d'un virus mortel, donne-la-moi si tu veux, mais je ne t'appellerai pas, je…

– Je te la donne quand même.

– Mais toi… pourquoi tu n'as pas de copine ? dis-je en rangeant la carte dans mon sac. Est-ce que tu serais amourophobe ?

– Amouro quoi ? Non… Je *veux* une copine.

Roxanne, qui commence à s'impatienter, s'immisce tout à coup dans la conversation.

– Depuis quand, depuis deux semaines ? demande-t-elle.

– Hé, hé, non, depuis longtemps. C'est que… j'ai tellement eu mal.

Roxanne et moi pensons la même chose sans nous le dire : « Ben oui, c'est ça, paaauuuv' petit ! » Sirène d'alarme, ding, ding, ding : amourophobe, code rouge. Un des pires.

– Je voudrais juste t'avertir, continue-t-il, si jamais tu tombes sur le répondeur…

– Je ne t'appellerai pas, je te le *jure*.

J'entends tout mon entourage me crier : « Viens donc encore te plaindre de ta solitude ! » Mais je ne suis pas désespérée au point de promettre à un dragueur en série notoire qui, de surcroît, est accompagné par une super-belle-fille-s'impatientant-à-son-côté, que je vais l'appeler. Quand même !

– Je prends ton numéro aussi, alors.

– Ça ne sert à rien d'insister.

– Oui, mais si un jour on s'appelle, tu pourrais m'expliquer comment séduire la production dans le but de décrocher un rôle plus récurrent dans ta vie…

Même si tout en moi crie « Danger » et que je sais très bien que je ne suis pas sa première conquête (la top-modèle qui tape du pied à son côté me le confirme), je suis quand même charmée.

Il attend, son téléphone à la main, prêt à appuyer sur les touches pour entrer mon numéro. J'abdique.

– Donc, fille numéro 26 : Jasmine. Tu veux ajouter une note pour te rappeler laquelle je suis ? Genre « grande brune, yeux verts… folle » ? dis-je sur un ton sarcastique.

– Hé, hé, hé, faut pas se fier aux rumeurs.

– De toute façon, on va sûrement se recroiser, et maintenant que tu as un rôle parlant dans ma vie, on n'aura pas d'autre choix que de se parler, dis-je en lui repromettant de ne pas l'appeler.

David et la top-modèle s'en vont, et Roxanne et moi prenons place à une table qui vient enfin de se libérer. Nous commençons à consulter le menu, quand mon amie explose.

– Je ne sais pas si tu t'en rends compte, Jas, mais ce type-là te montrait de l'intérêt, et toi, tu faisais tout pour le repousser : « Je suis folle… Je ne te rappellerai pas… On se recroisera. » Et tu te demandes pourquoi tu es célibataire, espère de folle !

– Tu vois, même toi, tu le dis ! Si jamais il me rappelle, au moins il sera prévenu.

– Tu aurais pu au moins être gentille, ça t'aurait permis de t'entraîner pour le jour où un mec vraiment intéressant viendra te parler.

J'ai envie de répliquer qu'elle peut bien parler, elle, avec sa vie parfaite, son mari parfait, ses enfants parfaits et son chien qui n'existe pas mais qui, s'il existait, serait parfait ! Comment s'y est-elle prise, elle, pour rencontrer Marc-André ? L'a-t-elle averti de sa totale perfection ?

Mais je m'abstiens. Si je suis célibataire et qu'en plus je n'ai plus d'amies, la vie risque d'être assez monotone. Je change donc de sujet.

– Elle était belle, hein, la fille avec qui il était ? dis-je en la regardant par-dessus mon menu.

– Belle ? Moi, je dirais plutôt qu'elle aurait sérieusement besoin de manger !

J'éclate de rire. Roxanne et moi nous lançons dans

l'analyse de la relation de David avec la même-pas-si-top-modèle-que-ça-après-tout qui l'attend pendant qu'il collecte les numéros de téléphone d'autres filles. Après un examen approfondi du sujet, nous concluons qu'ils ont été amants et que, à la suite d'une relation stérile, ils sont devenus amis, mais qu'elle reste à son côté dans l'espoir qu'un jour la flamme renaisse. (Si la scène d'aujourd'hui ne l'a pas convaincue qu'elle perd son temps, cette fille n'a aucune dignité. À mettre dans mon propre apprentissage personnel au sujet de quelques-uns de mes questionnements de vie sur une certaine relation d'amitié.)

1. Thomas. (Je me demande comment je réagirais si Thomas rencontrait une fille dans la rue et qu'il engageait la conversation avec elle devant moi. Une image d'apocalypse surgit dans mon esprit. Brrr. Frissons d'effroi. Peut-être que je devrais lui dire qu'une amitié entre nous est impossible ?)

2. Guillaume C. (Bof...)

3. David Gagné. (Je ne peux quand même pas le mettre en deuxième position après une seule vraie rencontre...)

4. Inoccupé.

5. Le poète. (On ne sait jamais, si je le recroise un jour, on pourrait avoir une chance.)

5

PREMIER RENCARD AVEC UN SÉDUCTEUR QUI NE MET PAS LA SÉDUCTION EN PRATIQUE

David ne m'a pas fait attendre longtemps. Il m'a rappelée dès le lendemain matin. Waouh ! C'est agréable de rencontrer un homme assez sûr de lui pour ne pas respecter la règle des trois jours. (La règle des trois jours est celle qui donne l'impression aux hommes de se sentir maîtres de la situation en faisant attendre les filles trois jours avant de les appeler. Mais quand on y pense bien, s'ils se donnent une règle pour éviter d'être envahis par une fille, c'est qu'ils se sentent déjà envahis par elle… Les hommes qui n'attendent pas, eux, ont a) confiance en eux, b) peu de temps à perdre vu qu'ils sont atteints d'une maladie incurable, ou c) vraiment envie de baiser.)

Je me prépare à aller à la laverie automatique quand mon portable sonne. Je réponds.

– Oui, allô ?

– Allô ! dit une voix superbe (celle de David – *yesss* !) à l'autre bout du fil.

– Euh… salut ! Hi, hi… dis-je.

Ma voix me trahit, j'aurais besoin d'un bon coup de matraque sur la tête pour être ramenée à la réalité.

– J'ai pensé que puisqu'on se croise souvent par hasard au restaurant, on pourrait peut-être y aller ensemble ?

– Bonne idée. Mais je suis occupée pour le moment.

Ma routine du dimanche est très serrée, laverie automatique le matin, exercices pendant une heure pour garder les fesses fermes au-cas-où-je-rencontrerais-l'homme-de-ma-vie-et-qu'il-préfère-les-filles-aux-fesses-fermes, douche et déjeuner. Habituellement, aucune invitation n'est prévue à mon agenda. Je dis alors à David que je ne suis pas disponible avant 13 heures. En plus, ça fait bien de ne pas se montrer trop empressée. (Traduction, j'ai développé plusieurs manies de vieille fille.)

– Euh…

– Tu trouves ça trop tard ?

– Ben… tu as déjà pris ton petit déj ?

– Oui, je n'ai pas faim tout de suite.

Et. Il. Faut. Que. Je. Fasse. Mes. Exercices. Pour. Avoir. Des. Fesses. Fermes.

– Ben… OK. Alors, 13 heures ?

– Parfait.

On s'est donné rendez-vous dans un café près de chez moi. Je n'ai pas eu besoin de faire de compromis. Ce n'est pas que je ne veuille jamais en faire, mais disons que c'est une façon de tester son intérêt.

Finalement, je n'ai pas le temps de faire mes exercices pour cause de préparatifs-avant-rendez-vous.

(Traduction, panique et désespoir devant le manque de choix flagrant de ma garde-robe, pas assez garnie malgré le nombre considérable de vêtements qu'il me reste à payer sur ma carte de crédit.)

J'arrive au resto. David est déjà arrivé, il parle avec deux jolies filles.

Deux minutes de retard, et me voilà déjà remplacée. Je m'approche tout de même, histoire de ne pas m'avouer vaincue.

– Salut !

– Ah ! Salut, Jasmine ! Je nous ai pris une place au fond. Mais je suis venu discuter ici parce que j'avais peur que tu ne me voies pas et que tu t'en ailles.

Il a dû se souvenir que je lui ai dit que j'étais folle. Il est probablement resté sur cette impression.

On déjeune. On se raconte un peu nos vies. Bon moment. Ensuite, on marche rue Mont-Royal. Chouette. Jusqu'à maintenant, je le considère comme un homme charmant, et non comme le monstrueux personnage qu'on m'a décrit. Mais tout se corse au coin des rues Mont-Royal et Saint-Denis.

– Rappelle-moi, on pourra se refaire un resto, dit-il en me faisant la bise.

EUH ? C'EST TOUT ?? Ai-je déjà perdu de l'attrait ? Quand on ne me connaît pas, je suis mystérieuse et intéressante, mais quand on me connaît un peu, je deviens ordinaire, c'est ça ?

Bref, je suis quasiment déçue (pas « quasiment », en fait). Il n'a tenté aucun rapprochement. Un déjeuner, ça n'a rien d'un dîner romantique. S'il était vraiment intéressé, il m'aurait invitée à dîner, non ? Les hommes ne m'aiment qu'en amie. Triste constat.

1. Inoccupé. (Thomas est détrôné parce qu'il devait m'appeler ce matin et qu'il ne l'a pas fait. Et je suis un peu fâchée contre lui à cause de ça, et parce qu'il me met dans la case « amie ».)

2. Thomas. (Voir explication plus haut.)

3. Guillaume C. (Totalement dans mon imaginaire.)

4. David. (Relation encore indéfinie. Et possibilité qu'il ne m'aime qu'en tant qu'amie lui aussi.)

5. Inoccupé. (C'est fini avec le poète. Je ne l'ai jamais revu et je ne sais même pas si je le reconnaîtrais si je le croisais, ce qui n'augure rien de bon pour une relation à long terme. Reconnaître une personne, c'est tout de même la base.)

6

DAVID GAGNÉ VS LEONARDO DICAPRIO

Un peu plus tard dans la journée, Thomas m'appelle. Il s'excuse de ne pas l'avoir fait plus tôt. Il a eu une idée pour un de ses contrats et il a travaillé toute la matinée, ce qui lui a fait perdre la notion du temps. Comme je trouve cette excuse valable et que je n'aime pas être fâchée contre lui, je lui pardonne.

Quand il me demande ce que j'ai fait aujourd'hui, je lance, comme ça, que j'ai déjeuné avec David Gagné.

– Ah ouais ? fait-il sur un ton détaché.

Aucune réaction. S'il n'était pas sincère dans notre amitié, il serait jaloux à l'idée d'avoir un éventuel rival. Peut-être qu'il faudra que je me rende à l'évidence. Et que je devienne sincère dans cette amitié, moi aussi.

– Ben moi, réplique-t-il, j'ai rencontré Leonardo DiCaprio dans la rue. Il est à Montréal pour un tournage et il m'a demandé le chemin d'un bar où il voulait aller.

– C'est où ?

– C'est où quoi ?

– Le bar où il voulait aller.

– Je ne te le dis pas.

– Allez !

– Non, il m'a fait promettre de ne pas le répéter.

– Bon allez, Thomas, dis-le-moi.

– Non ! Il m'a vraiment fait promettre de ne pas le dire et je ne veux pas trahir DiCaprio. En revanche, moi, je vais peut-être aller y faire un tour ce soir.

– Thomas… est-ce que tu te fiches de moi ?

– Oui.

– Pourquoi t'inventes des histoires pareilles ?

– Pour te faire oublier David Gagné.

Sa réponse me met dans un état de confusion totale. Thomas serait-il aussi ambivalent dans notre amitié que je le suis ? Alors, pourquoi se compliquer l'existence à rencontrer d'autres gens et en être jaloux quand on pourrait simplement être ensemble ? Mais bon, chaque fois que je lui pose cette question, il ne répond pas vraiment ou il me parle de sa peur panique de l'engagement et de la vie en banlieue (comme si, s'il décidait de devenir mon mec, je l'enfermerais au sous-sol d'une maison de banlieue et que je jetterais la clé. Tsss. Tellement mon genre. Quoique… ça pourrait se révéler persuasif…)

Avant de raccrocher, il m'invite à venir chez lui. Je m'y rends sans trop me presser (pour avoir l'air d'être indépendante).

Il m'accueille hyper chaleureusement et se lance dans une surprenante tirade où il m'avoue qu'il aimerait qu'on se remette ensemble, mais qu'il ne veut pas d'une relation comme celle qu'on avait avant. (C'est quoi, une relation comme celle qu'on avait avant ? Une relation qui finit après trois semaines ?) Puis il ajoute que, ce soir, il ne peut pas passer du temps seul avec moi, parce qu'il a promis à son ami Patrice d'aller voir le nouveau Woody Allen. Super ! Il veut qu'on se remette ensemble, mais pas pour le moment, car il doit me mettre dehors pour aller voir un film, mais peut-être demain ? Soupir… Il m'invite à me joindre à eux. Je décline. Je décide plutôt d'aller marcher en ville et de réfléchir à cette situation que je ne trouve pas très romantique, somme toute.

Thomas est-il en train de développer des symptômes d'amourophobie à mon contact ? Car je reconnais dans son comportement un trait des amourophobes. Ils refusent de s'engager dans une relation sérieuse, mais gardent l'autre en otage. Et dès qu'ils flairent la présence d'un élément perturbateur, ils réagissent en réaffirmant leur attachement. Pas assez clairement, cependant, pour prouver qu'ils sont prêts à s'engager.

Ça me déçoit, venant de Thomas. Après tout, s'il avait vraiment cru en sa propre déclaration d'amour improvisée en réaction à un super mâle qui me drague, il n'aurait pas accepté de me laisser partir. Il m'aurait retenue, aurait appelé Patrice pour annuler sa soirée en disant : « Désolé, j'ai une soirée avec une fille qui, je viens à peine de le découvrir, est la femme de ma vie. » Son ami aurait compris. Mais non. À la place, il me dit des mots qui me troublent, mais ne fait aucun geste pour les appuyer.

En réfléchissant à tout ça, je fonce dans quelqu'un. Pas Leonardo DiCaprio (malheureusement), mais mon figurant principal qui tient maintenant un second rôle, David.

– Deux fois dans la même journée ! Tu me suis ? s'étonne-t-il en riant.

C'est lui qui m'a vue en premier, je le jure.

– Non… Le hasard nous met toujours sur la même route, c'est bizarre.

– Je vais manger vietnamien. Tu m'accompagnes ?

– D'accord.

Au restaurant, nous parlons de tout et de rien. Il me demande ce que les gens pensent de lui. Sait-il qu'une foule de rumeurs courent à son sujet ? Je choisis de lui dire la vérité, afin que notre relation se construise sur des bases solides de confiance mutuelle.

– On te perçoit comme un homme un peu trop sûr de lui. On dit aussi que tu es torturé, tordu, sombre, et même fou, dis-je en crispant le visage de peur qu'il ait une mauvaise réaction.

– On ne dit pas que je suis une personne saine ?

– Non, surtout pas. Les gens ont plutôt peur de toi.

– Peur de moi ?

– Oui… On dit que tu es un féroce négociateur, qui ne paie pas toujours bien. Tu n'es pas du genre à aider la veuve et l'orphelin, hein ?

– C'est un portrait très négatif, dit-il, visiblement déçu.

Pendant la conversation, je prends soin de placer subtilement les informations suivantes :

• Ça s'est terminé avec Yannick parce qu'il ne voulait pas de copine.

• J'ai un peu peur des hommes et de leur propension à être amourophobes.

• J'aimerais que ma prochaine relation soit sérieuse.

De son côté, il me confie qu'il regrette de toujours me voir avec des hommes et de devoir se résigner chaque fois en se disant : « Cette fille-là a encore un mec ! » (Je dois me forcer à me dire qu'il ne s'agit que des belles paroles d'un séducteur expérimenté.) Il me dit aussi :

– Depuis un an, je sens qu'on se reconnaît, mais on n'était pas encore prêts à se rencontrer.

On se *reconnaît*... Waouh ! Après la fuite de Thomas, j'ai l'impression d'entendre *la* phrase que j'attendais. Je ne veux pas être naïve, pourtant ça me charme... Dommage que je l'aie vexé à cause de mon filtre inadéquat et que j'aie probablement saboté toutes mes chances avec lui.

2e liste de la journée, version révisée :

1. Inoccupé.

2. Thomas. (Ça ne me séduit pas de m'entendre dire qu'on ne veut pas de moi et d'entendre le contraire tout de suite après. Surtout si une sortie avec un ami prend tout à coup une importance capitale. Il perd du terrain.)

3. David. (Lui... il gagne du terrain, mais je demeure sur mes gardes.)

4. Guillaume C. (Ouais, bon, je ne l'ai pas revu, mais cette liste se doit d'être bien remplie pour me permettre de faire des choix éclairés.)

7

DIALOGUES INÉDITS AVEC DAVID + THOMAS

Le soir même, en rentrant chez moi, je m'assois devant mon ordinateur. Après avoir perdu beaucoup trop de temps sur Facebook à regarder le bonheur des autres, j'écris un mail collectif à mes amies, à mes parents et à ma sœur pour raconter mes deux rendez-vous d'aujourd'hui avec David. J'ai pensé que ce serait beaucoup moins long que de raconter l'histoire à chaque personne individuellement. Je sais que c'est étrange de raconter ma vie à tout le monde comme ça (surtout à mes parents), mais ça me permet de 1) faire un récit palpitant pendant que je me sens encore fébrile, 2) gagner du temps, et 3) recevoir plein de messages en retour grâce auxquels je saurai rapidement ce qu'en pense mon entourage. Comme un genre de journal intime qui répond. Évidemment, je pourrais me mettre à écrire un blog, mais quelque chose en moi me pousse à rester discrète par rapport à mes questionnements amoureux. Étant donné qu'ils sont antiféministes, et que les écrits restent, si jamais un jour je règle ma vie affective et qu'on découvre en me googlant que je me suis pris la tête sur mon célibat plutôt que de mettre ma carrière ou autres combats féministes en priorité, ça pourrait détruire ma réputation. Le mieux serait que je commence à écrire un blog féministe pour avoir une certaine crédibilité. Ainsi, ma propension à aimer la mode, le maquillage et le romantisme restera complètement top secret.

Quelques minutes après l'envoi de mon message, je reçois une réponse d'Isa.

Objet : Re : Deux fois dans la même journée ! :-)

Jasmine ! J'ai lu ton histoire avec plus de ferveur qu'un roman ! Il faut que je te dise… Je l'ai toujours trouvé beau, David !

Qu'est-ce que c'est palpitant, la vie d'une célibataire !

Isa

Ouais… si un jour je veux faire pitié, faudrait pas que j'appelle Isa en premier. Dans le fond, je l'envie d'avoir enfin rencontré un amoureux qui lui compose des poèmes, de rêver à s'acheter une maison et à fonder une famille (même si ça fait à peine quelques semaines qu'elle connaît Gabriel). Elle est la preuve qu'il est encore possible de rêver.

Malgré tout, j'ai envie de lui répondre que si j'ai le temps d'écrire de tels récits, c'est que ma vie est pleine de temps libre (traduction : ennuyeuse).

Roxanne aussi me répond peu de temps après. Tiens, tiens, la vie de famille n'est peut-être pas si réjouissante que ça, si on est toujours sur le Net !

Objet : Woh ! Les nerfs !

Je viens de lire tes aventures avec David. Je te comprends de ne pas être insensible à son charme, mais ne t'emballe pas trop avec ce genre de mec, OK ? Tu mérites mieux.

On s'appelle tantôt.

Rox

xx

J'avoue que c'est très « emballant » d'être l'une de ses milliers de conquêtes. Passons.

Ma mère aussi me répond presque immédiatement.

Objet : Re : Deux fois dans la même journée ! :-)

Tu es donc bien discrète, dis-m'en plus.

Bisous,

Mom

Je n'ose pas lui rappeler qu'elle est ma mère et que, par conséquent, je n'ai pas envie d'approfondir les détails de ma vie (presque) sentimentale. Et qu'elle m'a accusée il n'y a pas si longtemps de mettre trop d'énergie dans ma vie amoureuse et pas assez dans ma carrière.

Mon père me répond une phrase qui, comme toujours, est très éloquente.

Objet : Re : Deux fois dans la même journée ! :-)

Tant mieux si tu t'amuses.

Ton père xxx

P.-S. : En passant, j'ai bien reçu tes chaînes de lettres cette semaine… Ne m'en envoie plus, s'il te plaît. C'est parfois un virus.

Bah, ils ne sont pas supposés avoir une vie, eux ? Pourquoi ne viennent-ils pas me tenir compagnie chez moi au lieu de perdre leur temps devant leur ordinateur ? (Peut-être un bon sujet pour mon futur blog à caractère social ?) Je réponds à mon père que moi aussi, je déteste les chaînes de lettres, mais que je suis obligée d'en envoyer. Dans les chaînes de lettres, on se montre très catégorique : si la lettre n'est pas transmise à quinze personnes, notre vœu ne sera pas exaucé. Comme je *veux* un mec, je dois tout mettre en œuvre pour réaliser ce souhait, même respecter des règles aussi ridicules que celles des chaînes de lettres. Mon père comprendra.

J'éteins mon ordinateur et je m'allonge sur mon lit. Je repense à mon dîner avec David et à tout ce que nous nous sommes dit. Notre conversation a été beaucoup plus fluide et agréable que celle du déjeuner.

– Ça fait longtemps qu'on se croise... Tu avais envie de me rencontrer ? m'a-t-il demandé en tentant d'attraper une crevette avec ses baguettes.

– Pas vraiment...

– Ah non ? Pourquoi ?

– Parce que quand Yannick nous a présentés, tu ne m'as pas regardée. Tu n'avais d'yeux que pour lui, alors j'ai pensé que tu étais attiré seulement par les gens qui pouvaient t'inviter à manger... ou que tu étais gay.

– C'est pour ça que tu avais l'air hautaine.

– Moi ? C'était de la timidité !

– J'imagine. Parce que tu sembles être une personne très ouverte.

(Pas si ouverte que ça, Woh ! Si tu penses pouvoir m'embarquer dans des trips de cul à la *Cinquante Nuances de Grey*, oublie ça !)

– Oui, c'est vrai, je suis très sociable.

Mais voyons, qu'est-ce que j'ai dit là, moi ? « Je suis très sociable » ? Je veux me vendre en tant que femme fatale ou en tant que spécialiste des relations publiques ?

– En fait, je croyais que tu ne me reconnaissais pas, alors je te faisais un sourire poli, sans plus, ai-je ajouté, tout en constatant qu'il était très maladroit avec ses baguettes.

– Tu sais, quand je ne te regardais pas, c'est qu'en fait je te voyais beaucoup trop... Mais tu étais avec Yannick et je ne voulais pas avoir l'air de te fixer.

Et là, il a levé la tête de son assiette et il m'a regardée. Ouf ! j'ai éprouvé comme un vertige. Était-ce parce qu'il me plaisait ou parce qu'il me remettait constamment sous le nez une des relations les plus douloureuses de mon existence ? Je ne sais pas. J'ai souri, et c'est là qu'il a ajouté *la* phrase des phrases. Celle qui me perturbe et à laquelle je n'arrête pas de penser depuis qu'elle est sortie de sa bouche.

– Depuis un an, je sens qu'on se reconnaît, mais on n'était pas encore prêts à se rencontrer.

Je me sentais enivrée. Je me suis donc approchée de lui et, en prenant mon ton le plus sexy, j'ai murmuré :

– J'ai vraiment envie…

Là-dessus, il s'est aussi approché de moi, vraiment intéressé par ce que j'allais dire, puis, soudain, l'air de *Take Me Out To The Ball Game*[1] a commencé à retentir. J'ai regardé autour de moi. Il n'y avait pas de télé. Apparemment pas non plus d'amateurs de base-ball. Seulement la famille vietnamienne qui s'affairait à répondre aux exigences des clients. Était-ce ma tête qui m'envoyait un message subliminal ? Mais lequel ? Que je venais de frapper un coup de circuit[2] dans le cœur de David ? Bonsoir, jeeeeee suis partiiiiiiie ! Que m'aventurer plus loin avec lui causerait chez moi un retrait systématique ?… Je manque vraiment de vocabulaire de base-ball pour faire des analogies, il me faudrait un signe plus clair. David m'a alors fait signe d'attendre une minute et il a sorti de sa poche son portable. *Take Me Out To The Ball Game* s'est fait entendre plus fort cette fois-ci.

1. Hymne non officiel du base-ball. *(N.d.É.)*
2. « Coup de circuit » au base-ball : *home run*. *(N.d.É.)*

– Oui ? a-t-il répondu d'un ton ferme en mettant un terme à la musique, levant son index pour me signifier qu'il n'en avait que pour un instant.

Après quelques minutes pendant lesquelles je révisais mentalement mon vocabulaire de base-ball, juste au cas où nous aurions un jour à aborder ce sujet (j'espère que non), il a éteint son portable et s'est excusé.

– Alors, tu disais que tu avais envie… a-t-il murmuré tout en s'approchant à nouveau de moi avec une étincelle dans les yeux.

– … de… d'aller aux toilettes. Tu m'attends deux minutes ?

– Euh… ah… ben… vas-y, a-t-il dit, un peu déconcerté.

Oui, j'avoue que j'ai eu envie de l'embrasser. Mais ça n'aurait servi à rien de tout précipiter.

À mon retour, il a payé l'addition et, en sortant du restaurant, on s'est fait la bise avant de se quitter.

Ça me fait sourire de repenser à tout ça.

Vers minuit, la sonnerie du téléphone m'oblige à sortir de mes pensées. C'est Thomas, de retour de son film.

– Jas… tu étais fâchée tout à l'heure ? Pourquoi tu n'es pas venue voir le film ?

– J'étais fatiguée.

– Ah. C'était chiant, tu as bien fait de rentrer chez toi.

– En fait, j'ai croisé David dans la rue et je l'ai

accompagné au resto, dis-je, une pointe de malaise dans la voix.

Silence à l'autre bout du fil. Thomas semble troublé.

– Tu es jaloux ?

– Je... Ben non, tu as le droit de faire ce que tu veux.

– Thomas... Au sujet de ta proposition... Je trouve ça juste un peu froid. Si jamais on arrêtait d'être amis pour être ensemble, j'aimerais que tu aies l'air de vraiment vouloir. Que tu me séduises... Je ne sais pas...

– Je sais, c'est nase. Tu veux plus. Tu vaux plus. Mais j'ai...

– Je sais, tu as peur que je t'enferme dans un sous-sol de banlieue.

– Quoi ?

– Laisse tomber... Promets-moi juste que quand on aura rencontré quelqu'un, on continuera de se voir aussi souvent.

– C'est toi qui ne m'appelleras plus quand tu auras rencontré quelqu'un. Vous êtes comme ça, vous, les filles !

– Pas du tout !

– Je t'aime... beaucoup, Jasmine.

– Moi aussi, Thomas... Bonne nuit.

– Bonne nuit.

On raccroche. Je me sens très confuse. Dans d'autres circonstances (des circonstances où Thomas me prouverait qu'il est vraiment amoureux de moi et qu'il est prêt à avoir une vraie relation qui va quelque part), je le considérerais sûrement comme le candidat numéro un au poste d'homme de ma vie. Oui, sans doute. Parce qu'on rit toujours, qu'on aime être ensemble et qu'il est mon plus grand complice. Mais il a quand même mis un terme à notre relation, plutôt deux fois qu'une (même si la deuxième fois c'était une décision « commune »). Si je me remets avec lui, je risque non seulement de le perdre comme ami, mais également de perdre mes chances avec tous mes autres mecs potentiels. S'il y a une chose que j'ai apprise au sujet des relations amoureuses, c'est que, même avec la meilleure des volontés, on ne peut pas forcer quelqu'un à vivre quelque chose qu'il n'est pas prêt à vivre. Même s'il y a l'amour, il n'y a pas forcément l'envie d'assumer toutes les responsabilités qui vont avec.

Lequel de mes mecs potentiels obtiendra le premier rôle dans ma vie ?

8

BRUNCH AVEC LES FILLES + DÉCLARATION D'AMOUR INSATISFAISANTE

Roxanne, Isa et moi brunchons dans un restaurant qui vient d'ouvrir dans la rue Mont-Royal, et qui est déjà un favori des *foodies*. Roxanne nous raconte qu'elle a l'impression de ne plus avoir de temps avec son mec, que la vie de famille prend toute la place et qu'ils n'ont plus d'intimité. À quatre, ils se marchent sur les pieds dans leur appartement. Elle me regarde intensément en disant ça, comme si je pouvais capter télépathiquement qu'elle me dit, en fait : « Tu vois ? Rien n'est parfait ! » Quant à Isa, elle parle de sa relation avec Gabriel, qu'elle apprivoise. Elle dit que c'est un amour différent de ce qu'elle a connu avant et qu'elle se sent bien.

Mes amies sont un peu plus vieilles que moi. Roxanne a vingt-sept ans et elle a eu ses enfants jeune, tandis qu'Isa a trente ans et me fait remarquer que lorsqu'on n'a pas la chance, comme Roxanne, d'avoir ses enfants avant trente ans, l'horloge biologique nous pousse à faire des choix différents que ceux qu'on aurait faits à vingt ans. Et que maintenant, elle préfère écouter mes anecdotes supposément palpitantes de célibataire au lieu de les vivre elle-même. De mon côté, je leur explique que je tente d'adopter une attitude où je parle moins de ma vie sentimentale. Je leur lance l'idée de mon projet de blog féministe dans le cadre de ma recherche intense d'une nouvelle carrière, mais ça ne semble pas trop les intéresser. Elles me ramènent à David et Thomas. Isa dit que mon blog devrait parler de ma vie amoureuse. Mais j'insiste sur mon idée de blog féministe dont le but serait de me procurer une crédibilité à long terme et non de divertir à court terme. Elle ne semble pas accrocher, car elle enchaîne tout de suite avec le fait qu'elle me trouve chanceuse de vivre autant de suspense dans mes relations amoureuses. (Comme si ce n'était pas en contradiction totale avec le fait de s'inscrire sur un site de rencontres et de se mettre en couple justement parce qu'elle n'en pouvait plus du « suspense ». Je m'abstiens de le lui souligner.) Elle semble lire dans mes pensées, puisqu'elle ajoute qu'elle se demande parfois si elle n'aurait pas pu rencontrer quelqu'un d'aussi flamboyant que David, si elle avait eu plus de courage.

– Mais enfin, Isa ! Ce n'est pas une question de courage. Et David n'est pas si sexy que ça. Et de plus, il séduit une fille différente chaque semaine.

– Mais il a dit qu'il voulait une copine. Ça sera peut-être toi…

– Ben non ! C'est un amourophobe, c'est é-vi-dent.

– En tout cas, je connais une fille qui connaît une fille qui a couché avec lui, et elle dit que c'était le meilleur coup de toute sa vie. Penses-y.

– Ouais, bof. On verra. Pour l'instant, les seules nouvelles que j'ai de lui sont ce genre de légendes urbaines, alors…

Roxanne, qui ne participait pas à la conversation depuis un bon moment, se contente de dire, entre deux bouchées d'œufs bénédictine, qu'elle ne voit pas d'un très bon œil le fait que je m'intéresse à lui plus que je ne le laisse paraître. Que ça sonne comme un autre échec à la Yannick. Et que, selon elle, je devrais me concentrer sur des hommes avec qui j'ai de l'avenir.

– Ah oui ? Donne-moi la liste des hommes avec qui j'ai un avenir ! Pour l'instant, ils ne font pas la queue derrière ma porte !

– Il y a des mecs bien partout sur la planète, et toi, tu t'intéresses uniquement à ceux qui ne veulent rien savoir du couple, alors que tu veux être en couple ! Thomas, c'est juste un ami. David, juste un fantasme. Oublie-les et regarde ailleurs.

– Tu ne sais pas ce qui va arriver. Imagine que je finisse par sortir avec lui et qu'il devienne par alliance l'oncle de tes enfants. Tu te sentirais mal d'avoir dit du mal de lui !

– Il ne sera jamais l'oncle de mes enfants ! dit-elle en levant sa fourchette et en s'étouffant avec sa bouchée.

– Qui ça, David ou Thomas ? interroge Isa. Je ne vous suis plus.

– Les deux ! se fâche Roxanne.

Bon, je devrais peut-être penser à faire le tri dans mes amitiés, puisque personne ne semble accepter ma nouvelle pas-encore-relation. Car, même si je n'ai pas eu de nouvelles de David, je pense souvent à lui. Et à sa belle phrase : « On se reconnaissait », et tout et tout… Sa réputation se fonde sur des rumeurs. Je ne vais quand même pas me fier à ça. Et s'il était l'homme de ma vie ? Ben quoi ? Il y a plein d'hommes comme ça, au passé peu reluisant, qui ont changé au contact de l'amour ! Hum…

Le lendemain soir, je regarde « Koh-Lanta » au téléphone avec Roxanne. Des participants sont en train d'engloutir des vers de terre vivants. Ça me divertit énormément de voir qu'il y a des gens dans le monde en proie à de plus grands soucis que les miens. Roxanne, elle, a failli vomir : en même temps qu'elle regarde l'émission et me parle au téléphone, elle change la couche de Zak. Au moment où une fille prend une poignée de vers de terre dans sa main, mon autre ligne sonne. C'est Thomas.

– Je ne peux pas te parler. Je regarde « Koh-Lanta » avec Roxanne et on est en plein suspense de vers de terre, dis-je en faisant la grimace sans lâcher la télé des yeux. Une fille d'à peu près mon âge est sur le point d'en avaler une grosse poignée. Beeeeeerk ! Je te rappelle pendant la pub !

– Est-ce que ça va être long ?

– Non, non !

Trois minutes plus tard. Il rappelle.

– Jas, j'ai besoin de parler.

– Beurk ! beurk ! beurk ! elle est en train de les

mâcher et il y a un ver de terre qui lui sort du coin de la bouche. Je te rappelle dans cinq minutes, promis.

Quinze minutes plus tard, après avoir fait, avec Roxanne, l'analyse exhaustive des gens qui participent à ce genre d'émission (non mais, qu'est-ce qui pousserait quiconque à manger des insectes gluants ? L'argent ? La gloire ? « Hé, Joe, comment t'as fait fortune ? » « Oh… euh… facile… J'ai mangé une coupelle de vers de terre. » Je n'arrive pas à comprendre…), je rappelle Thomas.

– Je n'ai plus envie de te parler, Jasmine ! Quand tu m'appelles parce que tu as peur qu'un voleur soit caché dans ton armoire ou qu'un fantôme hante ta maison, j'accours sans poser de questions. Moi, je t'appelle parce que j'ai besoin de parler, et tu me raccroches presque au nez.

– Il y a un fantôme chez toi ?

– Non…

– Un voleur ?

– Non, ça n'a rien à voir avec ma maison, s'impatiente-t-il.

– Je m'excuse… C'est que… Roxanne avait besoin de parler.

– C'est pour ça que tu regardes des vers de terre à la télé ?

– Écoute, Roxanne… non… son mec est rentré en retard hier… et… elle avait de la peine. Elle a lu un article sur les neuf signes de l'infidélité, et rentrer en retard en était un, alors elle ne se sentait pas tranquille. Les vers de terre, c'était pour lui remonter le moral. Qu'est-ce qui se passe, Thomas ?

– Rien.

– Ben quoi, tu voulais me parler. J'ai raccroché avec Roxanne, qui était au bord du suicide…

Bon, peut-être pas tant que ça, mais c'est bien d'appuyer le sérieux de la situation.

– … pour t'écouter, et tu n'as rien à dire ? Ton entraînement ne s'est pas bien passé ?

Ce soir, il s'entraînait pour la première fois dans un groupe en vue de faire un marathon. Personnellement, je trouve ça très bizarre, car il n'a jamais été vraiment intéressé par le sport. Habituellement, la seule chose qui bouge chez Thomas, ce sont ses pouces quand il joue à des jeux vidéo. Mais bon, peut-être qu'il suit secrètement les tendances, lui aussi, car le jogging est un sport très prisé. Il a dit qu'il voulait prendre des cours pour voir du monde et bouger un peu. Je trouve ça honorable, mais louche quand même. (Traduction : il fait sûrement ça pour rencontrer des filles.)

– Oui, ça s'est mal passé parce que je ne suis pas aussi bon que David Gagné !

– Hum… je ne sais pas s'il fait du sport…

– Je m'ennuie de toi.

– Thomas, on se voit presque tous les jours depuis une semaine.

– Oui, mais je m'ennuie de nous deux.

– Ben, on était ensemble.

– Oui, mais… tu vois ce que je veux dire.

– Non.

– Écoute, je trouve que tu es super belle, avec une personnalité passable et un sens de l'humour correct, fait-il avant d'éclater de rire, ce qui contraste avec son ton déprimé d'il y a à peine quelques secondes, mais qui laisse présager également un possible trouble bipolaire.

– Franchement, pourquoi tu dis ça ? C'est ça que tu voulais absolument me dire ? Je me sens un peu vexée, dis-je en commençant à jouer nerveusement avec mes cheveux.

– Tu m'as déjà dit que si je voulais qu'on se remette ensemble, il faudrait que je te séduise. Tu m'as aussi déjà dit que tu me trouvais drôle. J'ai allié les deux…

– Thomas…

– Jasmine, je sais que tu veux plus, mais que moi, je suis pas tout à fait capable de te donner exactement ce que tu veux, mais j'aimerais qu'on… ben… on pourrait réessayer. Des fois que ça marcherait.

Sirène d'alarme, ding, ding, ding : « On pourrait réessayer » n'a rien d'une déclaration d'amour. C'est froid, distant, sans charme. « Jasmine, je t'aime et je veux être avec toi pour la vie », ça, c'est une déclaration d'amour. Mais « on pourrait réessayer » n'est pas très convaincant. C'est comme si on signait un contrat d'essai, satisfait ou remboursé.

– Pas très séduisant, comme proposition.

– Jas, il y a une fille qui m'a dragué à mon entraînement ce soir, et ça m'a permis de me rendre compte de plein de choses sur nous deux.

Ah, ah ! je savais qu'il voulait rencontrer des filles !

Est-ce que ce serait simplement une ruse pour me garder pour lui, sans pour autant qu'il soit prêt à s'engager dans une vraie relation ? Malgré tout, je ne peux m'empêcher d'écouter ce qu'il a à dire.

– Thomas… ça me semble un peu froid, tout ça. Ce n'est ni convaincant ni séduisant… Ni clair.

– Jasmine… tu as un si joli nom.

– Merci… dis-je, charmée.

– Tu sais ce que ça signifie en iroquois ?

– Non…

Intriguée, j'essaie d'adopter la voix sensuelle que je ne prends que dans les grandes occasions, donc pas souvent par les temps qui courent.

– « Dinde »…

Je sursaute, sans bien sûr parvenir à retrouver ma belle voix sensuelle. À la place, j'émets un gloussement qui doit s'apparenter à celui de l'animal avec lequel il vient de me comparer. Je ne comprends pas trop ce qu'il cherche. Quel mec immature ! Ce n'est pas pour rien que les filles s'intéressent à des hommes plus vieux (exemple, David).

– Bon, je raccroche, Thomas. T'es con.

– Mais non ! C'était une blague !

– Elle est pas drôle. Bye !

– Jasmine… je suis peut-être maladroit, mais j'aimerais te serrer très fort dans mes bras.

– Super, dis-je sarcastiquement en enroulant furieusement une mèche de cheveux entre mes doigts.

– Hey ! je suis sincère, et toi, t'es méchante !

– Euh… est-ce qu'il faut te rappeler qu'il y a deux minutes à peine tu m'as traitée de dinde ?

– C'était un mot doux, dit-il en riant aux éclats (de sa propre blague, je tiens à le rappeler).

Vraiment, lui et le romantisme…

– Bye.

Je m'apprête à couper la communication, mais mon écran est bloqué et j'en suis incapable.

– Tu es encore là ? demande-t-il.

– Oui, mais ce n'est pas parce que je le veux, c'est parce que je ne peux pas raccrocher.

– Pourquoi ? Tu es suspendue à mes lèvres, hein ? Je suis irrésistible. Hé, hé.

Mon écran de téléphone se débloque.

– Bon, bye, je raccroche maintenant.

1. Thomas. (Après tout, il a refusé les avances d'une fille et il a quand même « essayé » de me séduire. On dirait qu'il a vraiment la volonté de faire des efforts.)

2. David. (Surtout à cause de sa belle phrase...)

3. Inoccupé.

4. Guillaume C. (Il faudrait que je le revoie, juste une fois.)

5. Inoccupé.

9

DÉJÀ-VU

Il y a deux ans, j'étais dans un tourbillon émotif douloureux avec Yannick. Il disait m'aimer, mais ne voulait pas se mettre en couple. (Quelqu'un pourra-t-il m'expliquer un jour cette contradiction ?) Je passais de bons moments avec lui, mais je n'avais personne pour m'accompagner dans les dîners, ou avec qui faire des voyages ou des projets. J'acceptais la situation parce que j'avais l'impression de vivre une passion unique. Et je m'efforçais de ne pas m'attacher à lui, mais la réalité est que j'étais amoureuse et que j'espérais qu'il découvre qu'au fond, malgré ce qu'il disait, il voulait se mettre en couple. Je rencontre Thomas, m'intéresse à lui, mets un terme à la situation insatisfaisante avec Yannick. Celui-ci me fait alors une déclaration d'amour, et prétend que ça tombe mal que j'aie un nouveau mec potentiel, parce qu'il est justement prêt à s'investir dans une relation sérieuse. Je choisis Yannick, car j'attendais ça depuis longtemps, et je rejette Thomas. Pourtant, je pense souvent à lui, et j'ai la ferme conviction d'avoir fait le mauvais choix. Conviction qui sera confirmée quelques mois plus tard quand ma relation avec Yannick se terminera là où elle avait commencé : nulle part.

À force d'attendre, cette relation m'avait usée. Et puis, mon cœur était déjà ailleurs, avec Thomas. J'ai donc recontacté Thomas. Et même s'il est en tout point différent de Yannick, j'ai eu l'impression de revivre la même chose... avec une autre personne.

Aujourd'hui, j'ai gagné en lucidité. Je ne m'imagine pas que David est le prince charmant, ni que Thomas vient soudainement de se découvrir une passion pour l'engagement amoureux.

Sauf que...

Dîner avec Thomas. Il joue avec son téléphone. Ça me dérange. Je préférerais qu'on discute. Je le lui fais remarquer. Il me dit qu'il a partagé une vidéo drôle sur Facebook et qu'il surveille le nombre de *like* qu'il récolte. Je lève les yeux au ciel.

Il tape quelque chose sur son écran et me montre, sur son calendrier, la case d'aujourd'hui : « Parler avec Jasmine. »

– Je ne sais pas pourquoi, mais ça sonne péjoratif.

Il reprend son téléphone et remplace l'inscription par : « Communiquer avec Jasmine. »

– T'es vraiment pas romantique, hein ?

Il change pour : « Dire quelque chose de romantique à Jasmine, comme : "Tu as de beaux cheveux." »

Il regarde ce qu'il a écrit, se tourne vers moi, avale une gorgée d'eau et, sur un ton théâtral, déclame :

– Jasmine, tu as de beaux cheveux !

– Lâche ça ! dis-je en m'emparant de son téléphone.

Il rit.

Je lui dis alors que je suis très fâchée contre lui depuis qu'il m'a traitée de dinde, tout en lui adressant ma moue boudeuse (irrésistible, selon moi).

– Et toi, tu penses que tu es une pro de la séduction, avec ton *duck face* ?

Très mal à l'aise, je redonne à mes traits un air normal. Il poursuit :

– Je ne t'ai pas traitée de dinde, c'est ton nom en iroquois... Ne renie pas tes racines !

Puis il me prend la main.

– Allez, tu veux qu'on réessaie ?

– Je déteste quand tu dis ça, dis-je en retirant ma main. On dirait que t'es pas prêt. Tu as plein de choses à vivre : coucher avec une fille différente chaque soir, faire un plan à trois... C'est vrai, les hommes ont tous ce fantasme ! En plus, tu veux vivre dans un loft. Un loft, ce n'est pas particulièrement pratique pour la vie à deux.

En passant, c'est quoi, la mode de vouloir vivre dans un loft ? On dirait que tout le monde veut vivre dans un loft ! Est-ce que c'était dans une chronique des *In* et des *Out* que j'ai ratée ?

– Tu ne voudrais pas vivre dans un loft, toi ? dit-il en me reprenant la main. On pourrait vivre dans un loft ensemble ! Jasmine, t'es la fille que j'aime le plus au monde.

Waouh ! ça, c'est une belle phrase ! Plus belle que celle de David : « On se reconnaît et bla-bla-bla » Oui... Il ne peut y avoir mieux que cette phrase.

– Euh... t'es sérieux ?

– Je ne veux juste pas d'une relation comme celle qu'on avait avant.

– Tu dis toujours ça, m'emporté-je en retirant de nouveau ma main de la sienne. Qu'est-ce que ça veut dire ?

– Je ne sais pas... On dirait que c'est moins compliqué quand on est amis. J'ai moins peur de te dire non. On se connaît mieux maintenant. Je pense que ça pourrait marcher.

– Tu penses que ça pourrait marcher parce que tu peux me dire non ?

– Oui... Enfin, non... pas juste à cause de ça.

– Dans le fond, tu as peur de me perdre parce que j'ai d'autres mecs en vue.

– Non.

– Et si je te disais oui, tu voudrais qu'on vive ensemble... dans un loft ?

– Je ne sais pas. Tu le sais, j'ai du mal à penser à long terme. Mais on pourrait y aller tranquillement, sans se poser ce genre de question tout de suite.

– Es-tu en train de me proposer qu'on soit des *sex friends* ?

– Non, non, voyons, je te respecte trop pour ça. Je sais que ça t'a fait de la peine, ce genre de relation, dans le passé.

– Mais tu proposes une relation de sexe décomplexée où on ne pourrait pas dire « Voici mon mec, voici ma copine » quand on se présente à des amis.

– Ben non ! Jamais je ferais ça avec toi !

– Quoi, le sexe ? Ou me présenter comme ta copine ?

– Non, mais on aurait une relation normale non définie avec du sexe, jusqu'à ce qu'on voie si on aime assez ça pour que ce soit plus… clair.

– Je ne comprends rien ! Je n'ai pas envie de sortir avec quelqu'un qui n'est pas tout-à-fait-parfaitement-certain qu'il veut sortir avec moi.

– OK… Ta décision. Hey, t'as vu ça ? Déjà 160 *like* sur ma vidéo !

Est-ce moi qui suis trop exigeante ? Il m'a dit exactement ce que je voulais entendre. Pourtant, je ne suis toujours pas satisfaite. Ce n'est pas que je sois une experte en relation amoureuse (loin de là), mais il me semble que ça ne sonne pas très… « amoureux ». Et au lieu de me charmer, Thomas me plonge toujours dans la confusion totale.

Après le dîner avec Thomas, je marche seule dans la rue Saint-Laurent. J'ai besoin de réfléchir à tout ça. Je croise par hasard Fred, un ancien ami de l'université. On marche quelques rues ensemble tout en parlant de nos vies respectives et, surtout, de l'amour. Au coin de Duluth, avant de me quitter, il me dit :

– Tu sais, Jasmine, j'ai toujours voulu sortir avec toi, mais tu n'as jamais rien voulu savoir de moi. Ma mère me disait toujours : « On suit qui nous fuit et on fuit qui nous suit. » Aujourd'hui, j'ai une femme qui m'aime, je suis heureux. Je ne cours plus après personne et personne ne me fuit.

– Fred… je m'excuse de t'avoir fait de la peine… J'étais jeune, je ne savais pas ce que je voulais…

– Je ne t'en veux pas. J'ai rencontré la femme de ma vie. Je vais être papa dans quelques mois.

Ah ! les rendez-vous manqués… Pourquoi je ne m'intéressais pas à ce mec gentil et pas compliqué ?

En parlant de David (euh… je ne parlais pas de lui, mais je pensais à lui), il ne m'a toujours pas rappelée depuis cette charmante soirée où il m'a dit cette superbe phrase qui m'a rendue presque gaga et qui m'a fait croire dur comme fer que j'étais la fille qui allait changer sa réputation.

En rentrant chez moi, j'appelle Roxanne car je n'y vois plus clair. Son analyse de la situation : elle adore Thomas, mais croit qu'il utilise une tactique pour éviter de me perdre. Elle pense que je devrais me montrer prudente. Et se demande, elle aussi, pourquoi je ne m'intéresse pas plus à des mecs comme Fred, et pense que c'est ce genre-là que je devrais chercher.

Argh. Ça m'énerve quand elle a raison.

Je me sens encore une fois dans un tourbillon.

10

MON AVENIR SELON UNE TIREUSE DE CARTES

Bon, il est temps d'utiliser les grands moyens. Ma situation amoureuse est complètement sens dessus dessous, et j'ai vraiment besoin d'être éclairée. J'ai décidé de consulter une spécialiste, une tireuse de cartes.

Je prends donc rendez-vous avec Claire Beauregard un après-midi où je n'ai absolument rien de prévu. (En fait, je prends soin de fixer le rendez-vous quelques jours à l'avance. Donc, techniquement, j'ai *quelque chose* de prévu. Mais bon, vu que ça fait un peu loser comme activité, ma version officielle sera que je n'avais « absolument rien d'autre à faire », que je suis passée là par hasard et que je suis entrée en me disant : « Bah, pourquoi pas ? »)

Je me questionne beaucoup sur le nom de ma voyante. Claire Beauregard… Claire Voyante, tant qu'on y est ! C'est comme si un fleuriste s'appelait Paul Latulipe ou, encore mieux, Aimé Lafleur. Ha ! ha ! ha ! Aimé Lafleur, pauvre mec, quand même !

J'arrive chez Claire Beauregard un peu avant l'heure de mon rendez-vous. Je ne veux perdre aucune minute de ce qu'elle pourra me dévoiler sur mon avenir amoureux.

– Bonjour, Jasmine, dit-elle en ouvrant la porte.

– Waouh ! vous connaissez mon nom ? dis-je, stupéfaite.

– Bien sûr. Vous avez pris rendez-vous, non ?

B-r-a-v-o. Ça va sûrement affecter la rencontre. Me voyant mystifiée pour si peu, elle va croire qu'elle peut me dire n'importe quoi, sans aucune rigueur.

– Euh... ah... oui... C'est vrai. Désolée, je ne pensais pas que c'était vous que j'allais rencontrer...

– Si, c'est moi, Claire Beauregard, assure-t-elle en me tendant la main. Entrez, nous allons pouvoir commencer.

Une odeur de pipi de chat envahit mes narines dès que je mets le pied dans l'appartement. Je suis sur le point d'en être furieusement incommodée lorsqu'un chaton zébré gris et blanc vient se frotter contre mes mollets, ce qui ne manque pas de me charmer.

– Ah ! je vois que Mistigris vous a adoptée. Le voulez-vous ? Je cherche à le donner. Ma chatte a eu une portée, mais j'ai déjà huit chats. Douze, ce serait un peu exagéré.

– Non... euh... mon proprio me l'interdit.

Je me demande à partir de combien de chats, exactement, elle considère comme exagérée la population féline occupant son appartement. Je me demande également dans quel cliché je me trouve. Une voyante du nom de Claire Beauregard, un appartement qui sent le pipi de chat, Mistigris... Il ne manque plus qu'une boule de cristal, et je suis l'héroïne d'une série B de très mauvais goût. Je rêve peut-être… Oui ! c'est ça ! Je n'ai qu'à me pincer très fort et je vais me réveiller jeune femme à la carrière prospère, mariée, deux enfants. (Oh mon Dieu ! faites que, dans cette vie-là, je puisse garder mes amies. Et Thomas. Et mon appart ! Quoique… c'est peut-être un peu petit chez moi pour y héberger un mari et deux enfants. M'enfin.)

Pendant que je me pince, je continue de suivre Claire Beauregard dans l'appartement dont elle n'a visiblement pas changé la décoration depuis les années 1980.

– Vous avez mal quelque part ? me demande-t-elle en me caressant l'épaule avec une tendresse toute maternelle.

– Euh… non.

– Vous êtes nerveuse ?

– Non.

– Êtes-vous allergique aux chats ?

– Non, mais…

– Vous avez peut-être une tendance à l'automutilation, alors ? Si vous voulez, je connais de très bons produits naturels qui pourraient vous aider, déclare-t-elle en regardant mon bras rougi par mes tentatives infructueuses de me réveiller de ce rêve bizarre.

Elle m'invite à entrer dans une pièce exiguë qui lui sert manifestement de bureau. Une petite table sur laquelle sont posées des cartes, des affiches de personnages du tarot accrochées aux murs (je me demande si elle a déjà entendu parler de Ryan Gosling… Qui aurait l'idée d'y mettre une affiche montrant une espèce de monsieur aux cheveux gris qui a l'air d'un

Roi mage ?) et plusieurs chandelles disposées un peu partout constituent le décor.

– Vous regardez l'Hermite, me dit-elle en indiquant de son nez l'affiche du Roi mage. Est-ce que ça représente quelque chose pour vous ?

Euh... l'antipode de Ryan Gosling !

– La... sagesse ? avancé-je.

– C'est pas mal... Vous voyez, la carte montre un vieux sage qui semble avancer, portant une lanterne rouge. Ça signifie un mouvement, la fin d'une ombre, et suggère que ce vieillard a le courage de percer les ténèbres avec sa lanterne. Ensuite, le numéro de la carte est le neuf, ce qui signifie la fin d'un cycle.

Tout à coup, je me demande si je n'ai pas confondu l'odeur de pipi de chat avec une odeur de marijuana, et je renifle de nouveau pour m'en assurer.

– Madame, je crois que... en fait, il y a une faute d'orthographe sur votre affiche. C'est écrit « l'Hermite ». Mais il me semble que le mot « ermite » ne prend pas de « h »...

– Rien n'est laissé au hasard dans le tarot, m'explique-t-elle. Le « h » est la huitième lettre de l'alphabet et correspond à la justice.

Pfffff ! mon œil ! Je suis certaine que toutes les cartes et les affiches étaient déjà imprimées en milliers d'exemplaires quand ils ont remarqué leur erreur et qu'ils ont décidé de trouver une explication mystique pour ne pas augmenter leurs coûts de production.

– Je sens beaucoup d'incrédulité chez vous... beaucoup d'amertume aussi, continue-t-elle.

Cynisme, peut-être, mais amertume ? Elle se fourvoie

royalement ! Est-ce le bon moment pour me rendre compte que j'ai fait une erreur et que j'ai gaspillé mon argent, alors que j'aurais pu l'investir dans quelque chose de bien plus utile pour mon avenir amoureux, comme un top au décolleté plongeant ?

Claire m'invite à m'asseoir et me demande ce que j'aimerais savoir, très précisément. Impossible de me sauver maintenant.

– Connaître mon avenir, dis-je spontanément.

– Avez-vous une préférence quant à l'approche ?

– Euh… que voulez-vous dire ?

Je suis venue voir une tireuse de cartes, non ?

– Préférez-vous que je vous tire le tarot, que je consulte vos anges gardiens ou que je procède avec ce que je lis à travers vous, votre aura, votre énergie ?

Bon, comme le tarot ne m'a pas convaincue avec sa faute d'orthographe et que je ne crois pas vraiment aux anges gardiens (non, mais si j'en ai un, où est-il depuis plusieurs années, en grève ?), je préfère qu'elle lise dans mon aura. C'est plus fort que moi, je vois des images de beaux vêtements s'envoler en fumée quand je lui tends les soixante-quinze dollars qu'elle réclame pour la séance.

– Parfait. Je vous demanderais de ne pas croiser les jambes et de vous abandonner complètement.

Ah ! qu'est-ce que j'aimerais que ce soit un homme viril qui prononce cette phrase, plutôt qu'une femme qui sent le patchouli !

Elle prend ma main et y pose la sienne. Puis elle commence.

– Vous êtes très sensible, vous. Très romantique,

aussi. Vos parents ont divorcé lorsque vous étiez très jeune et ça vous a causé une grande souffrance.

Hé ! si je voulais une thérapie, j'irais voir un psy. Je veux connaître mon avenir, pas mon passé !

– Vous avez eu de gros problèmes avec vos dents. Vous avez porté un appareil dentaire, n'est-ce pas ?

– Euh… oui… Merci de me rappeler mon adolescence traumatisante et très peu glamour, mais… j'aimerais connaître mon *avenir*, si possible.

– N'interférez pas. Tout cela passe très vite, et je dois me connecter avec ce que vous êtes pour être capable de déterminer ce que vous deviendrez. Je vois que vous ne mangez pas assez de légumes. C'est très grave. Vous pourriez avoir des problèmes de constipation plus tard.

Là, ça suffit ! Quand je voudrai m'occuper de mon alimentation, je consulterai une diététicienne !

– Madame, j'aimerais vraiment qu'on se concentre sur mon avenir… amoureux, plus précisément, si possible.

– Vous avez effectivement des problèmes à connaître l'amour. Non, attendez, à reconnaître l'amour. Vous rencontrez beaucoup de gens, surtout grâce à votre travail, mais vous n'arrivez pas à vous laisser aller. Probablement à cause de la souffrance non réglée due au divorce de vos parents. Il faudrait que vous fassiez la paix avec ça. Prenez exemple sur l'Hermite, que vous avez regardé tout à l'heure. Si vous voulez, je peux vous vendre l'une de ces affiches, qui vous aidera à concentrer votre énergie sur…

– Euh… non merci. Peut-on continuer sur mon

avenir amoureux et entrer dans le vif du sujet, s'il vous plaît ?

– Bien sûr. Thomas (en fait, elle a plutôt dit un châtain aux yeux marron) va vous dire qu'il vous aime, mais vous ne le croirez pas. Vous avez peur de souffrir, encore plus qu'avec votre ex-ex. (En fait, elle a dit vous avez peur de souffrir, plus que par le passé.) Lors d'une sortie avec Roxanne (en fait, elle a dit avec une de vos amies, une châtaine aux yeux marron), vous avez rencontré David (en fait, elle a dit un châtain aux yeux très clairs) avec qui vous allez passer de bons moments. Dans votre vie amoureuse, la patience sera une grande alliée. Voilà ! C'est tout ce que je vois pour l'instant.

C'est tout ? Comme je trouve ces informations assez floues, je lui propose de la payer un peu plus pour qu'elle m'en dise davantage. Qu'est-ce que vingt dollars de plus quand on vient d'en perdre soixante-quinze ?

– Thomas (châtain aux yeux marron) a beaucoup de tendresse pour vous, ajoute-t-elle, mais vous deux, c'est une histoire très compliquée. Vous sentez qu'il ne peut pas vous donner ce que vous voulez. Mais ce que vous voulez est très ambigu, n'est-ce pas ? En revanche, vous rencontrerez grâce à votre travail un brun aux yeux marron qui a fait le ménage dans sa vie et qui tombera amoureux de vous. Maintenant, je ne peux vous en dire davantage aujourd'hui, il faudra revenir me voir pour en savoir plus.

– Mais… si l'homme qui est fait pour moi, selon vos prédictions, ne me convient pas ?

– Ce n'est pas moi qui décide. Lequel est fait pour

vous, selon vous ? Vous savez, il ne faut pas chercher l'amour. Il faut plutôt découvrir comment on y fait obstacle.

M'a-t-elle fait un clin d'œil ? Je ne saurais le jurer.

Je quitte son appartement en prenant soin de dire adieu à Mistigris et en lui souhaitant de se trouver un bon maître.

De retour chez moi, je réfléchis longuement à ce que je peux retenir de cette rencontre. Ce que j'ai appris : tout est ma faute. Je me trompe toujours dans mes choix. Mais au moins, je vais rencontrer un brun aux yeux marron et ma vie sentimentale sera enfin réglée. Youhouuu !

J'y pense, Guillaume C. est un brun aux yeux marron. Hum… il ne faut vraiment rien avoir à faire pour donner de l'importance aux affirmations d'une tireuse de cartes dont l'appartement mal décoré sent le pipi de chat, qui accroche aux murs des affiches surréalistes remplies de fautes d'orthographe et qui pense que tout le monde a les cheveux châtains, sauf l'homme de ma vie !

1. Inoccupé. (Il faut que je laisse cette place vide si je veux qu'elle se remplisse. Je me sens vraiment envahie par la sagesse de l'« h »ermite.)

2. Thomas. (Je dois commencer à en faire mon deuil.)

3. David. (Pourquoi il ne rappelle pas ?)

4. Beau brun aux yeux marron. (Sans commentaire.)

5. Guillaume C. (L'autre jour, je l'ai aperçu dans la rue, mais je me suis cachée juste avant de le croiser, parce que j'avais une tête pas possible ! Espérons qu'il ne m'ait pas vue. Pas nécessairement parce que j'avais une tête pas possible, mais surtout parce que je me suis cachée.)

11

ADOPTER UN ARBRE + ENTREVUE AVEC JEUNE STARLETTE

Je suis béate d'admiration devant la beauté d'un inconnu sur mon palier (il faudrait d'ailleurs que je pense à refermer ma bouche).

C'est que ce matin, à 8 h 34, la sonnette de ma porte d'entrée a retenti, ce qui m'a obligée à sortir du lit. Quand j'ai ouvert la porte, je m'en suis voulu d'avoir choisi la veille mon pyjama rose David & Goliath portant l'inscription *Boys are stupid, throw rocks at them*, récemment acheté sur Internet, au lieu d'une nuisette noire ultrasexy avec de la dentelle.

Parce que l'homme qui se tient devant moi est très beau. Assez grand, les cheveux bruns (peut-être est-ce celui qu'a vu la tireuse de cartes ?) et les yeux verts (ah non, l'homme de la tireuse de cartes avait les yeux marron, merde !). Mais que fait-il chez moi à cette heure ? Peut-être qu'il m'a vue dans la rue hier, qu'il m'a suivie, qu'il a dormi sur mon palier et qu'il veut prendre un café avec moi… pour le reste de nos vies ! Ahhhhhh !

– Bonjour, je fais partie de l'écoquartier et on passe

pour savoir si les gens veulent adopter un arbre. Le petit bouleau d'Amérique, juste ici, aurait besoin d'être entretenu, dit-il en pointant du doigt un arbre chétif qui émerge du trottoir en bas de chez moi. Tu veux bien l'adopter ?

– Oui, je le veux ! m'entends-je dire avec enthousiasme, plus intéressée par lui que par ma contribution écologique.

Il sort un crayon et un bloc-notes, et me demande mes coordonnées dans le but de m'inscrire au registre des gentilles personnes qui ont accepté d'adopter un arbre.

– C'est quoi, ton nom ? demande-t-il, en touchant sa langue avec la pointe de sa mine de crayon (craquant), les yeux rivés sur son bloc-notes.

– Jasmine…

Il lève les yeux vers moi, ce qui crée immédiatement chez moi un effet de gêne (à cause de mon pyjama) mêlée à l'envie de l'inviter à aller prendre un verre (à cause de ses yeux envoûtants).

– Ah ! comme la princesse de Disney ? dit-il en rigolant.

– Ouais…

Je souris toujours quand on me fait cette blague, par politesse, pour ne pas offusquer la personne qui croit fermement qu'elle n'est pas la trois-cent-cinquante-millième à y avoir pensé. Mais le manque d'originalité et de retenue sur des commentaires stupides dont fait preuve ce mec me fait réaliser à quel point il n'est *pas* l'homme de ma vie. Et que je viens de faire une gaffe monumentale en adoptant son arbre.

– Ça fera cinquante dollars.

– Cinquante ??

– Oui, c'est le prix de l'entretien. Mais si tu as envie de t'en occuper toi-même, de l'arroser quand il y a trop de soleil et de le protéger contre les intempéries de l'hiver, c'est gratuit.

– Tu prends les chèques ?

Bon, super. Me voilà l'« heureuse » propriétaire d'un arbre. Je n'ai jamais eu la main verte. Je vivrais dans une ville pleine de béton sans aucune verdure que je ne m'en rendrais même pas compte. Il faudrait que je fasse attention à ma propension à dire « oui, je le veux » au premier venu qui frappe à ma porte pour m'offrir d'adopter des arbres rachitiques à des prix faramineux et qui fait des blagues dépassées sur mon prénom.

Ça me fera quand même une anecdote intéressante à raconter à mes amies. Parce que le point culminant de ma journée après ça, ce sera de faire l'interview d'une jeune starlette, une chanteuse en manque de publicité, pour un des magazines pour lesquels je travaille. Faute d'avoir trouvé une carrière (et d'en chercher une, car j'ai d'autres priorités), faut bien gagner sa vie… et payer son loyer, son arbre et son nouveau parquet flottant *out*.

Je déteste faire des interviews de jeunes starlettes en manque de publicité. Raison : elles disent toujours la même chose. « Enfin ! j'ai réalisé mon rêêêêêêêêêêve ! » Enfin ? Comment ça, *enfin* ? Tu as seize ans, tu aurais pu attendre encore un peu et le réaliser dans quelques années ! Tu n'aurais pas été loser pour autant ! Tu n'aurais juste pas été *has been* à dix-huit ans. Han ! « J'ai travaillé tellement dur ! » Travaillé dur pendant combien d'années de ta vie ? Depuis ta naissance ? « L'amour ? Non, l'amour, je n'ai vraiment pas le temps pour ça, car je travaille trop. » Je ne comprends pas pourquoi les agents font dire ça à leurs jeunes starlettes. À seize ans, moi, je rêvais d'avoir un amoureux et je voulais me retrouver dans sa chambre et découvrir le corps humain. Mais les jeunes starlettes sont trop occupées pour ça. Ah oui ? Mon œil ! Souvent, la vérité, c'est qu'elles ont un copain, mais qu'on leur conseille de ne pas le dire pour ne pas perdre leur public masculin. Qu'est-ce qu'il reste donc à poser comme questions à une fille qui ne veut rien raconter du peu de vécu qu'elle a ? « Est-ce qu'ils étaient beaux, les boutons, au studio d'enregistrement ? » Hum…

Je me trouve donc devant Asha'Na (je ne crois pas que ce soit son vrai nom) et son agent, dans un café. Après dix minutes d'interview, j'ai déjà le matériel nécessaire pour écrire sa biographie au grand complet. Je regrette d'avoir accepté ce contrat, moi qui me suis promis de ne plus faire ce genre d'article. Alors, je décide de m'amuser un peu.

– Dis-moi, si une chanteuse est vraiment talentueuse et que sa musique est bonne, le fait qu'elle ait un copain l'empêchera-t-elle vraiment de vendre des albums ?

Elle regarde son agent à la recherche d'une réponse. L'agent semble un peu fâché contre moi. Oups… qu'ai-je fait ? Je suis sortie des questions standard qu'il a fait répéter à sa protégée. Vite ! Radiez-moi du syndicat des journalistes !

Cette interview m'a réellement dégoûtée. J'ai besoin de me changer les idées. J'appelle Isa pour l'inviter à prendre un verre. J'ai eu envie d'appeler Thomas, mais je sais qu'il travaille et je ne veux pas le déranger.

Naaaan ! Ce n'est pas vrai du tout. Je veux me montrer indépendante. Je veux qu'il réalise qu'il s'ennuie de moi et ne peut vivre sans moi.

Isa et moi nous donnons rendez-vous au Baraka. Nous nous installons au bar et, après qu'on a passé notre commande, je lui explique mon ras-le-bol des jeunes starlettes et de leurs agents qui m'utilisent comme affiche publicitaire et qui pensent que je crois tous leurs bobards.

– Dans le fond, tu es jalouse de leur jeunesse ! avance Isa.

– Pas du tout !

– De leur succès ?

– Quel succès ? S'ils ont besoin de supplier une fille qui n'aime pas faire des interviews pour qu'elle accepte d'en faire une, c'est que plein d'autres journalistes leur ont dit non, qu'ils sont donc désespérés et que leur succès n'est pas assuré, non ? La différence entre les gens qui ont du succès et ceux qui n'en ont pas, c'est que ceux qui n'ont pas de succès me supplient de faire des interviews avec eux, tandis que les autres ne veulent pas m'en donner. Monde pourri !

– Ce n'est pas si terrible que ça, tu sais… Moi, au magazine, je réussis toujours à…

– Tu sais, Isa… c'est Gainsbourg qui avait raison ! Quand il a fait chanter *Poupée de cire, poupée de son* à France Gall lorsqu'elle n'était qu'une adolescente, je suis certaine que dans le fond il se moquait des jeunes starlettes.

– C'est une hypothèse…

Je me mets alors à chanter *Poupée de cire, poupée de son*, en imitant la jeune voix de France Gall, tout en battant la mesure avec mon index.

– J'adore cette chanson ! me dit Isa en dansant. Ça me rappelle quand on sortait aux soirées Nostalgie. Viens, on va la demander au barman !

– Tu vois bien qu'il se moquait des jeunes starlettes ! poursuis-je sans l'écouter. Et plus loin, dans la chanson, il en rajoute en se moquant de son public aussi… Gainsbourg était un génie inégalé.

– Jasmine… tu ne serais pas en manque de sexe, par hasard ? me demande Isa en posant une main sur mon épaule et en me regardant d'un air désolé.

J'arrête de chanter net.

– Je ne vois pas le rapport ! C'est juste que je connecte avec la métaphore d'un grand auteur, c'est tout.

– Tu parles comme une frustrée ! Et tu me gâches une de mes chansons préférées. Écoute, on s'en fout, des starlettes. Elles te permettent de gagner ta vie en attendant de trouver mieux. Et d'ailleurs tu devrais vivre un peu plus. Profites-en, tu es célibataire ! Fais des expériences ! Moi, je ne peux plus, je suis en couple maintenant.

– De toute façon, tu es trop sérieuse, rétorqué-je.

Je ne te vois pas avoir des aventures sexuelles rock'n roll ! Même quand tu étais célibataire, il fallait que je te traîne partout, sinon tu restais chez toi à te taper des séries télé.

– Je suis très rock'n roll. Sache que Gabriel et moi, on a fait un plan à trois.

Surprise totale. C'est impossible.

– Mais… avec qui ?

– C'était il y a quelques semaines. Il y avait Gabriel et…

Là, je n'en reviens pas. Je suis au bord de l'apoplexie. Gabriel a l'air d'un mec tellement sérieux. Comme Isa. S'ils ont fait un plan à trois, je devrais peut-être essayer, moi aussi. Sans quoi, c'est évident, je pourrais être considérée comme sexuellement préhistorique (surtout que ma dernière nuit torride remonte à peu près à cette époque).

– … et mon chien ! ajoute-t-elle candidement.

– Pardon ? Le chien ? Non mais, vous pourriez être arrêtés pour ça !

– En fait, Gucci nous regardait pendant qu'on faisait l'amour. Je me demande bien ce qui lui passait par la tête !

Je lève les yeux au ciel.

– T'es heureuse, Isa ? Avec Gabriel, je veux dire. Chaque fois que tu en parles, je ne sais pas, je sens que tu as abandonné… tes idéaux.

– Je n'ai pas abandonné mes idéaux. Mes idéaux ont simplement changé. À ton âge, je cherchais l'histoire grandiose. Maintenant, j'apprécie seulement que quelqu'un soit là, qu'il me rappelle, qu'il aime m'accompagner aux dîners de famille et qu'on parle d'habiter ensemble. Il a déjà acheté la peinture, tellement il est emballé. Je n'ai juste plus d'énergie pour les questionnements et pour les histoires en montagnes russes.

– Mais ça t'intéresse que moi, j'en vive ?

– Tu as tout compris ! C'est plus marrant chez les autres. Moi, j'ai pris ma retraite des amours compliquées. Et j'apprécie cet amour simple. Profite de la vie. Rien ne presse pour toi.

Je suis rentrée chez moi en repensant à ce qu'Isa m'a dit. Elle a raison, je devrais profiter un peu plus de la vie. Mais au lieu d'avoir plein d'aventures sexuelles dépravées, peut-être que je devrais apprendre à assumer mon célibat et arrêter de chercher un homme de façon obsessionnelle.

C'est décidé, je mets mon radar sur *off*. (Bon, je vais peut-être le mettre sur *low*, au lieu de *off*, juste au cas où.)

Pas de liste pour ce soir. Trop occupée à écrire mon article sur Asha'Na, que je prendrai soin de décrire comme une nouvelle venue pétillante et talentueuse. Je n'écrirai surtout pas qu'elle est incapable d'aligner trois mots sans l'approbation de son agent. Qui suis-je pour détruire un « rêêêêêve » par excès de cynisme ? (Traduction : par manque de tendresse, d'affection et… de sexe.) Je suis beaucoup trop gentiiiiille.

Ensuite, je fais ce que toute célibataire habitant

seule aurait fait à ma place. Je me suis « fabriqué » un costume de jeune starlette en nouant mon haut de pyjama sous ma poitrine et en sortant mon string de mon bas de pyjama, j'ai lancé sur YouTube le clip de Asha'Na, qui parle d'un sujet d'une profondeur inouïe, le plaisir de danser toute la nuit. J'ai empoigné ma brosse en poil de sanglier, et j'ai chanté à tue-tête et reproduit les pas de danse dans mon appartement jusqu'à épuisement total.

La la la la la la la la la la la la la laaaaa !

Et si je commençais à me sentir bien dans ma vie telle qu'elle est ?

12

BLOG FÉMINISTE + AUDITION OÙ JE REÇOIS UNE MENTION SPÉCIALE : TIMBRÉE

Ce matin, des travaux de réfection dans ma rue (pourquoi refaire des petits bouts de *ma* rue, qui semble parfaite, pendant que je dors, alors qu'il y a des nids-de-poule partout ailleurs en ville ?) m'ont réveillée très (trop) tôt. Je me suis donc mise à la rédaction de mon blog féministe. Ma première publication parle des héroïnes de romans modernes qui « s'oublient et doivent changer qui elles sont fondamentalement par amour ». Je me suis laissé emporter en disant qu'à notre époque les personnages féminins devraient être passés à autre chose (sans toutefois dire que je suis moi-même une fan inconditionnelle de ces romans et que je souhaite toujours voir le personnage finir dans les bras du personnage masculin peu fréquentable). Bon, ce n'est pas parce que j'apprécie au moment où je le lis que ça ne vaut pas la peine d'émettre une opinion, même si celle-ci est contradictoire avec l'ampleur de ma consommation de ce type de lectures. Exemple, quand je mange un beignet, je sais que ce n'est pas bon pour la santé, mais je l'apprécie quand même. Si je devais faire un blog sur la bouffe, je ne parlerais pas de ma consommation de beignets.

Je trouve tout ça logique et je publie ce premier billet en espérant qu'il soit lu par quelques personnes.

Ensuite, je vois sur mon téléphone que Roxanne m'a textotée de la « rappeler 911 ». La dernière fois que Roxanne m'a demandé de la « rappeler 911 », c'était parce qu'elle accouchait de Zak. Je me souviens que c'était lors de ma première nuit avec Thomas ; nous n'en étions qu'aux préliminaires quand j'avais rappelé mon amie. J'avais fondu en larmes en apprenant la venue imminente de mon filleul, et Thomas, qui ne comprenait rien à ce qui se passait, croyait que quelqu'un était mort. Très beau souvenir d'une première nuit pas du tout torride. Roxanne se plaît à le raconter à qui veut l'entendre, ce qui pimente un peu le récit de son accouchement, qui ressemble à n'importe quel récit d'accouchement.

Roxanne est-elle malade ? Enceinte ? En prison ? Je la rappelle à son travail.

Roxanne est coordonnatrice dans une agence artistique. Elle s'occupe de trouver des contrats à des comédiens, à des animateurs et à des chroniqueurs.

C'est Karine, son assistante, qui répond.

– Jasmine, on t'a proposée pour des capsules tendance dans une émission super branchée, dit-elle très vite, comme si la fin du monde était annoncée pour dans une demi-heure.

– Tendance ?

– Oui, ça t'intéresse ?

– Ben oui… dis-je sans trop me faire d'illusions.

– L'audition est aujourd'hui. Mais je ne sais pas encore à quelle heure. On te rappelle, dit-elle à bout de souffle.

– Aujourd'hui ?

Je surnomme parfois Roxanne « mon agente 007 ». Je ne fais pas partie de l'agence artistique où elle travaille, mais elle est toujours prête à m'aider et à faire de l'espionnage industriel pour me dénicher les contacts utiles à ma carrière. Je suis flattée qu'elle m'ait *officiellement* proposée pour cette audition. Il faut que je lui fasse honneur.

Roxanne s'empare du combiné et je l'entends me dire :

– Hé ! Comme tu vois, j'ai décidé que vu que tu ne t'occupes pas de te trouver un job et que tu sembles avoir d'autres préoccupations, je vais m'en occuper moi-même. Tiens-toi disponible et garde ton portable près de toi ! insiste-t-elle avant de raccrocher.

Ça va, j'ai compris. J'étais en pleine inspiration pour mon blog féministe, je n'ai pas regardé mon portable pendant une heure, il n'y a pas mort d'homme !

Karine me rappelle quelques minutes plus tard.

– Jasmine, ton audition est à 15 h 30. Tu dois préparer une chronique de trente secondes sur une nouvelle tendance, un bar, un designer, un café… n'importe quoi. Bonne chance !

Là, ça va mal. Mes cheveux sont pourris, j'ai un bouton sur le front et je ne sais pas de quoi parler parce que depuis que j'ai lu l'article des *In* et des *Out* qui m'a prouvé par trois *out* que j'étais *complètement* dépassée, j'ai l'impression que les tendances et moi, ça fait deux.

Je demande à Karine si elle peut me passer Roxanne, et je lui fais part de mes doutes.

– Franchement, Jasmine, je ne connais pas une fille qui connaisse mieux les tendances que toi ! Tu pourrais l'écrire toi-même, la chronique des *In* et *Out* ! C'est même pour ça que j'ai suggéré ton nom ! me rassure Roxanne.

En tout cas, si j'écrivais moi-même la page des *In* et des *Out*, je ne vexerais pas tout le monde en décrétant que le célibat est *out*.

De quoi pourrais-je parler à mon audition ? Tiens, je sais ! Je vais parler d'une jeune designer québécoise.

À mon arrivée à l'audition, une fille m'accueille. Elle a l'air sympathique.

– Bonjour, je m'appelle Elrika, dit-elle en me tendant la main, c'est avec moi que tu vas passer l'audition.

En route vers le studio, je crois approprié de lui parler de mon affreux bouton que j'ai tenté en vain de dissimuler avec de l'anticerne. Elle semble me trouver bizarre de lui confier ça, mais tente de me rassurer en me promettant qu'on n'y verra rien à l'écran.

Nous arrivons au studio. Elle m'invite à prendre place devant la caméra.

– Tu y vas quand tu veux ! me dit Elrika.

Prise 1 : je parle d'une étoile montante du prêt-à-porter.

– J'aimerais vous parler d'une de... de... des... desi... designer...

Tout se déroulerait parfaitement bien si je ne me mettais pas à trembler comme une feuille et à parler comme une personne atteinte d'une Parkinson de la langue.

– Excuse-moi, je suis toujours pourrie en audition, dis-je. Mais quand c'est pour de vrai, je suis bonne. C'est peut-être parce que je ne vous connais pas...

Puis-je tenir ma langue « parkinsonneuse », parfois ? Elrika me rassure encore une fois, et me suggère de prendre une grande respiration.

Prise 2 : je tente à nouveau de parler de cette jeune designer.

– ... cette jeune designer se fait de plus en plus remarquer dans le paysage de la mode québécoise. Sa nouvelle collection se révèle ultraféminine. Elle réinvente le *casual* chic. De plus, elle s'est déjà taillé une place de choix dans le showbiz et elle habille plusieurs stars telles que...

– Coupez ! C'est très bien, Jasmine. C'est exactement ce qu'on cherche.

Super ! Je suis souriante. Je me débrouille bien. Si je suis choisie pour cette chronique, peut-être que je pourrai moi-même faire partie des personnalités publiques habillées par cette nouvelle icône de la mode. Waouuuh ! ce serait génial !

Elrika me demande alors d'improviser sur un deuxième sujet.

Quoi ? Un deuxième sujet ? Oh non ! Je voudrais

m'évanouir. Je n'ai rien préparé d'autre. J'ai honte d'admettre que, côté tendances, je suis assez nulle par les temps qui courent. Dans un élan de désespoir, je suis tentée de lui avouer que j'ai *osé* faire poser du parquet flottant dans mon salon. J'ai la bonne idée de me retenir. Ouf !

OK. Il faut que je trouve une idée rapidement : les gadgets électroniques de Thomas, la vie de couple maintenant supposément hyper *in*, un nouveau resto, un bar qui a fait refaire sa décoration... Mais tout ce qui me vient à l'esprit, c'est ma *tendance* à utiliser ma carte de crédit alors que je suis à découvert, et le fait que ce contrat serait une occasion inespérée de réanimer mon budget en phase terminale.

Prise 3 : j'arrête mon choix sur la nouvelle déco d'un bar près de chez moi.

– Je vais vous parler d'un bar qui... avec des éclairages trouvés dans un silo à grains... euh... Excusez-moi, ça n'a pas de sens.

– Si, c'est bien. Parle-nous de l'ambiance.

– Euh... écoutez... l'ambiance...

Je ne sais pas quoi dire. Je pense à Thomas qui, lorsqu'il ne sort pas avec moi (traduction : toute sa vie à part une fois pendant un mois et une fois pendant trois semaines), doit y rencontrer toutes ses conquêtes.

– L'ambiance... est... super ? poursuis-je, embarrassée. Écoutez, je suis désolée. Je dis n'importe quoi !

– C'est normal, je te demande d'improviser. Mais

Jasmine, c'est pas mal. C'est tout pour aujourd'hui. On te rappelle.

Elle prend ensuite un Polaroïd de moi, jure qu'on ne voit pas mon bouton (complicité) et on rit. On se salue, et je pars pendant qu'une autre candidate se présente pour l'audition.

Le lendemain, je reçois déjà une réponse. Elrika m'appelle pour me donner le résultat de mon audition.

– On n'a pas retenu ta candidature, mais on garde ton CV, dit-elle gentiment.

– Torche-toi avec !

Si j'avais manqué d'élégance, c'est ce que j'aurais aimé lui répondre, mais un peu de dignité, doublée de timidité et de délicatesse, m'en a empêchée. J'ai simplement bredouillé quelque chose du genre « Merci de m'avoir rappelée » et j'ai raccroché. Oh ! là là ! Rien que de m'imaginer en train d'improviser sur n'importe quoi, de m'excuser pour mon bouton et de divaguer à cause de mon niveau de stress trop élevé, j'ai envie de m'enterrer vivante.

Tout de suite après cet appel, j'informe Roxanne de mon échec retentissant.

– Tu n'aurais pas dû t'autocritiquer devant la responsable de l'audition, me dit-elle.

Elle a raison. (Elle. A. Toujours. Raison.) Ne comprend-elle pas que j'ai besoin de réconfort ? Adieu, mon rêve de voir ma garde-robe garnie de vêtements griffés !

Totalement déprimée, je passe la soirée devant la télé et, en zappant, je tombe sur Asha'Na qui donne une interview et qui dit, avec des étoiles dans les yeux, à quel point elle est heureuse d'avoir réalisé son « rêêêêêêêêêêve ». Ben c'est ça, vante-toi donc d'avoir trouvé ta voie à seize ans ! Peut-être que je serai à jamais condamnée à faire des interviews de starlettes qui disent toujours la même chose, finalement. Parce que ma vie professionnelle semble être à peu près pareille à ma vie sentimentale : nulle.

Dans mon état de dépression avancé, j'en arrive même à penser que Roxanne, me trouvant désormais trop incompétente, préfère conserver sa bonne réputation plutôt que de continuer à me côtoyer et de devoir avouer à la terre entière qu'elle est mon amie. Je la rappelle pour le lui demander.

– Roxanne ? Est-ce que… ben… tu sais… est-ce que tu comptes mettre un terme à notre amitié pour cause de Honte Extrême ?

– Un instant, je vais vérifier… Ton contrat d'amie stipule clairement que tu es protégée contre les gaffes professionnelles et/ou pertes de contrôle de ton cerveau, m'assure-t-elle.

Ouf !

13

DES NOUVELLES DE DAVID

Le mercredi est ma journée préférée. Ce n'est pas le début de la semaine – synonyme, pour beaucoup, de longues heures de travail en perspective – ni la fin de la semaine – où on sent l'obligation de se planifier des activités qui sortent de l'ordinaire pour pouvoir, le lundi suivant, raconter un week-end « socialement acceptable ».

Le mercredi, il peut se passer encore plein de choses.

En fin de soirée, Yannick m'appelle et on discute plusieurs heures au téléphone. Je lui raconte les développements avec Thomas et lui parle de David qui ne rappelle pas. Il se moque un peu de moi.

– Tu ne l'as pas rappelé, toi non plus, je te ferais remarquer.

– C'est à lui de m'appeler.

– Tu vois, j'ai rencontré une fille dimanche et je ne l'ai pas encore appelée.

– Qu'est-ce que tu attends ? Elle a peut-être déjà rencontré quelqu'un d'autre.

– Ouais… je vais l'appeler demain.

– Que penses-tu du fait qu'il dise qu'il veut une

copine et bla-bla-bla ? C'est du bobard d'amourophobe, hein ?

– Moi, je ne dirais pas ça, en tout cas. De peur qu'on se fasse des idées. Je ne dirais jamais ça juste pour coucher, dit-il, l'air de réfléchir sérieusement à la situation.

– C'est vrai. Toi, tu préfères dire : « Je ne veux plus de copine… pour le reste de ma vie. »

Il rit.

Un peu rassurée, je me suis endormie quelques minutes après avoir raccroché avec mon ex-ex-devenu-ami.

Ma conversation avec Yannick m'a rappelé que ce que j'aime avec Thomas, c'est la simplicité de notre relation, malgré la complexité de ce que nous vivons. Le lendemain, je l'appelle pour l'inviter à dîner et à aller au cinéma.

– Ben… j'ai acheté le jeu vidéo *Spider-Man* et j'ai envie d'y jouer, répond-il.

– Tu peux pas jouer une autre fois ? On pourrait aller au cinéma. Ou aller prendre un verre ? Comme tu veux !

– Tu veux venir jouer à *Spider-Man* avec moi ?

– Je sais pas… Est-ce que, dans le jeu, on peut choisir d'être un personnage… féminin ?

– Le jeu s'appelle *Spider-Man*, alors, tu es Spider-Man.

– J'avais vraiment autre chose en tête comme soirée que de me prendre pour Spider-Man…

– Ah… on se voit demain, d'accord ?

– OK…

Je n'insiste pas. Est-il fâché ? A-t-il rencontré une autre fille à son entraînement de marathon ?

Planification de ma soirée : dîner hyper réjouissant en tête à tête avec moi-même (devrais-je me faire livrer des fleurs ?).

Pourquoi n'ai-je pas accepté l'invitation de Thomas ? Orgueil ? Non. Déception ? Noouui… Je n'avais pas envie de jouer à un jeu vidéo. Ça ne me semblait pas très palpitant comme soirée. J'aurais préféré qu'on aille prendre un verre et… qu'on fasse l'amour ! Tant pis pour l'amitié et toutes ses règles ! J'avais envie de lui, de ses bras, de la chaleur de son corps, de sa bouche… Tant pis si j'ai de la peine ou des regrets après. À propos, suis-je en manque de sexe… ou en manque de *lui* ?

Après avoir ingurgité des pâtes pour la quatrième fois cette semaine, pour ne pas gaspiller la sauce que j'ai concoctée ce week-end (ça m'apprendra à cuisiner, alors que je n'ai personne avec qui partager mes exploits culinaires), je reçois l'appel d'un vieil ami, Martin.

Martin Lévesque est un comédien avec qui je me suis liée d'amitié après l'avoir interviewé quelquefois. Nous avons fait ensemble la tournée des bars pendant plusieurs mois, puis il a rencontré une fille. Depuis, nous nous donnons des nouvelles une ou deux fois par an, sans plus.

– Martiiiin ! Je suis contente d'avoir de tes nouvelles ! Comment vas-tu ?

On récapitule brièvement les derniers événements culminants de nos vies. Tout va bien avec sa copine. Ils songent même à acheter une maison en banlieue afin de fonder une famille. Est-ce que, si ça fait plusieurs années qu'on est en couple, il faut forcément déménager en banlieue ? Si c'est le cas, je crois que je préfère encore le célibat.

Je lui raconte quelques anecdotes de ma vie sentimentale. Avec Thomas. Avec David. Sans lui dire que c'est David, en revanche, car Martin a déjà travaillé avec lui. Il le connaît. Je ne voudrais pas qu'il essaie de me décourager en me rebattant les oreilles avec sa réputation de tombeur.

– Jasmine… ça fait cinq mois que je t'ai parlé et on dirait que tu as simplement fait deux tours de cadran pour revenir au même point.

– Mais… je suis mieux dans ma peau.

– C'est qui, ton nouveau prétendant ?

– C'est personnel…

– OK. Dis-moi ce que tu connais de lui, d'abord, pour que j'essaie de m'en faire un portrait.

Je lui fais part de quelques aspects de sa personne.

– Jasmine ! Tu n'en as pas marre des mecs de ce genre ? Ne te demande pas pourquoi il ne te rappelle pas. C'est clair, il voulait baiser, c'est tout. Quand tu lui as dit que tu ne voulais pas baiser avec n'importe qui, que tu étais une fille d'engagement, son intérêt est mort. Il ne te rappellera pas. Le message est clair. S'il avait été vraiment intéressé, il ne t'aurait pas invitée à déjeuner, mais à dîner, ce qui est plus romantique et engageant, et il t'aurait envoyé des fleurs le lendemain pour te remercier du moment passé avec toi.

– Berk ! des fleurs le lendemain ? Je l'aurais trouvé tellement vieux jeu ! De plus, c'est beaucoup trop rapide. Et ringard ! réponds-je pour ne pas devoir admettre qu'il a peut-être raison.

– Ça n'a rien à voir avec vieux jeu ou moderne. Et les fleurs, c'est un exemple. Ça peut être juste un message sur Facebook, si tu veux. Quand un mec est intéressé, tu ne te demandes pas s'il est intéressé, tu le sais tout de suite.

– Mais enfin, Martin, des fleurs dès le lendemain, ça fait tellement années 1950 ! ajouté-je avec un brin de cynisme.

– C'est ce que j'ai fait avec ma copine après notre premier rendez-vous.

Et maintenant, grâce à ce geste, il déménage en banlieue avec elle. Je ne veux pas en arriver là ! (Mais j'avoue que recevoir des fleurs, ça me toucherait peut-être… même si je trouve ça ringard…)

– Ah… bien sûr… euh… c'est tout à fait charmant !… Et si j'invite un mec au resto, et qu'il refuse parce qu'il préfère jouer à *Spider-Man* ?

– J'ai vraiment besoin de répondre à ça ? Tu sais, quand j'ai rencontré ma copine, elle m'a dit clairement qu'elle voulait une famille. Si j'ai poussé plus loin, c'est que ça m'intéressait. Si le mec t'appelle après deux jours, ça va, c'est la norme. Après trois jours, il veut se montrer coriace. Après plus d'une semaine, oublie.

– Oh, un instant, Martin, ça sonne sur mon autre ligne.

Je prends l'autre appel.

– Oui, allô ?

– Allô, Jasmine, c'est David. Ça va ?

– Ah ! salut ! Oui, ça va. Attends un instant.

Je reviens à Martin.

– Martin ? C'est le mec pas intéressé sur l'autre ligne.

– Ah ben… j'en reviens pas !

– Je te rappelle. C'était cool d'avoir de tes nouvelles. Bye !

Je retourne à David.

– Allô ?

– Je partais manger au resto, tu veux venir ?

– Euh… j'ai déjà dîné mais je veux bien t'accompagner.

Chacun a sa théorie. Selon Martin, David n'est pas intéressé, parce qu'il a largement dépassé la limite des trois jours. De plus, il vient de m'inviter à la dernière minute, ce qui est plus amical que romantique. Il ne m'a pas appelée à l'avance pour s'organiser. Tout ça veut dire, en lettres rouges : amourophobe. (À moins que ce ne soit parce que son travail l'accapare vraiment ?) Lucide, la fille, même si elle n'a fait que deux tours de cadran.

David et moi dégustons nos plats (j'ai finalement commandé une soupe, ça change des pâtes) tout en discutant. Puis il me touche la main. Ça me fait un électrochoc. Un toucher presque félin. Un toucher auquel peu de filles pourraient résister. J'efface tout de suite ces pensées de mon esprit ! Il prend ma main dans la sienne. La serre entre ses mains et ferme les yeux. Puis il la retourne et me propose de me révéler mon avenir.

Je ne savais pas qu'il savait faire ça. Je me demande s'il me dira la même chose que la tireuse de cartes.

– Je te dis ce que je sais, et c'est très peu. Ton petit doigt ne touche pas les autres, ça signifie que tu te soucies peu de l'opinion des autres. (Hum… peut-être pas quand il s'agit de mes relations amoureuses…) Ton pouce qui ne se plie pas beaucoup signifie que tu manques parfois de volonté. (Surtout quand il s'agit de me chercher un job.) Les rides (Quoi ? Quelles rides ?) du bas de ton pouce signifient que tu as une âme d'âge moyen, peut-être sept ans. (Moyen ?) Pas très vieille, mais pas vraiment jeune. (Bon, ben… c'est peut-être pour ça que je n'ai pas la sagesse de l'« h » ermite.) Les plis sur le côté de ta main signifient que tu auras trois enfants. (Woooooooooh ! Trois enfants ! Faudrait que je m'y mette bientôt !) Ta ligne de vie est assez longue, et puisqu'elle ne touche pas ta ligne de tête, ça signifie que tu mourras vieille et pas du tout sénile. (Ouf !) Regarde la mienne, je mourrai fou ! Et maintenant, ta ligne de cœur. Elle commence par des « x » et se termine en ligne droite. Ça signifie que tu as eu des relations difficiles, je dirais… quatre, mais je suis certain que tu rencontreras bientôt quelqu'un avec qui ça va fonctionner. Le grand amour. Regarde la mienne, moi aussi, je vais bientôt rencontrer quelqu'un avec qui ça va fonctionner.

Serait-ce moi ? Non. Impossible. Ça ne peut pas

être moi. Roxanne s'y oppose. Et je me soucie de son opinion, quoi qu'en dise ma main. Mais vu que nos deux lignes prédisent « bientôt »… Ça se peut que ce soit moi. En fait, ça ne peut être que moi. Ou la façon qu'a trouvée David pour me dire qu'il aimerait que ce soit moi.

Il me vient à l'idée d'ajouter qu'il y a quelques jours une voyante m'a dit que je rencontrerais un brun aux yeux marron, mais je laisse tomber.

– Ah… euh… je te le souhaite, balbutié-je simplement.

Après le dîner, David et moi marchons un peu et nous arrêtons dans une librairie. Puis nous allons manger un gâteau dans un café.

Il ne cesse de regarder une table occupée par cinq filles d'environ mon âge, mais vraiment plus sexy que moi.

– Qu'est-ce qu'il y a d'intéressant là-bas ?

Comme si je ne le savais pas.

– Ces filles regardent souvent par ici. Elles doivent avoir eu vent de ma réputation.

– Laquelle ?

– Tordu, torturé, fou, comme tu dis.

– Et qu'est-ce que ça te fait ?

– J'en ai marre qu'on me renvoie cette image de moi.

– Peut-être que ces filles te trouvent juste beau ou qu'elles ont vu ta photo dans la chronique des *In* et *Out*, l'autre jour.

– Non, elles croient que je suis FOU !

Il crie ce dernier mot et rit, me faisant remarquer

à quel point ça peut être drôle parfois de crier une syllabe dans un endroit public. Je ris, mais je n'ai pas spécialement envie d'essayer. (Traduction : je trouve ça limite débile !)

Il semble se lasser de regarder cette table. Après quelques questions assez insistantes de ma part, il décide de me raconter d'où lui vient sa mauvaise réputation. Selon lui, elle serait née quand il a produit *Destin public*, une série télé à succès racontant l'histoire d'un chanteur en pleine déchéance. Il n'arrêtait pas d'engueuler les gens sur le plateau parce qu'il trouvait qu'ils manquaient d'enthousiasme. Il n'avait pas non plus un gros budget, alors il devait couper un peu partout. Voilà pourquoi il se fait maintenant traiter de requin par tout le milieu artistique. (Je devrais peut-être lui demander des conseils pour gérer mon budget personnel.) Il a fréquenté deux filles sur ce même plateau, mais pas en même temps. La première, avec qui il a eu une liaison de deux semaines, il a dû la mettre à la porte pour cause de compressions budgétaires. (Bon prétexte pour se débarrasser de quelqu'un.) La seconde, il en est vraiment tombé amoureux. Malheureusement, son amourophobie l'a empêché de lui promettre un plus grand engagement. Après une relation des plus douloureuses, la fille l'a quitté pour un autre homme avec qui elle a fondé une famille. Il s'imagine souvent ce que serait sa vie aujourd'hui s'il n'avait pas autant hésité.

Je comprends mieux David. Je constate que les hommes (ou plutôt, les amourophobes) peuvent commettre parfois des erreurs de jugement, juste parce qu'ils ont peur. Qu'est-ce que ces dix ans sans elle lui ont apporté ? Simplement un rappel quotidien qu'il n'est pas avec la femme de sa vie parce qu'il a eu peur de lui dire qu'il l'aimait. Ce qu'elle avait le plus besoin d'entendre.

Les histoires qui finissent mal sont-elles toujours romantiques, ou simplement tragiques ? Pourquoi pense-t-on qu'il faut avoir mal pour se sentir amoureux ? Est-ce parce que les tragédies ont toujours fait de meilleures histoires que celles qui finissent bien ? Je pense soudain très fort à Thomas. Peut-être qu'il pensera à moi un jour avec autant de regrets. Peut-être que *je* penserai à lui avec autant de regrets. Je souhaite que ça n'arrive pas. Le plus romantique pour moi, ce serait qu'on s'aime pour très longtemps sans jamais éprouver de regrets. Peut-être aurais-je dû aller jouer à *Spider-Man* avec lui. Pourquoi n'est-il pas capable de me donner des instants romantiques comme celui que je passe avec David en ce moment ?

Après le gâteau, David me propose d'aller regarder un film chez lui. Je pince les lèvres. Tout va très vite dans ma tête. Sa proposition est sans doute essentiellement indécente. Ce mec m'attire. Je ressens un vertige. Suis-je prête à faire partie de sa liste de conquêtes ? Ce mec m'attire. Je l'ai déjà dit. Thomas. Thomas m'attire. Thomas joue à *Spider-Man*. Thomas joue à *Spider-Man*, pendant qu'un mec qui m'attire m'invite à regarder un film (traduction : à baiser). Mais si je couche avec David et que Thomas l'apprend, vais-je définitivement détruire une relation possible avec lui ?

David retire instantanément son offre, prétextant une grande fatigue. Il a sûrement perçu mon hésitation et ne veut pas perdre la face. Qu'est-ce que je ressens ? Déception ? Non. Soulagement ? Nooouuui…

Après deux bises et une accolade, nous nous séparons au coin d'une rue entre nos deux appartements. Je fais quelques pas, et il me demande si je préfère qu'il me raccompagne. Dans ma tête, je pense oui, mais je décline quand même son offre. Il se rapproche et me confie qu'il n'aime pas me voir partir seule. Toute résistance est futile. Juste avant de faire la tête de « s'il-te-plaît-embrasse-moi-avant-que-ma-bouche-explose », je lui assure que je suis capable de me débrouiller seule. Et je lui dévoile mon arme secrète, de la laque que je transporte dans mon sac avec laquelle je pourrais asperger un éventuel agresseur. Évidemment, j'ai pensé à lui en envoyer une rasade dans les yeux, juste pour me protéger de la partie de moi-même qui éprouve une violente envie de lui sauter dessus.

Je crois que, dans le fond, les rues de Montréal sont beaucoup plus sûres que mon appartement si je m'y retrouvais seule avec lui.

Pour l'instant, aucune trace d'un être torturé ou sombre… Plutôt de la douceur, de la gentillesse et une douce folie. Et mon corps et mon esprit totalement sous le charme.

En arrivant chez moi, je pense à Thomas. Pourquoi ai-je été si pressée de passer un autre moment avec David ? Je commence sérieusement à me dire que si on pense sans cesse à un autre homme en compagnie de quelqu'un de charmant, c'est peut-être un signe qu'on n'a pas choisi la bonne personne avec qui passer sa soirée. Pour l'instant, Thomas ne se montre pas d'une grande disponibilité. J'aurais peut-être dû aller jouer à *Spider-Man* avec lui.

1. Thomas. (Je ne suis pas prête à en faire mon deuil et refuse de le mettre ailleurs qu'en première position.)
2. David. (J'essaie-de-camoufler-quelques-soupirs-et-je-ne-me-laisserai-pas-avoir-par-un-autre-amourophobe-promis.)
3. Guillaume C. (On ne sait jamais, solution de secours.)

14

DES NOUVELLES DE DAVID : LES BÉMOLS

Le lendemain matin, je me réveille en repensant avec exaltation à ma soirée avec David. Seule ombre au tableau, malgré sa proposition de film, il ne s'est pas montré pressé de m'embrasser, ce qui prouve peut-être qu'il a du respect pour moi. (Traduction : c'est mieux pour l'orgueil de penser ça plutôt que d'émettre l'hypothèse qu'il n'est pas du tout intéressé.)

Roxanne dit toujours : « Si un mec veut juste te baiser, il prendra le temps qu'il faut pour arriver à ses fins. Ça peut être un jour, trois semaines, trois ans… Et quand il y arrivera, il te laissera tomber. »

– C'est hyper dépassé comme croyance ! lui dis-je chaque fois.

– Non, c'est la réalité. Les signes ne trompent pas. Tu perds ton temps avec lui.

Grrrrrr. Roxanne me répète toujours la même chose ces temps-ci. Et quand je pense à David, je ne peux pas m'empêcher d'entendre sa voix fatigante me faire la morale, ce qui me gâche totalement mon plaisir. Elle a beau être ma meilleure amie, elle m'empêche de vivre pleinement mes (rares) moments d'extase.

Me remémorer les leçons de morale de Roxanne me rappelle que je suis censée lui téléphoner. Pas pour parler de mes problèmes socio-affectifs, mais pour une question professionnelle. C'est Laurence qui répond.

– Laulau ? Est-ce que je peux parler à ta mère, s'il te plaît ?

– Maman fait caca. Hi ! hi ! hi !

Beuuuurk ! Trop de détails ! Si ma recherche de l'homme idéal me conduit tout droit vers une existence où mon enfant racontera ma vie intime à n'importe qui, je ne suis plus certaine de vouloir continuer ma quête.

Marc-André s'empare du téléphone.

– Excuse Laurence, elle dit n'importe quoi. Elle est dans une phase… spéciale. Je te passe Roxanne.

– Allô ! Excuse-moi… j'étais occupée avec Zak, me dit Roxanne.

Je préfère éviter de découvrir qui dit vrai dans cette histoire.

– Écoute, j'aurais besoin de…

– Jasmine, mon alarme sonne.

– Ah ben… va l'éteindre, je t'attends.

– Non, mon alarme interne.

– Oh mon Dieu ! Ça doit te rendre folle ! Pourtant, tu as déjà deux enfants ! Je ne savais pas que l'horloge biologique des femmes continuait de faire tic-tac après deux enfants… Marc-André et toi en avez parlé ? Vous allez faire un autre enfant ? Tu as consulté un psy ? Parce que ça se pourrait très bien que ce soit…

– Ce n'est pas ça du tout ! C'est mon alarme

interne de méfiance masculine qui sonne. Je ne fais pas confiance à David. Et le pire, c'est que je te sens déjà amoureuse.

AAAAAAAH ! Elle m'éneeeeeerve ! Est-ce ma faute si la passe du toucher de mains était magique ? J'ai des pensées érotiques depuis ce moment-là. Juste à cause d'un toucher de mains ! Ça ne démontre pas à quel point je suis partante pour une nuit torride, ça ? Depuis *Sex and the City*, tout le monde pense que le célibat est rempli de rencontres et de sexe, mais étrangement, dans ma vie c'est tout le contraire. Mon célibat est sans sexe, et les rencontres sont tellement rares que je suis obligée de mettre des hommes que je connais à peine sur une liste fictive de mecs potentiels où il n'y a que deux candidats valables, qui ne sont même pas des mecs potentiels concrets car je dois décortiquer tous leurs faits et gestes pour y percevoir le moindre signe d'intérêt.

Je suis peut-être responsable de ce phénomène. Par ailleurs, je ne voudrais pas perdre Thomas, même s'il ne semble pas décidé à vivre une vraie relation amoureuse, puisqu'il trouve que lorsque nous sommes sortis ensemble la première fois, c'était épouvantable. Après tout, à cette époque, je n'étais pas prête. J'étais blessée et possessive parce que je sortais d'une relation difficile. Si on se remettait ensemble, ce serait différent. Mais je ne sais pas s'il le veut *vraiment*. Il me dit des choses comme « on pourrait réessayer », mais ne me fait jamais de grandes déclarations, celles où on sent notre cœur tourbillonner dans notre poitrine et où on se met à entendre de la musique dans notre tête, tellement le moment est grandiose. « On pourrait réessayer » ne donne pas de frissons. De l'autre côté, il y a David, et se faire lire les lignes de la main, même si c'est une technique de séduction qui a sûrement été éprouvée avec plusieurs cobayes, ça, c'est matière à frissons. C'est peut-être moi qui ne sais pas si je veux vraiment. Ou plutôt, *ce que* je veux vraiment. Et c'est ça, mon problème, ne pas savoir ce que je veux, moi.

– … Et si tu fais toujours les mauvais choix, tu seras toujours toute seule, continue Roxanne dans son sermon que je n'écoute que d'une oreille en me limant les ongles.

Même si elle m'énerve, je l'adore. C'est une preuve d'amour de sa part de s'en faire comme ça pour moi. Elle ne veut pas que je souffre. Pourtant, si je lui avais raconté cette histoire sans lui révéler qu'il s'agit de David Gagné, en lui disant plutôt que le mec est un comptable gentil et stable (comme Gabriel), je me demande si elle aurait la même opinion. L'important, c'est qu'elle veut me protéger et je l'interromps en lui disant :

– Moi aussi, je t'aime.

Un peu déconfite, je raccroche. Roxanne a sans doute raison. « Protégeons-nous » est mon nouveau slogan… et ça n'a rien à voir avec les pensées érotiques.

Avec tous ces discours sur ma vie sentimentale, je n'ai pas pu lui poser ma question professionnelle. Je voulais savoir qui produit l'émission « Visions estivales » afin d'envoyer une démo. Roxanne est supposée agir à titre d'agente 007 et m'aider dans ma carrière pour ne plus que je me prenne la tête sur ma vie amoureuse, et elle ne me parle que de ça. Je vais m'abstenir de souligner ses contradictions.

J'allume mon ordinateur et je vais voir mon blog. Pas vraiment de clics. Et le peu de lecteurs que j'ai eu est tellement fâché que je m'en prenne à des héroïnes de livres populaires que ça m'a valu un lot d'insultes. Mais bon, toutes les militantes ont vécu ce genre de rejet. Je dois rester forte devant l'adversité.

Puis, un peu déprimée (comme l'était sans doute Jeanne d'Arc après sa grande bataille), j'écris un mail à ma mère pour lui confier mon désarroi. Je lui parle de David, de mes doutes face à lui. Puis je lui parle de Thomas. Et de toutes sortes d'autres sujets, dont mon avenir professionnel incertain. Elle me répond aussitôt.

Objet : Re : J'ai besoin d'une maman…
Tu t'en fais pour rien, ma belle. Personne ne peut savoir ce qui se passe dans la tête de quelqu'un, surtout de quelqu'un de plus de trente ans au passé pas nécessairement reluisant ni facile. N'oublie pas : la vie sait ce qu'elle fait. Elle t'enverra la bonne personne au bon moment et tu n'as rien à faire pour ça. C'est la même chose pour ta carrière.
Prends les bons moments qui passent avec un homme qui jusqu'à présent te traite comme une fille passionnante. J'aime bien qu'il t'invite à la der-

nière minute. Il a pensé à toi. Il aimait mieux être avec toi que seul. Il prend le temps de t'apprivoiser, de te connaître. Après tout, il a du chemin à faire pour passer de figurant, à second rôle, et à rôle principal. Ne laisse personne te dicter ce que tu dois faire.

Quant à Thomas, quand un homme préfère jouer à *Spider-Man* plutôt qu'être avec toi, ça montre bien son degré d'engagement et… son âge mental.

Les vrais hommes sont quelquefois bien intéressants, mais encore faut-il se donner la chance d'en rencontrer un…

Mom xxx

Hum… Suis-je moi-même une *vraie* femme ? Peut-être que ma mère rêve que je sois une vraie femme mais je n'en suis pas une. Quand on sautille dans la rue (c'était en revenant du mariage de Roxanne, j'avais besoin de me défouler… et j'étais saoule), qu'on joue toute seule à être une exploratrice extraterrestre dans une librairie (toujours saoule), qu'on frissonne d'effroi rien qu'en entendant le mot « femme » (à jeun) et que, quand on est avec un soi-disant vrai homme à parler sérieusement de choses de la vie, on se demande pourquoi notre ex-meilleur ami-numéro un dans notre liste n'a pas voulu dîner avec nous au lieu de jouer à *Spider-Man*, est-ce qu'on a droit au titre de FEMME ?

Je suis peut-être une femme… différente, qui aime des hommes… différents.

Et si ma mère me sort encore une fois que « la vie sait ce qu'elle fait », je l'assomme avec tous ses livres de psycho pop.

15

ABANDON TOTAL + DÉFINITION DU PRINCE CHARMANT

– Les filles… nous interrompt Roxanne.

Isa et moi sommes plongées dans une profonde discussion sur l'épilation du maillot, attablées à une terrasse.

– J'ai… quelque chose à vous annoncer. Je… déménage à Chambly.

– Chambly ? répété-je en avalant de travers le glaçon que je croquais depuis que j'avais terminé mon verre. Autant dire que tu déménages à l'autre bout du monde !

Chambly, qu'on pourrait aussi appeler « la banlieue profonde », est vraiment situé très loin de Montréal. Pour aller là-bas, il faut absolument une voiture. Et en taxi, oublions, ça coûte une fortune. Roxanne a une vie de famille parfaite. Un destin tout tracé. Mais pourquoi s'expatrier ?

– Pour la qualité de vie.

Je me demande bien jusqu'à quel point elle veut que sa vie soit de qualité. Si elle pouvait déménager sur la lune parce que la qualité de vie y était jugée meilleure, le ferait-elle ?

– Oui, mais… si jamais je veux te voir ?

– Tu viendras à Chambly ou je viendrai ici.

– Mais c'est loin !

– Mais enfin, Jas, ce n'est pas si loin ! la défend Isa.

– Mais qu'est-ce que tu vas faire si, mettons, un soir, tu réalises qu'il n'y a plus de lait ? T'es-tu bien renseignée sur la banlieue ? Il n'y a pas de supermarché à tous les coins de rue comme ici, et ça pourrait être très chiant si jamais tu as besoin de lait à 10 heures du soir.

– Je serai plus prévoyante.

– Quand ? demande Isa, totalement inconsciente de la gravité de la situation.

– Quand est-ce que je vais aller acheter du lait ?

– Non. Quand est-ce que vous déménagez ?

– Le 1er juillet. Mais on ira faire des travaux avant.

– Pas déjà ! Et si Laurence manque de calcium et qu'elle doit absolument boire du lait mais qu'il ne t'en reste plus, hein ? Tu vas regretter d'habiter aussi loin d'un supermarché !

– Dis donc, tu tripes beaucoup sur les supermarchés, tout d'un coup ! Écoute, ça semble peu probable, mais si ça arrive, je te promets que je ne la laisserai pas mourir. Je prendrai ma voiture et j'irai au supermarché le plus proche, même si ça me prend quinze minutes. Elle ne manquera jamais de calcium à ce point-là…

– Et si tu as envie de manger vietnamien ou indien ou… n'importe quoi ? Ce n'est pas en banlieue que tu vas avoir le plus grand choix ! Qu'est-ce que tu vas faire ? Tu empêches tes enfants d'avoir une culture internationale !

– Il y a Internet. Et pour le reste, je vais m'acheter un livre de recettes et apprendre…

– Je vais te dire ce que tu vas faire : tu ne pourras rien faire, parce que tu vas te rendre compte que, pour manger indien, il va falloir que tu te tapes une heure de voiture. Alors tu vas rester chez vous et tu n'en mangeras plus jamais !

– Mais enfin ! Je ne vais pas rester en ville juste pour aller dans un resto indien une fois de temps en temps !

– Tu as pensé à nous ? Il va arriver quoi, à notre amitié, si on ne se voit plus ? Je n'ai pas le permis de conduire et aucun métro ne va jusque-là. Si le métro n'y va pas, ça doit être un bon indicateur qu'il ne faut pas y aller, non ?

– Oooh ! je suis vraiment touchée… tu as peur de me perdre… Mais on va rester amies, promet-elle en me prenant dans ses bras.

– Non ! rétorqué-je en me dégageant. Tu vas devenir amie avec des bourgeoises et tu vas oublier que j'existe. Encore pire, tu vas peut-être même *devenir* une bourgeoise toi-même !

Je commence à sentir une boule d'émotion en moi. L'idée de voir Roxanne déménager en banlieue, si loin de Montréal, me rend tout à coup très émotive. Mais puisque je ne porte pas de mascara waterproof, impossible de pleurer. La colère et les reproches me sauveront sûrement d'une crise de larmes.

– Quand est-ce que tu avais l'intention de m'en parler ?

– J'avais peur que tu me juges… N'oublie pas que je vais devenir une banlieusarde…

– Mais on s'était promis qu'on resterait en ville à la vie à la mort…

– On se marche sur les pieds, à quatre dans un appartement en ville… Et acheter une maison ici, c'est trop cher. Tu dis qu'il faut s'ouvrir à une culture internationale, mais peut-être qu'il est temps que tu t'ouvres à ce qui se trouve en périphérie de Montréal.

– Chambly… c'est tellement loin ! Je suis sûre qu'il faut un passeport pour aller là-bas. Et le trafic ? Tu as pensé aux bouchons que tu vas te taper tous les matins ?

– Tu vois, c'est exactement pour ça que je ne t'en ai pas parlé !

– Bon… les filles, nous coupe Isa, moi aussi, j'ai quelque chose à vous annoncer. Je… Gabriel et moi aussi parlons d'aller vivre ensemble… chez lui… à Laval.

Roxanne la serre dans ses bras à son tour et lui dit qu'elle est contente pour elle, alors que j'affiche spontanément une expression d'épouvante.

– Mais… vous venez juste de commencer à vous fréquenter ! Je n'aurai plus d'amies ? Isa, quand tu étais célibataire, tu me disais que tu ne comprenais pas les filles qui abandonnaient tout pour suivre un mec en banlieue. Tu es comme les héroïnes de roman qui oublient qui elles sont par amour !

– De quoi tu parles ?

– De mon blog féministe ! Tu ne l'as pas lu ? Nous sommes toutes influencées par la propagande du divertissement qui encourage la femme à s'oublier par amour !

– Mais ça nous plaît d'aller vivre en banlieue ! assure Isa. Hey ! pourquoi on n'irait pas fêter ça dans un spa ? Il me semble que ça fait longtemps qu'on n'a pas passé un week-end entre filles, propose Isa avec enthousiasme.

– Il n'y a rien à fêter, dis-je, tranchante, en faisant signe au serveur de m'apporter un autre verre.

Dans mon état, n'importe quoi ferait l'affaire, donc autant que je noie mon chagrin dans le plus d'alcool possible.

– Ouiiii ! Le week-end prochain, on pourrait s'organiser plein d'activités entre filles et bien s'amuser ! continue Isa avec un air de monitrice de jeannettes.

– Pour une fois qu'une fille m'invite le week-end sans que ce soit parce que son mec est occupé à jouer au base-ball ou quelque chose du genre, dis-je en tournant le dos à Roxanne.

– Jas, arrête de faire ta *drama queen* ! soupire Roxanne.

– Pardon, madame la banlieusarde ! réponds-je en levant les yeux au ciel.

– Je te jure que rien ne va changer et qu'on va continuer à être amies. Même que tu vas adorer ma nouvelle maison. Il y a une piscine.

– Waouh ! une piscine ? s'exclame Isa.

– Oui, c'est vraiment beau, et l'aménagement paysager est…

– Aaaaaah ! tu parles d'aménagement paysager. Tu

vois ! Tu es *déjà* une bourgeoise ! J'aimais mieux quand on parlait d'épilation du maillot…

– Il y a deux ans, ce n'est pas toi qui as essayé de te faire un jardin sur ton balcon et qui te plaignais de ne pas avoir assez d'espace pour pouvoir faire pousser tes tomates et ton basilic ? argumente Roxanne.

– Tu ne peux pas comparer, je faisais ça pour combler ma so-li-tu-de.

– Allez, les filles, dites oui pour le week-end entre filles, ce serait super fun ! renchérit Isa.

– De toute façon, chères futures banlieusardes, je ne peux pas, parce que moi aussi, j'ai une nouvelle. Je ne voulais pas vous le dire, par superstition, mais comme vous avez toutes des grandes nouvelles…

Mes amies se montrent intriguées, mais je fais durer le suspense, profitant du fait que le serveur vient nous offrir des *shots*.

– Ne lui en donne pas, à elle, suggère Roxanne au serveur en me montrant du doigt, elle ne le mérite pas. Elle me traite de « banlieusarde finie ».

– Han, fait-il tout en déposant les *shots* devant nous. Fonce-lui dedans avec ton monospace. Santé !

Nous rions aux éclats, sauf Roxanne, et nous trinquons avec lui. Mais Roxanne est tellement bouche bée qu'elle ne touche pas à son verre.

– Enfin, Roxanne, c'était juste une blague pour détendre l'atmosphère, dis-je une fois qu'il est parti.

– Ben non, c'est que… Je ne voulais pas le dire, mais… Ben, Marc-André et moi, on a aussi décidé de s'acheter un monospace. Tu comprends, c'est tellement plus pratique quand on a des enfants, et…

Je ne saisis pas le reste de son explication. Tout ce que j'entends, c'est bla-bla-bla banlieue, bla-bla-bla piscine et bla-bla-bla monospace. J'ai du mal à retenir mes larmes. Plusieurs souvenirs se bousculent dans ma tête. Je pense aux dîners que nous avons faits chez elle. À ses enfants. À une époque qui sera bientôt révolue et au permis de conduire que je serai obligée de passer, juste parce qu'elle a décidé de déménager. Je me dis que ma seule façon de la voir tous les jours désormais, ce sera par Skype…

Voyant ma mine déconfite, Roxanne me touche le bras et me dit :

– Il y a une chambre d'amis au sous-sol, je vais la décorer à ton goût…

– T'as intérêt.

Je soupire profondément pour me donner une contenance.

– Les filles, je suis contente pour vous. Si vous êtes heureuses, c'est l'essentiel.

Évidemment, me montrer égoïste face à leur déménagement, c'était déplacé. Mais le vertige de perdre mes amies est trop grand… Je sais ce qui va se passer. La vie va changer…

– Et toi, Jas, qu'est-ce que tu voulais nous dire ? s'enquiert Isa.

– Que je ne vous reconnais plus. Que ça me fait de la peine de vous perdre. Que tout va changer ! Que je n'ai jamais eu autant envie de me saouler qu'en ce moment !

– Non, madame l'alcoolique, c'est quoi, ta nouvelle ? précise Isa.

Oups.

– Ah… j'ai une audition lundi pour l'émission « Visions estivales ».Alors je veux être bien préparée, et c'est pour ça que je préférerais aller dans un spa une autre fois. Ça fait partie de mes résolutions, de foncer un peu plus dans la vie au lieu de me la couler douce et d'être obnubilée par mes relations amoureuses ou, plus récemment, le départ imminent de mes amies dans des contrées lointaines…

– Waouh ! s'écrie Isa en applaudissant.

– Bravo ! Comment tu as eu le contact, finalement ? demande Roxanne, sans doute impressionnée par ma débrouillardise.

– Imaginez-vous que la productrice a lu mon blog et qu'elle a aimé. Je savais que ça marcherait ! On dirait que je peux me débrouiller toute seule, parfois.

– Alors ça prouve que tu es assez grande pour que je parte en banlieue.

– Noooooon ! OK, j'arrête de plaisanter. Je vais accepter ta « nouvelle situation de vie », à condition que tu ne me demandes pas de t'aider pour le déménagement.

– Marché conclu, fait Roxanne en levant son verre.

– En fait, j'aimerais bien t'aider, mais je n'aurais pas de chauffeur pour revenir, précisé-je en souriant ironiquement. Tu comprends ?

– Moi, je t'aiderai si vous acceptez mon idée de week-end entre filles !

– Je ne peux pas, moi non plus, soupire Roxanne. Je passe le week-end chez les parents de Marc-André.

– Pourquoi tu n'y vas pas avec Gabriel ? suggéré-je

à Isa. Il faut que tu t'exerces un peu, si tu veux vivre avec lui !

– Euh... ouais... peut-être, répond-elle, déçue.

Malgré ce que dit Isa, je ne suis pas certaine qu'elle ait changé ses idéaux tant que ça. Hum... c'est louche.

Dans l'imagination des filles célibataires, vivre en couple semble comporter des avantages extraordinaires. On croit qu'on aura toujours quelqu'un pour porter les trucs lourds, quelqu'un avec qui faire l'amour tous les jours, quelqu'un pour essuyer la vaisselle, quelqu'un pour partager le loyer... Sans oublier le plus important, quelqu'un qui sera là pour nous aimer. On s'imagine que les sorties en couple seront aussi trépidantes que les sorties entre filles, mais qu'en plus on pourra s'embrasser chaque fois qu'on en aura marre de parler et qu'on pourra terminer la journée-soirée par du sexe torride.

Mais quand on voit que l'autre pète, qu'il regarde la télé en se grattant l'entrejambe, qu'il répand des odeurs nauséabondes aux toilettes (berk !), qu'il ne dit pas toujours les répliques parfaites suggérées dans des livres du genre *Comment séduire une femme ?* ou encore *Mars et Vénus : se comprendre*, on déchante un peu. Et on se surprend à rêver à son ancienne vie de célibataire. À dormir seule. À regarder ce qu'on veut à la télé. À dîner de céréales.

Et une fois redevenue célibataire, on ne peut s'empêcher de rêver de nouveau au prince charmant.

Le prince charmant, qui est-il ?

À partir du moment où, petites filles, on nous raconte qu'il existe des princes charmants, on en veut un. Mais quand on y pense un peu, le prince charmant des contes de fées ne devait pas être si charmant que ça. Il ne devait pas être à la maison plus de six jours par an environ (pour cause de chasse, de combats contre des ennemis, de problèmes internationaux à régler vu son statut de prince, etc.), ce qui laissait beaucoup de temps aux princesses pour vaquer à leurs occupations de princesses. (Est-ce que les princesses ne faisaient réellement que broder en attendant leur prince ? Hum… j'en doute. Je suis certaine qu'elles parlaient de sexe sans arrêt car elles s'ennuyaient ! Et qu'elles se moquaient entre elles des princes qui n'étaient peut-être pas des amants si extraordinaires que ça. Les couilles aplaties sur un cheval à longueur d'année, ça doit altérer la performance, non ?)

Alors malheureusement, souvent le prince charmant déçoit. Pourtant, lorsqu'on fréquente le célibat pendant une certaine période (trop longue), on finit par craquer pour un nouveau prince, charmant ou pas, en rêvant qu'il ne sera pas comme les autres. Ou encore, par manque d'affection (ou de sexe), on idéalise nos ex-princes charmants qu'on avait fini par ne plus trouver charmants mais qui, à cause de la propension de la mémoire à faire du montage (traduction : à oublier certaines scènes désagréables ou ratées de nos vies), redeviennent soudain prodigieusement charmants.

Donc, je me questionne. Les célibataires sont-elles *réellement* à la recherche d'un prince charmant ? Ou sont-elles simplement prêtes à s'accommoder de n'importe qui leur accordant un peu d'intérêt, et ayant appris des techniques de séduction dans *La Drague pour les nuls* – pour ne plus être seules ?

Est-ce que, malgré toute notre bonne volonté, Isa et moi sommes faites pour vivre en couple ? Hum… peut-être, mais à condition que ce soit plus agréable de vivre à deux que de vivre toute seule. Et vivre toute seule, ce n'est pas si mal.

Il devra se lever de bonne heure, le mec-prince charmant qui nous fera sortir de notre célibat. Car une fois que nos étagères sont fixées, que les trucs lourds sont rangés et que la vaisselle est essuyée, il faut qu'il y ait plus.

Donc, même si son nouveau mec lui lit des poèmes et qu'il envisage de vivre avec elle, Isa n'est peut-être pas comblée. Pas suffisamment, en tout cas, pour avoir envie de passer un week-end avec lui plutôt qu'avec ses meilleures amies.

Vais-je retrouver ma complice dans l'adversité ?

Toute célibataire a besoin d'une complice dans l'adversité. (Traduction : une amie sur qui vous pouvez compter, qui sera toujours là quand vous aurez besoin d'aller prendre un verre ou de parler au téléphone pendant des heures parce que vous vous sentez seule.) Avec ses obligations familiales, Roxanne ne peut combler ce poste dans ma vie. Isa, à qui le rôle convenait parfaitement jusqu'à tout récemment, a rencontré quelqu'un et, depuis, non seulement elle est absente de mon quotidien, mais bientôt elle le sera de Montréal. À moins qu'à quelques jours de son déménagement elle change d'avis. Peut-être que je ne resterai pas seule ici ? Espoir…

Je rentre chez moi et m'affale dans le salon. En zappant, je tombe sur une comédie romantique de série B. Je la regarde jusqu'à la fin. Tout le long, la fille rêve de retourner avec son ex, et finalement il se marie et il a un enfant, et elle finit toute seule. Est-ce que c'est ça qu'on appelle la licence artistique ? Pourtant, ça aurait donné espoir aux spectatrices célibataires de la voir finir avec quelqu'un, non ? C'est la pire fin jamais imaginée ! Je regarde ça et je fulmine. Mes amies déménagent en banlieue et, de plus, je tombe sur un film supposément romantique déprimant à mort ! OK, j'ai écrit un texte qui m'a valu une audition, où je parlais des héroïnes fictives qui ne se choisissent pas. Mais se choisir signifie-t-il vraiment être seule ? Je suis certaine que cette fin de film aura des répercussions néfastes sur la vie amoureuse de plein de filles. Je pense écrire au producteur pour l'accuser de mauvaise influence sentimentale. Pas obligé de commander systématiquement des happy ends aux scénaristes, mais ils auraient pu se forcer pour trouver quelque chose de plus joyeux que la solitude totale à côté de son ex et son bonheur familial, quand même !

Je fais quelques recherches sur Google pour voir si ce film a une suite. Je ne trouve qu'un article où le producteur reprend des propos semblables à ceux que j'ai tenus sur mon blog. Il explique qu'il n'en pouvait plus des happy ends hollywoodiens, qu'il a voulu raconter une histoire où la protagoniste se choisit à la fin plutôt que de choisir un homme. Pfff ! Je devrais vraiment lui écrire !

Monsieur le producteur
Vous avez insulté une légion de célibataires en terminant votre film sur une note aussi triste. Ce n'est pas parce qu'on rêve à l'amour qu'on ne se respecte pas en tant que femme ! L'héroïne aurait très bien pu tomber amoureuse de son voisin, qui était super charmant avec elle. (En passant, bravo pour le casting de celui-là parce que torse nu, il était assez beau à voir. Mais ce n'était pas assez bien pour votre personnage principal ?) Donc, ça aurait fait plaisir à tout le monde de la voir se marier avec Monsieur-Torse-nu et ça aurait excusé votre manque de respect envers notre espèce ! Si vous ne changez pas la fin dans les plus brefs délais, j'envoie une bombe dans vos studios !

Je n'ai pas le courage d'envoyer ma lettre (ni la bombe, d'ailleurs). Après tout, personne ne connaît ce film, et il me répondrait sans doute que, dans le monde des téléfilms, on tourne la page rapidement. Et moi, je lui dirais que, dans le monde de la télé, on ne tourne pas la page, on zappe. Et là, il trouverait que j'ai un sens de la répartie absolument savoureux et m'offrirait sans doute un travail dans sa boîte de production. Peut-être même qu'on tomberait amoureux.

Bon… je divague sur Hollywood. Si les héroïnes de cinéma ne peuvent plus rêver à l'amour parce que c'est antiféministe, on va rêver à quoi ?

1. Thomas. (Tout à l'heure, il m'a appelée pour me dire qu'il avait pensé à moi toute la journée.)

○ 2. David. (Peut-être que le fait que je sois difficilement accessible le pousse à jouer lui aussi à l'inaccessible. La théorie se tient.)

○ 3. Le serveur de la terrasse. (C'est pratique de connaître quelqu'un qui fait des bonnes blagues et/ou qui peut nous offrir des consos.)

○ 4. Producteur de cinéma. (Peut-être que mon scénario, bien que dépassé à cause de son happy end, pourrait se réaliser !)

○ 5. Guillaume C. (Peut-être que lui aussi se cache quand il me voit dans la rue, ce qui expliquerait pourquoi on se croise si peu souvent…)

16

ANALYSE DE LA SITUATION N° 1 (AVANTAGE THOMAS) + AUDITION POUR « VISIONS ESTIVALES »

Comme il pleut tout le temps et que je n'ai rien à faire, j'ai décidé de noter tout ce qu'on m'a dit récemment sur ma liste de mecs potentiels et de comptabiliser les résultats, un peu comme dans un pool sportif.

Résultats :

- *Ma mère a un faible pour David, elle aime qu'il prenne son temps (il n'est probablement juste pas intéressé), mais pense que Thomas et moi sommes faits l'un pour l'autre.*
- *Roxanne ne veut rien savoir de David (quelle surprise !) et me suggère de me méfier de Thomas.*
- *Isa se meurt de savoir comment baise David afin de corroborer la rumeur déjà entendue et (simple observation de ma part) vivre ma vie de célibataire par procuration.*

• Mon père aime bien Thomas. (Je le soupçonne de souhaiter secrètement que Thomas lui propose de jouer à Spider-Man. À quel âge les hommes atteignent-ils la maturité ?)

• Ma soeur s'en fout et pense que je devrais me trouver une occupation plus enrichissante que d'analyser constamment la même facette de ma vie.

Ma sœur n'a pas tout à fait tort. C'est pourquoi je décide d'essayer tous mes vêtements d'été afin de voir quels agencements je peux faire avec chaque pièce. (Ben quoi ? Ce n'est pas nécessairement *enrichissant*, mais ce sera pratique cet été quand je ne saurai pas quoi porter.)

Le téléphone sonne. C'est Thomas.

– Hé, Jas ! Qu'est-ce que tu fais ?

– Euh… dis-je en regardant la pile de vêtements sur mon lit, je lis.

– Tu lis quoi ?

– Dis donc, tu en poses, des questions ! Je lis un livre que tu ne connais pas.

– Peut-être que je le connais, je ne suis pas inculte, quand même.

– C'est un livre de filles, tu n'aimerais pas.

– OK. Et comment ça a été, ton audition pour « Visions estivales » ?

Mon audition :

J'avais rendez-vous avec Yves Landry, le grand patron de la chaîne, un homme d'une cinquantaine d'années assez bourru, et avec Élyse Grand'Pré, la productrice de l'émission « Visions estivales » (celle qui a aimé mon blog), une femme d'une quarantaine d'années. Pour être certaine d'être dynamique, j'avais bu un mocaccino juste avant. Le problème, c'est que ça fait des années que je ne bois plus de café, pour la simple et bonne raison que ça me surbooste. L'image de moi avec du café pourrait être celle d'une fille qui vient de mettre les doigts dans une prise de courant : cheveux dressés sur la tête et éclairs d'électricité autour de son aura.

Je me présente à Yves et à Élyse, en espérant qu'ils ne croiront pas que ma main tremble parce que je suis stressée, qu'ils comprendront que c'est bien à cause de ce café beaucoup trop corsé. OK, la vérité, je suis stressée. Je veux ce job !

On s'assoit. Ils m'observent. Peut-être que j'ai bel et bien les cheveux dressés sur la tête et des éclairs d'électricité, finalement.

Je bois ma dernière gorgée de mocaccino et je leur demande si je peux jeter le gobelet dans la poubelle.

– C'est mieux dans la poubelle que par terre ! Ho ! ho ! ho ! dit Yves en prenant mon récipient.

Je réalise qu'Yves fait des blagues de vieux. Et je ris nerveusement pour l'encourager.

Je claque malgré moi mes pouces ensemble, très vite. Je n'aurais pas dû prendre de café.

– Jasmine, j'ai beaucoup aimé ton blog. C'est frais. Mais tu ne sembles pas avoir beaucoup d'expérience en télé…

– Oui, c'est vrai, mais une fois, j'ai appris que quand on veut quelque chose, il faut envoyer un message à l'univers. C'est ma mère qui lit toujours des livres de psycho pop, en fait. Moi, je lui dis souvent qu'elle devrait lire autre chose, mais que voulez-vous ? Elle tripe là-dessus. Bref. J'ai dit à l'univers que je voulais faire de la télé. Mais ça fait plusieurs années que j'*envoie* le message, et ça n'arrive jamais. Ma mère m'a dit qu'il fallait être plus précise dans mes vœux, alors j'ai précisé : « Je ne veux pas *faire* de la télé, dans le sens de *construire* des télés ou encore *voler* des télés, mais bien *faire partie* d'une émission, en tant que chroniqueuse ou reporter… » Et je crois que « Visions estivales » convient parfaitement à mes vœux.

Long silence. Mais qu'est-ce que je suis en train de dire, là ? Qu'est-ce qu'ils mettent dans leur mocaccino ? Je songe à poursuivre ce café en justice.

Au bout d'un moment, qui, selon mes calculs, s'est révélé interminable, Yves éclate de rire et dit :

– J'aime ton attitude. Je te verrais bien dans l'émission.

– L'émission sera préenregistrée, mais diffusée telle quelle pour donner l'impression de direct, explique Élyse.

Je ne peux pas m'empêcher de fixer ses dents. Sont-elles jaunes à cause de la cigarette ou du café ? Elle est jeune pour avoir les dents aussi jaunes, il me semble.

Plus de café pour moi. C'est officiel.

– Te sens-tu capable de faire du direct ? ajoute-t-elle.

– Du direct ? dis-je en détournant mes yeux de ses dents. Oui, j'en suis capable. Après tout, je parle tous les jours. Et c'est en direct.

– C'est bon. Laisse-nous ta démo et on te rappelle, propose Yves.

Je n'ai pas dû faire bonne impression. Je leur remets la démo de la seule chronique que j'aie faite (j'ai pris soin d'enlever, évidemment, la partie où je suis allée chanter avec le mec de la météo) et je leur serre la main une dernière fois avant de quitter leur bureau.

Après l'audition, je me sentais perplexe en repensant à cette rencontre, mais ce sentiment était totalement éclipsé par l'overdose de caféine.

Évidemment, je ne souhaite pas trop en parler à Thomas. Il va sûrement se moquer de moi s'il apprend tous les détails. On a son orgueil.

– Je ne sais pas. Ce n'était pas tout à fait une audition, finalement, lui réponds-je. Je préfère ne pas trop en parler, par superstition. Toi, tu as fait quoi ?

– Je suis allé au cinéma.

– Tout seul ?

– Euh, oui.

J'analyse très vite la situation. Ce soir, il avait un entraînement de marathon. Dans son groupe, une fille le drague. Il a dû aller au cinéma avec elle, mais ne veut pas me le dire.

– Seul ? m'impatienté-je.

– OK ! OK ! Non. Avec la fille de mon cours.

Je me fâche.

– Je le savais ! Tu es un menteur ! Tu me mens, et après tu dis que tu voudrais qu'on « réessaie » de sortir ensemble. Ce n'est pas sérieux ! Bonne soirée.

Je raccroche.

Je suis furieuse.

Après trente secondes, je regrette mon geste.

Après trente-deux secondes, je souhaite de tout mon cœur qu'il me rappelle.

Une minute : rien. Je regarde le téléphone.

Trois minutes : rien. Je vérifie si le téléphone est bien chargé.

Cinq minutes : rien. Je branche le téléphone pour m'assurer qu'il y aura de la batterie quand Thomas appellera.

Après dix minutes, je le rappelle.

– Thomas… normalement, tu devrais m'avoir rappelée depuis au moins cinq minutes.

– Ben, euh… je pensais qu'on allait s'appeler plus tard, quand on aurait plus de recul.

– Je ne veux pas plus de recul. Je veux savoir pourquoi tu m'as menti.

– Jasmine, cette fille ne m'intéresse pas. Mais si je te raconte les choses que je vis avec elle, j'ai peur que tu sois jalouse, et ce n'est pas nécessaire, puisqu'elle ne m'intéresse pas.

– Ce n'est pas une raison pour me mentir.

– Bon… Je m'excuse.

– Moi aussi, je m'excuse.

– Pourquoi ?

– De t'avoir raccroché au nez.
– C'est compliqué, nous deux...
– Ouais...

On se donne rendez-vous à la Maison des pâtes fraîches pour un dîner réconciliation. Nous nous asseyons au comptoir, devant la fenêtre qui donne sur la rue. Une fille essaie d'attacher son vélo à un parcomètre.
– Thomas... tu sais, la fille.
– Je ne la regarde pas ! dit-il en se tournant vivement vers moi.
– Non, la fille de ton cours.
– Ne sois pas jalouse ! Elle ne m'intéresse pas.
J'ai envie de lui poser LA question.
– Et moi ?
– Tu le sais...
– Il y a quelque temps, un mec me draguait devant toi et ça ne te faisait rien. Et là, tu veux qu'on se remette ensemble. Je ne comprends pas.
Je suis nulle en psychologie masculine.
– Je suis comme ça. Si tu passes la soirée à parler à quelqu'un d'autre, je te laisse tranquille.
– Mais tu pourrais venir marquer ton territoire ! C'est ce que je ferais, moi !
– Il me semble que si tu passes la soirée à parler avec un autre mec, ce n'est pas l'autre mec le problème, c'est toi.
Thomas : 1, Jasmine : 0.
– Mais tu dois te battre ! insisté-je.
– Peut-être que ma façon n'est pas la bonne...

– Thomas… j'ai vraiment peur que tu veuilles te remettre avec moi pour de mauvaises raisons, et que ce soit voué à l'échec encore une fois. Pourquoi ne pas rester amis ?

Je bluffe, évidemment.

– Je pense que c'est toi qui ne veux pas être avec moi…

En rentrant chez moi, j'ai un message de David. Je le rappelle et on parle quelques minutes. Une conversation tout à fait amicale. Si ce mec est un dragueur en série… il ne doit pas avoir remarqué que je fais partie de la série.

Bon, c'est vrai que ça ne fait pas si longtemps que je le connais. Peut-être prend-il son temps. Peut-être que la théorie selon laquelle il me voit comme une amie est la bonne. Et Thomas ? Je ne sais pas quoi en penser. Est-ce qu'on reste amis seulement pour empêcher l'autre de rencontrer quelqu'un ? Est-ce qu'on veut se remettre ensemble seulement par peur de se perdre ? Est-ce que c'est ça, l'amour ?

Thomas ? David ? Thomas ? David ?

J'appelle Thomas.

– Allô, c'est Jasmine.

– Oui, je t'ai reconnue.

– Ben… c'est ça. C'est moi qui t'appelle. Comme toujours.

– Tu veux une médaille ? Hier je t'ai appelée deux fois de suite. Qu'est-ce que tu as fait après le resto ?

– Rien.

– Rien ? Ben, tu as bien dû faire quelque chose ?

– Bof… j'ai écouté de la musique.

Ce qui, techniquement, n'est pas un mensonge jusqu'à « de la musique », mais on peut aussi dire que la voix de David est très musicale à mes oreilles.

Si Thomas et moi nous mentons chaque fois que nous vivons quelque chose avec une autre personne, c'est vrai que ça en dit long sur notre « amitié ». Conclusion de l'analyse, nous sommes dans une zone relationnelle très ambiguë.

J'ai besoin d'un conseil. J'appelle Roxanne.

– Dis, Roxanne, comment ça avance, les préparatifs du déménagement ?

– Tu m'appelles pour t'informer de mon déménagement ?

– Non. La vérité, c'est que j'ai besoin d'un conseil.

– Ah ! Je m'en doutais !

– Quand tu m'as dit de me méfier de Thomas, qu'est-ce que tu voulais dire ?

– Je trouve que tu te compliques la vie. Thomas et toi, vous seriez super heureux ensemble si tout n'était pas si compliqué. La première fois que tu es sortie avec lui, tu avais Yannick en tête, et là c'est David. Peut-être que tu ne l'aimes pas ?

– Ou peut-être que je voudrais juste qu'il soit plus romantique.

– Tu vas trop au cinéma.

– Ben maintenant, je te ferais dire que c'est *out*, les happy ends, selon certains producteurs. Et que je n'ai pas David en tête. C'est un ami !

– Oui, oui, bien sûr ! Tu veux savoir ce que j'en

pense ? C'est toi, l'amourophobe ! Quand tu as l'amour devant toi, tu penses toujours à un mec avec qui ça ne pourra visiblement jamais marcher ! Voilà !

Je raccroche vivement.

Moi, amourophobe ? Pfff ! pas du tout. Elle se trompe !

1. Thomas. (Peut-être que tant que l'histoire n'est pas réglée avec David, ce n'est pas le bon moment.)

○ 2. David. (Peut-être que tant que l'histoire n'est pas réglée avec Thomas, ce n'est pas le bon moment.)

3. Inoccupé.

○ 4. Guillaume C. (Je ne l'exclus toujours pas, même si je ne l'ai pas revu et que j'ai déjà un peu trop de deux mecs potentiels. Peut-être que si je le revois, il sera la réponse à tout.)

17

ANALYSE DE LA SITUATION N° 2 (AVANTAGE DAVID)

J'ai beaucoup réfléchi à ce que Roxanne m'a dit. Elle a raison. Je me mens à moi-même. Je suis une amourophobe confirmée. Oh ! noooon ! J'aimerais sortir avec Thomas. J'attends ça depuis la première fois qu'on s'est quittés. Nous allons bien ensemble, et le temps passe toujours vite en sa compagnie. Je sais que je peux compter sur lui n'importe quand, il me fait rire et, même s'il nous arrive de nous disputer, nous prenons toujours du plaisir à être ensemble. Nous sommes de grands complices.

Malgré tout, j'ai une certaine curiosité (traduction : attirance forte), que je refoule, pour David. Et je voudrais que Thomas me fasse virevolter un peu plus par des déclarations passionnées. C'est ce qui me pousse à saboter un peu ma relation avec lui.

J'appelle Roxanne pour m'excuser de la saouler avec ma vie amoureuse et d'avoir été un peu méchante avec elle la veille.

– Je suis désolée. J'ai beaucoup réfléchi, et je te

promets d'arrêter d'embêter tout le monde avec ma vie de célibataire.

– Mais je refuse ce sevrage forcé ! s'exclame-t-elle. Si on ne peut plus compter sur ses amies célibataires pour se divertir le soir après une journée de dix heures de travail intensif, un déménagement, un bébé de deux ans encore aux couches et une fille de quatre ans qui n'est visiblement pas prête à dépasser sa phase du « non », si on ne peut pas connaître les méandres amoureux que traverse sa meilleure amie et pouvoir donner son opinion sur ses aventures palpitantes, à quoi ça sert de vivre ? Je ne t'ai pas choisie pour être la marraine de mon fils pour rien, je te ferais dire ! Ce privilège-là, ça se paye !

Normalement, Roxanne est une fille très distinguée.

Bon. Je me sens soudain comme l'écrivain dans *Misery*, le livre de Stephen King. Sauf que moi, au lieu de changer la fin d'un roman pour satisfaire une fanatique, il faut que je raconte ma vie de célibataire à des gens heureux en couple. Je suis condamnée au malheur amoureux.

À l'heure du dîner, je décide d'aller manger au bistrot de Yannick. Je m'assois au bar et, pendant le repas, j'en profite pour discuter un peu avec lui. Il m'annonce qu'il a rencontré une fille sur Tinder et qu'il se sent super amoureux. Elle s'appelle Laure. Eh bien ! quelle nouvelle ! Je ne pensais pas que la technologie était suffisamment *évoluée* pour parvenir à faire en sorte que Yannick Paquin, qui pourrait être nommé sergent-caporal-chef des amourophobes, tombe amoureux. Je lui dis que je suis contente pour lui. (Traduction : je suis totalement enragée qu'il ait trouvé l'amour avant moi et j'aurais envie de sauter par-dessus le bar et de l'étriper.) Puis il décide de m'exposer sa théorie concernant mes « méandres amoureux », comme dirait Roxanne.

Il suggère (tam ta ta taaaaam) que j'ai un caractère pas facile. Pas facile ? Moi ? Pas facile ? Et lui ? Il est simple, alors ? Je suis tellement vexée que je quitte le restaurant en trombe, avant même d'avoir terminé mon plat.

– Tu me connais mal ! ai-je lancé avant de partir. De toute façon, tu as rencontré ta copine sur Tinder, un site de surconsommation d'humains, pas de quoi te vanter, hein ! Peut-être même qu'elle fréquente plein d'autres mecs en même temps que toi, qu'elle a rencontrés grâce à la même application !

– Ce n'est pas grave, moi aussi, dit-il en rigolant. Tu vois bien que tu as un caractère pas facile ! Mais c'est pour ça qu'on t'aime ! Reviens ! Sans rancune, hein !

Ha ! je le savais, qu'il y avait quelque chose de louche dans le fait qu'il était « amoureux ». Raison : « Yannick » et « amour » sont deux termes complètement opposés. Et puis, les gens amoureux, peu importe leur façon de vivre cet « amour » (pffff !), ont toujours tout plein de théories sur le pourquoi du comment ça se fait que les célibataires sont célibataires. Ils sont tellement dans leur bulle de youhou-je-suis-enfin-casé que leur jugement en devient altéré.

Ouais… bon. Il a peut-être raison, après tout. J'ai peut-être un caractère… pas facile.

Je suis partie avant de lui poser la question que j'aurais aimé lui poser : « Pourquoi pas moi ? » Mon caractère me rend-il si difficile à aimer ? Je suis une hypersensible. L'hypersensibilité, ça a ses bons et ses mauvais côtés. Et je n'ai peut-être jamais rencontré quelqu'un qui a su reconnaître les bons !

Plus tard, je m'apprête à me mettre au lit lorsque le téléphone sonne. C'est David.

– Tu sais quoi ? J'ai rencontré Paul McCartney aujourd'hui dans la rue.

– Ah oui ? Ben moi, j'ai croisé Pierre Bellavance.

C'était ça ou le sarcasme suivant : « Quelle information pertinente ! »

– C'est qui, lui ?

– Ah… je croyais qu'on se disait qui on avait croisé. Le jeu, c'est qu'il faut qu'il soit connu ?

Il rit. Puis ajoute :

– Tu trouves pas qu'au printemps on a plus envie de flirter ?

Il me voit moins comme une amie, maintenant ?

– Oui, mais de toute façon, en ce moment il fait, quoi, dix degrés dehors ? On ne peut pas vraiment dire que c'est le printemps, alors tes hormones peuvent se détendre.

– Tu es du genre à faire le premier pas, toi ?

– Qu'est-ce que tu veux dire ?

– Ben… avec les mecs ?

– Non.

– Nous, les mecs, on est coincés avec ça, le premier pas.

– Ne me dis pas (non dit : qu'avec toutes les filles avec qui t'as couché) que tu as toujours fait le premier pas ?

– Si.

– Menteur !

– Tu sais quoi ? Je me suis acheté une superbe voiture…

Mettons les choses au clair, à partir du moment où on prononce un synonyme du mot « voiture », je perds toute concentration. Alors le reste de sa phrase, la marque, le nombre de chevaux et de roues et quoi encore, je ne l'écoute pas.

– Est-ce que tu aimerais la voir ?

Je cherche vainement le sous-entendu sexuel.

– Euh… tu sais, moi et les voitures, ça fait deux. Une voiture, ça doit d'abord servir à rouler. Pour le reste…

– Oui… ben… elle roule, tu sais.

Voilà le topo ! Flirt + voiture, il veut sûrement qu'on s'embrasse dans sa voiture !

– C'est quoi, la marque ?

Comme si ça m'intéressait !

Il me redit la marque, en appuyant bien sur les mots pour que cette fois-ci je la retienne, mais trop tard, je suis déjà dans la lune. La vérité, c'est que les mecs qui tripent sur leurs voitures m'ennuient. Sûrement autant que les filles qui tripent sur leurs chaussures peuvent agacer les mecs. En voir un se pavaner au volant de sa rutilante bagnole, convaincu que s'il met sa musique à donf (presque toujours de la musique ringarde, en passant) et fait ressortir ses pectoraux, il n'aura pas l'air d'un connard en sifflant une fille qui passe devant, c'est plus fort que moi, ça me met mal à l'aise.

David continue de parler de sa voiture en utilisant plein de mots de mec qui me tapent sur les nerfs.

– Bon alors, je te laisse vaquer à…

– Hé ! c'est moi qui voulais dire ça, tu m'as volé ma phrase !

– Vas-y, alors.

– Bon, ben, bonne nuit…

– Ah ben non, ça, c'est nul comme fin.

– Euh…

– OK, bye !

– Tu peux parler de ma fin nulle, la tienne est pire.

– Ben oui, mais c'est ta faute. C'est toi qui as voulu prononcer la phrase de la fin. Ça m'a coupé mon inspiration.

On raccroche.

Je me tourne et me retourne dans tous les sens dans mon lit. J'ai du mal à dormir. Je regarde le plafond et je réfléchis. Roxanne aurait-elle raison ? Serais-je amourophobe ? Et quand on me propose quelque chose, je refuse, comme si c'était plus fort que moi.

Ça suffit.

18

PETIT VENDREDI + TACTIQUE INUTILE

Youpiiiiiiiiiiii ! j'ai été prise pour l'émission « Visions estivales » ! Même si j'ai été pitoyable en audition ! Je vais faire la revue de presse. Ce n'est pas la plus grosse chronique, mais c'est vraiment pas mal pour un début.

Première journée. Je suis très nerveuse. Je croise le grand patron de la chaîne, Yves Landry, rencontré lors de mon audition. Il s'avance vers moi, tout souriant. Peut-être encourage-t-il la familiarité patron-employé ? Il est maintenant tout près de moi. Ne sachant pas quoi faire, je lui fais la bise. Il a l'air surpris, me lance un regard mi-intrigué, mi-amusé tout en continuant d'avancer, puis tend le bras pour se prendre un café dans la machine située… juste derrière moi. Oups. Je rougis.

Une gaffe dès la première journée, c'est embêtant.

L'heure de ma chronique approche. Je passe après Louis-Martin Dupuis. Un pro. Plus jeune que moi. Vraiment bon. Ça me stresse encore plus. Il a réellement du talent, ne bafouille pas, et il est capable d'aligner, avec humour et dynamisme et dans un français parfait, des phrases dont auraient été fières toutes les écoles de diction.

Le tournage de ma chronique est retardé pour cause de problèmes techniques. Puisque j'ai déjeuné à 7 heures et qu'il est 13 h 30, j'ai faim et je suis en pleine crise d'hypoglycémie. Bref, ça va mal. Au moins, je n'ai pas bu de café. J'ai retenu la leçon.

C'est à mon tour.

– Bonjour ! Nous sommes aujourd'hui en compagnie de Jasmine, une spécialiste des magazines, annonce l'animateur Pascal Boutin.

– Coupez ! Jasmine, ramène tes cheveux en arrière, ça cache ton visage ! crie le régisseur à l'autre bout de la pièce.

– Tu es maaaagnifique à l'écran, me rassure Pascal en se tournant vers moi.

Un gentleman.

– OK, quand vous voulez, annonce le régisseur.

– Nous sommes en compagnie de Jasmine, une spécialiste des magazines. De quoi parlons-nous aujourd'hui ? reprend Pascal comme si rien ne s'était passé.

– Euh… oui. Bonjour. On parle d'abord de Brad Pitt qui est encore considéré comme un des hommes les plus sexy de la planète, dis-je, un peu sonnée par tout le stress que je vis en ce moment.

– Il n'est pas le seul, fait Pascal.

– Il arrive bon deuxième derrière toi… euh… vous… euh… toi, bien sûr, lancé-je à Pascal avec des yeux charmeurs.

– Ha ! ha ! ha ! Je crois qu'on va bien s'amuser cet été, tous les deux !

Pascal Boutin est un jeune animateur, une espèce de jeune prodige dans le domaine. Quand il anime quelque chose, c'est le succès assuré. C'est un mec hyper branché d'une trentaine d'années qui fait craquer pas mal de filles. Elles seraient bien déçues d'apprendre que ses préférences sexuelles sont plutôt… masculines. Je m'interroge. Je suis sur une chaîne nationale et je flirte en direct avec un homosexuel notoire. De quoi vais-je avoir l'air ? D'une fille célibataire qui mérite de le rester.

– On parle également des stars et de sexe, poursuis-je, totalement désorientée, déconcentrée par mes pensées. On apprend que Freddie Prinze Jr et Johnny Depp ont fait ça pour la première fois dans une voiture… Euh… enfin, pas ensemble, hein… séparément… chacun dans une voiture avec une fille. Parce que tout le monde sait qu'ils aiment tous les deux les filles. Comme moi. Euh… je veux dire, pas comme moi dans le sens où j'aime les filles, mais comme moi qui suis une fille qui aime les hommes… mais je veux dire que ça fait que c'était la même situation.

Tout le monde est mort de rire sur le plateau. Sauf Élyse Grand'Pré, qui me lance des regards allant du découragement au mécontentement.

Je finis ma chronique, penaude. Est-ce qu'on me mettra à la porte encore une fois ?

Pascal me rassure en venant me féliciter.

– On s'est bien éclatés ! J'espère que ce sera comme ça tout l'été !

« “Comme ça” dans le sens où moi, j'ai l'air folle, et toi, t'as l'air intelligent ? »

Louis-Martin a eu droit à un « Fantastique ! » de la part d'Yves. Moi, d'un « Merci, Jasmine ». Bon, j'ai tout l'été pour faire mes preuves. Je vais me rattraper.

En passant, je me demande ce que c'est, une *spécialiste* des magazines. Une spécialiste des sciences, ça a de l'allure. Ça veut dire quelqu'un qui a un diplôme en sciences. Une spécialiste du culturel, ça signifie quelqu'un qui a une certaine culture. Qui a probablement vu bon nombre de spectacles. Mais une spécialiste des *magazines*, ça ne fait pas très crédible. Comment on le devient ? En passant ses journées dans les salons de coiffure et les salles d'attente de dentistes ?

Je renonce à aborder la question avec Pascal, qui a été adorable avec moi.

Je quitte le plateau, un peu honteuse. Puis un beau mec (un mètre quatre-vingts, mince, peut-être vingt-sept ou vingt-huit ans) drôlement accoutré (chemise hawaïenne pseudo-hipster) m'arrête et me lance :

– Waouh ! t'es super douée !

– Ah… euh… mais je ne suis pas vraiment une spécialiste… en magazines…

– Je m'appelle Stéphane. Stéphane Camirand, dit-il en me tendant la main.

– Enchantée.

– Je suis technicien du son. Mais c'est seulement pour payer mon loyer. En réalité, je suis humoriste. Je joue parfois dans les bars. Mais je ne gagne pas ma vie avec ça.

– Ah.

Ça explique peut-être son accoutrement.

– On va se voir souvent cet été, dit-il, très enthousiaste. Tu pourras venir voir mon numéro dans un bar, si tu veux…

– Hi, hi… oui, peut-être.

Yes ! En plus, il est brun aux yeux marron. Peut-être est-il celui dont je dois tomber amoureuse, selon la tireuse de cartes.

Hum… ça me surprendrait. A priori, il n'est pas tellement mon genre. Mais on ne sait jamais.

En sortant, j'écoute mes messages sur mon portable, que j'avais éteint pour le tournage. J'en ai quatre.

Le premier est de ma mère, elle veut savoir comment s'est passée ma première journée.

Le deuxième, également de ma mère, elle veut savoir si j'ai été bien pour ma première chronique. (Il me semble que le premier message était clair, pourquoi se sent-elle obligée de laisser un autre message pour préciser ?)

Le troisième, encore de ma mère, elle a rencontré quelqu'un qui a déjà travaillé avec David. Selon cette personne, David est un grand timide, mais c'est un homme profond. Profond ? Hum… elle n'a pas entendu notre dernière conversation. Séduisant, oui. Magnétique, oui. Mais profond ? Quand un mec collectionne les filles et les voitures, peut-on vraiment parler de profondeur ?

Le dernier message est d'Isa. Laissé à 16 h 54. Elle semble tout excitée. « Jasmine ! Je suis rue Saint-Denis et je vois David ! Oooooh ! C'est sûr, parmi tous tes mecs potentiels, je trouve que c'est lui le mieux ! Il doit être seulement timide et… Mais attends… il a une… barbe de trois jours ? Berk ! Mon amie, celle qui a couché avec lui, aimait que son visage soit sans poils parce qu'il était doux comme de la soie, elle disait que c'était justement ce qui était tellement palpitant durant leur nuit torride. En fait, il est très mal habillé… Tu devrais le dire aux gens quand tu parles de lui. Il n'est pas aussi beau que dans notre imagination. En passant, je suis au salon de coiffure si tu veux venir me faire coucou. »

Il est 16 h 59, elle vient donc tout juste d'appeler. Je vais aller la rejoindre au salon. Qui sait, j'aurai peut-être la chance de croiser David « par hasard ». Bonne idée.

Je marche très vite dans l'espoir de le croiser. Soudain, je le vois. Il est loin devant moi, rue Saint-Denis, sur le trottoir de gauche. Et moi, je suis sur le trottoir de droite. Que faire ?

Je me mets à courir, pensant que si je réussis à le dépasser, il me verra sûrement, même si je suis de l'autre côté de la rue. Et s'il me voit, peut-être aura-t-il envie de me suivre. Ah ! ce serait si romantique. Lui me suivant et moi, me retournant pour dire : « Ah, salut ! Quelle coïncidence. Je ne t'avais pas vu, je suis tellement pressée, je dois aller… » Oups ! Je ne sais pas quoi inventer s'il me rattrape. Il faut que je trouve une raison d'être pressée. Bah ! je trouverai bien. Mon plan semble infaillible. Une version moderne et très personnelle du laisser-tomber du mouchoir.

Je cours. Je m'essouffle. Puisque je m'efforce de retenir mon sac pour l'empêcher de bouger et que je halète comme une femme enceinte en pleines contractions, mon niveau d'élégance et de sensualité est à zéro. Je cours sans me retourner et j'arrive rapidement au salon de coiffure. David m'a-t-il suivie ? Il n'y a personne derrière moi.

David ne connaît peut-être pas la tactique « courons pour le dépasser ». Bon, c'est normal, vu que je viens de l'inventer et que jusqu'à maintenant, depuis le début de sa courte existence de cinq minutes, cette technique n'a pas porté ses fruits.

J'entre dans le salon de coiffure, à bout de souffle (il faudrait vraiment que je fasse plus de sport), pensant que si David m'a vue, j'ai sûrement perdu des points. J'avais bien plus l'air d'une pauvre folle échevelée que d'une fille mystérieuse, intelligente et sensuelle.

Isa est là.

– Hé ! t'as eu mon message ?

Je suis trop essoufflée pour lui répondre, mais pliée en deux, le teint mauve, je suis tout de même capable de sarcasme.

– Qu'est-ce que… (souffle) tu penses… (souffle) que je… (souffle) fais ici ? (Souffle.)

Je m'assois avec elle pendant qu'on lui refait sa couleur. Un coiffeur qui a du temps entre deux rendez-vous me propose un brushing. Je refuse. Je me sens un peu vexée. Est-ce que mes cheveux sont si laids que ça ? Isa me conseille de me calmer.

– Qu'est-ce que tu fais ce soir ? On pourrait sortir. Comme dans le bon vieux temps où on était toutes les deux célibataires, proposé-je à Isa pendant que son coiffeur lui applique sa couleur.

– Je ne peux pas, j'ai promis à Gabriel qu'on passerait la soirée ensemble.

– Promis, promis… c'est pas comme si tu ne le voyais jamais !

– Tu comprendras quand tu auras un mec.

Je lui fais une grimace et je quitte le salon.

Je retourne chez moi, un peu déçue. En marchant, cette fois. Peut-être qu'en rentrant j'aurai un message de David ? Peut-être qu'il m'a vue courir, mais n'a pas osé arrêter ma course effrénée, de peur que je rate un rendez-vous urgent ? Même pas. Nous sommes vendredi et je n'ai aucune invitation. Je ne veux pas passer la soirée toute seule.

J'appelle Thomas. On pourrait aller prendre un verre, et je pourrais lui raconter à quel point j'ai été nulle aujourd'hui. Il ne répond pas.

J'appelle Roxanne. Elle m'invite à faire des travaux avec elle dans sa nouvelle maison… à Chambly. Je refuse d'aller là-bas. Je suis fâchée qu'elle déserte la ville.

Devrais-je appeler David pour l'inviter ? Réfléchissons. Jusqu'à maintenant, c'est toujours lui qui m'a invitée. C'est peut-être mon tour. Je l'appelle. Il ne répond pas non plus. Évidemment. Qui n'a aucun plan le vendredi soir ? Personne à part moi, bien sûr !

Alors, je décide de travailler un peu. Je commence à feuilleter un magazine pour ma prochaine chronique, lorsque le téléphone sonne.

– Jasmine ? C'est Isa. Je m'en veux de t'avoir dit non tout à l'heure. Si tu veux, on peut sortir.

– Tu vas laisser Gabriel tout seul ?

– Il pourrait venir avec nous ?

– Bof, non. J'ai du travail.

– Un vendredi soir ?

– Ben oui. Je suis super occupée, maintenant que je suis chroniqueuse télé.

Je froisse quelques pages de magazine près du combiné pour lui prouver que je suis débordée de travail en tant que spécialiste des magazines. La vérité, c'est que je ne veux pas me retrouver seule avec un couple. Déprimant.

– Jasmine… Si je peux me permettre un commentaire, je trouve que ces temps-ci, tu es complètement obnubilée par ta vie amoureuse. Tu vas rencontrer quelqu'un, tu vas voir… Comme moi j'ai rencontré Gabriel.

Bon. Je suis condamnée à passer tous mes vendredis soir *toute seule* jusqu'à la fin de mes jours et à m'entendre dire que je vais rencontrer un mec comme Gabriel, ce qui me mènera tout droit vers une vie calme, paisible et rangée où j'aurai mieux à faire que de voir mes amies.

Je me prépare une tisane à la camomille (top glamour !) puis, une fois calmée, je songe à quel point il est facile de juger les autres, et si difficile d'avoir du recul quand il s'agit de soi-même.

Après quoi je cours, exactement ?

19

LUNDI + MARDI + MERCREDI

Résumé de mon week-end :

• Samedi, Thomas m'a accompagnée à la pendaison de crémaillère de Roxanne, qui a déménagé le 1er juillet. Je lui ai offert un chèque-cadeau valable dans une bonne quincaillerie. Ben quoi ? C'est *in,* et c'est très pratique quand on emménage dans une nouvelle maison. (OK. J'avoue. C'est par pure vengeance que j'ai fait ça.)

Finalement, j'ai adoré sa maison. À part le fait que ce soit situé à l'autre bout du monde, c'est vraiment joli et… je dois admettre que la piscine, c'est un must.

• Dimanche, David m'a invitée à aller déjeuner. Offre que j'ai refusée, faute de temps. (Ce que m'a dit Isa m'a fait réfléchir. J'en ai marre d'attendre des appels et d'accourir sitôt que je reçois des nouvelles. J'ai ma propre vie, je suis très occupée à préparer mes chroniques.)

Lundi

Réunion au sommet avec Isa pour parler de sa relation avec Gabriel. Elle est arrivée en trombe chez moi pour s'excuser de m'avoir un peu sermonnée vendredi dernier, et pour me confier que même si elle aime son mec, elle n'est pas sûre d'avoir fait le bon choix. Voici une étape importante d'une relation : quand on commence à être bien, on se demande si on ne pourrait pas être mieux ailleurs.

Même si elle m'implore de lui donner mon opinion, je ne peux pas l'aider sur ce sujet. Je suis moi-même Miss Embrouillée dans ce domaine.

On se prépare un gros saladier de pop-corn pour parler de nos obsessions amoureuses et on en profite pour regarder ma première émission. On rit aux larmes, tellement je suis nulle (stress + déception de constater que dans ma carrière je n'ai pas réussi à atteindre une plus grande crédibilité qu'en tant que spécialiste des magazines).

Mais pour lui être un peu utile, je lui rappelle ce qu'elle m'a dit au sujet d'en avoir marre de courir. Des qualités de Gabriel. De ses idéaux qui ont changé. Et que si elle est bien, il n'y a pas vraiment mieux ailleurs. Ailleurs, il y aurait autre chose, avec différents problèmes.

Ça a eu l'air de lui faire du bien, car plus tard il l'a textotée et elle avait les yeux pétillants. Et elle est partie le rejoindre en me remerciant.

Je ne dirais pas que je mérite une médaille pour mes conseils (qui l'amèneront quand même à déménager à Laval), mais j'avoue y avoir songé quelques minutes (à la médaille, pas à déménager à Laval).

21 h 26. Mon téléphone sonne. C'est David.

– Hey ! Je t'ai vue à la télé…

– Ooooooh ! non !

– Tu es super et tu passes très bien à l'écran, tu n'as pas à t'inquiéter.

– En tout cas, je ne dis pas toujours des conneries comme ça…

– Ah bon ?

– Euh…

– Je te taquine ! On dîne ensemble bientôt ?

Mardi

Tournage de ma deuxième émission. Stéphane Camirand et moi discutons longuement. Il est très gentil. Il me confie avoir déjà travaillé avec Thomas il y a quelques années. Il écrivait des scénarios de BD pour une revue humoristique pour laquelle Thomas était graphiste.

Après le tournage, j'ai envie de voir Thomas. Nous convenons d'aller au resto ensemble.

– Stéphane Camirand est technicien du son sur l'émission. Il dit qu'il a déjà travaillé avec toi, dis-je alors que nous terminons nos plats.

– Oui, c'est vrai. Tu lui as dit que tu me connaissais ?

– Oui.

– Est-ce qu'il t'a demandé comment ?

– Euh…

– Tu ne lui as pas dit pour nous deux ?

– Nous deux, quoi ?

– Ben… nous deux…

– Euh… je lui ai dit que tu étais mon meilleur ami.

– Tu m'énerves !

Il se lève. Je pense qu'il est fâché. Il se tortille en me pressant de sortir de table.

– Faut vraiment partir, j'ai envie d'aller aux toilettes.

– Thomaaaaaaas ! Ne me dis pas ça ! On n'est pas obligés de se dire ces choses-là ! Quand tu sors avec ta copine de jogging, tu lui dis des choses comme ça ?

– Non. Mais l'autre jour, tu m'as demandé de ne rien te cacher, sinon, ce serait mentir. Faudrait te décider, hein !

Bon point.

Mercredi

David m'appelle et me dit qu'il m'a vue en compagnie d'un superbe jeune homme hier. Je lui dis que c'est Thomas, et j'ajoute que je ne savais pas qu'il avait un penchant pour la bisexualité (ça m'évite de devoir lui raconter qui est Thomas et lui expliquer ma relation avec lui). Il reste muet.

Je crois que je commence à y voir un peu plus clair. C'est vrai que David m'attire. Mais quel avenir aurais-je avec lui ? Avec Thomas, j'ai tellement d'affinités et de plaisir. Je me sens moi-même. J'ai longuement réfléchi au fait que j'avais envie d'être avec Thomas tout en étant très attirée par David. La réponse est simple, j'aime Thomas, mais la vie de couple me fait peur. Et le fait que ça fasse peur à Thomas aussi augmente ma peur. Comme si, même si deux personnes s'aiment, quand elles ont peur toutes les deux, ça s'annulait. Et c'est voué à l'échec. Puisque David représente la vie de célibataire, je me laisse séduire par lui. Ce n'est pas tant lui qui m'attire, mais une relation sans engagement. Ma relation avec Thomas me confronte à ma propre amourophobie, maintenant confirmée.

Pourtant, rien n'est encore réglé avec Thomas. Son « j'aimerais bien réessayer » est une proposition qui n'aide pas la peur d'être en couple. Parce que ça ressemble à une mise à l'épreuve. S'il me faisait une proposition sérieuse, je ne crois pas que je me poserais toutes ces questions. Ce serait lui que je choisirais.

Je l'appelle et je lui propose d'aller marcher. C'est un beau soir d'été. Il fait chaud et de gros nuages sont dispersés dans le ciel bleu marin. On sent que, dans quelques heures, il va pleuvoir. Ce qui, côté température, est très romantique, mais qui, côté coiffure, est un désastre ; à moins d'être enduits d'une tonne de laque, mes cheveux frisottent de façon incontrôlable.

On marche en empruntant les petites rues qui sont si belles en été.

– Quand tu étais petit, est-ce que ton héros favori était Spider-Man ?

Voilà mon plan, utiliser *Spider-Man* afin de capter son attention, puis bifurquer sur une conversation plus romantique. Invariablement, tout le monde finit par parler de ses héros d'enfance préférés. Je dirais même que ça fait partie du Top 5 des conversations de dragué. C'est peut-être a) une façon de savoir si on est vraiment connecté avec l'autre personne, b) par nostalgie, ou c) simplement pour meubler la conversation.

– Non, mon personnage préféré, c'était Iron Man, dit Thomas.

– Ce n'est pas que je veuille faire de la psychologie à deux balles, mais Iron Man a une armure en fer pour se protéger ! Ça en dit long sur ta personnalité ! Tu penses que les superhéros ont pu contribuer à engendrer l'amourophobie ? C'est vrai, aucun d'eux ne s'est marié ! Spider-Man veut protéger les filles qu'il aime, Superman ne peut pas vraiment se laisser aller avec Lois Lane, parce que, honnêtement, quel avenir un extraterrestre aux forces surhumaines peut-il offrir à une femme qui ne le reconnaît même pas sans ses lunettes ? Et Batman…

– Oui, mais ce sont les femmes derrière les héros qui les poussent à être bons, souligne-t-il en me souriant tendrement.

Si je n'étais pas consciente de mes cheveux gonflés de frisottis incontrôlables à cause de l'humidité, ce serait sans doute un moment où je me sentirais ultrasexy.

– Moi, mon héroïne, c'était la Petite Sirène, une fille qui tripait sur un mec inaccessible. Heureusement, dans la version de Disney, elle se marie avec lui à la fin.

On rit. Puis Thomas s'arrête. Il s'agenouille. Me regarde. Je le regarde à mon tour. Mon cœur s'emballe. Je sens que je pourrais m'envoler sur l'un des nuages dans le ciel. Un peu surprise, j'oublie ma chevelure qui doit maintenant ressembler vaguement à un afro raté, et je m'écrie :

– Oui, je le veux !

1. Thomas. (Tout se bouscule dans ma tête. Il s'est enfin décidé à me faire une vraie déclaration. J'ai hâte d'appeler Roxanne pour lui annoncer qu'elle sera demoiselle d'honneur.)

2. David. (Juste au cas où ça ne fonctionnerait pas avec Thomas.)

3. Guillaume C. (Juste au cas où ça ne fonctionnerait ni avec Thomas ni avec David.)

20

QUELQUES GAFFES + UN NOUVEAU CANDIDAT

Tout va mal !

Hier, j'ai fait une gaffe m-o-n-u-m-e-n-t-a-l-e à l'émission. J'ai apporté mon sac dans le studio et, trente secondes après le début de ma chronique, mon portable, que j'avais malencontreusement oublié d'éteindre, s'est mis à sonner. Pendant le reste de ma chronique, on pouvait entendre le bruit d'avis de message (tui-tuit tui-tuit), ce qui m'a fait bégayer comme si j'avais avalé un marteau-piqueur. Toute l'équipe a voulu me rassurer en me disant qu'étant donné les circonstances j'avais quand même été très bo-bo-bo-bo-bo-bo-bonne…

Aujourd'hui, j'ai fait pire. Pendant ma chronique, j'ai parlé d'un article de magazine féminin qui traitait de l'infidélité masculine.

– Dans ce magazine, on explique la libido masculine aux femmes, dis-je en souriant de toutes mes dents. Pourquoi les hommes sont-ils souvent enclins à l'infidélité ? Une théorie explique qu'ils génèrent un million de cellules reproductrices par jour, tandis que les femmes en produisent seulement quatre cents dans toute une vie. Les femmes ont donc tendance à se protéger, alors que les hommes sèment à tout vent.

J'ai ajouté que, même si ces faits pouvaient nous permettre de comprendre les pulsions biologiques masculines, c'était une propagande assez sexiste. Mais Pascal m'a coupée pour dire :

– Un million de cellules reproductrices par jour ?? Où est-ce qu'on met tout ça ?

– Ben… euh… la plupart du temps, dans un mouchoir.

Ma réponse a déclenché l'hilarité générale sur le plateau. Comprenons-nous bien, j'ai voulu faire mon devoir et répondre correctement à la question. Pascal ne pouvait plus s'arrêter de rire et il a été incapable de continuer sérieusement. Le tout sera diffusé tel quel.

Parfois, il y a de ces phrases qu'on voudrait effacer…

Après ma chronique, je me résignais tranquillement à passer le reste de ma vie cachée six pieds sous terre, quand tout le monde est venu me féliciter.

– Jasmine, tu es drôle ! me jure Stéphane en précisant, clin d'œil charmeur à l'appui, qu'il sait de quoi il parle.

Drôle dans le sens où je l'inspire pour ses sketches, tellement je suis débile ?

– T'es pas croyable. T'es douée, c'est effrayant ! affirme le réalisateur.

Douée ? Je n'arrête pas de faire des gaffes !

– Tu es belle quand tu ris, renchérit un des invités de l'émission.

Cédric, il s'appelle. Il est le percussionniste d'un

nouveau groupe qui fait de la musique inclassable du genre trash-urbain-punk-alternatif-transcendantal d'inspiration néoclassique. Me suis-je imaginé qu'il m'a chuchoté ça à l'oreille ?

– Je t'aime ! déclare simplement Pascal.

Ah bon ? Le fait que ma réputation de folle me suivra pour le restant de mes jours ne semble déranger personne, à part moi.

Et à part Élyse. Elle m'a fait venir dans son bureau pour me dire que mon commentaire n'avait pas vraiment sa place dans une émission légère comme la nôtre, et qu'elle préférerait que je résume les articles sans faire de commentaires éditoriaux. Je lui ai répondu que je m'étais permis de le faire, vu que j'ai été engagée grâce à mon blog féministe. Elle m'a répondu qu'elle avait apprécié le ton de ma chronique, mais que ce n'était pas l'endroit pour faire des commentaires sociaux. J'ai trouvé ça contradictoire, mais je lui ai promis que je m'en tiendrais à ça.

Je ne lui ai surtout pas raconté que ma maladresse n'est pas étrangère au fait que je suis totalement en manque d'amour, et légèrement amère de ce qui s'est passé avec Thomas. Avec qui tout est définitivement terminé.

Dernière conversation avec Thomas :

Je récapitule : Thomas est à genoux, je flotte sur les nuages dans le ciel bleu marin-romantico-bla-bla-bla lorsque je m'écrie, radieuse :

– Oui, je le veux !

– Qu'est-ce que tu veux ? me demande Thomas.

Puis je le vois commencer à renouer ses lacets devant mon air ébahi et, avouons-le, un peu vexée d'avoir pensé qu'il se mettait à genoux pour me demander en mariage plutôt que pour relacer ses chaussures.

– Euh… je voulais… Je pensais que… c'était… Mais c'est pas grave. C'était une blague ! Ha ! ha ! ha ! Elle est bonne, hein ?

– Est-ce que tu pensais que…

– Non, non ! Ben non ! Je faisais une blague, vu que t'étais à genoux. Ha ! ha ! ha ! Je suis hilarante !

– Jasmine, je sais que tu en as marre de l'ambiguïté entre nous deux, soupire-t-il en se relevant.

– Mais non… Je voudrais juste savoir si tu es sérieux quand tu dis que tu voudrais « réessayer ».

– Je suis sérieux, mais j'ai l'impression que tu veux plus que ça. Et ça me fait peur.

– Je ne comprends pas pourquoi tu as peur. Je veux juste savoir où on va, c'est tout. On dirait que tu n'es pas capable d'être clair. C'est ça, moi, qui me fait peur. Tu me dis que tu veux réessayer, je ne suis pas sûre, tu dis que c'est moi qui ne veux pas être avec toi, et quand je te dis que j'aimerais bien, tu dis que tu ne peux pas me donner ce que je veux.

Il s'arrête. Nous n'avançons plus. Il se passe la main dans les cheveux et regarde par terre. Nous sommes face à face et j'ai le cœur qui fait bang bang.

– Tu te rappelles la première fois que je t'ai invitée à un dîner avec mes amis ? Ça faisait deux semaines qu'on sortait ensemble. Et quand je t'ai invitée à m'accompagner, tu m'as demandé : « En tant que quoi ? »

– Oui… je m'en souviens. Tu avais répondu : « En tant que la fille que je fréquente. »

– Et c'était la mauvaise réponse. Tu m'as fait une tête de déception absolue. Qu'est-ce que tu voulais que je dise ?

– Ben… je te tendais une perche pour que tu me dises quelque chose de plus… romantique.

– Tu vois, c'est compliqué. Pourquoi il faut absolument définir les choses ? Aussi vite ? Je t'invitais à rencontrer mes amis. Il me semble que c'est pas rien !

– Comment ça marche, dans ta tête ? On s'éclate bien puis, dans cinquante ans, sur ton lit de mort, tu vas me dire : « Oh ! ben, finalement, avec le recul, tu étais la femme de ma vie » ?

– J'aimerais qu'on ne se pose pas des milliers de questions, c'est tout.

– De toute façon, Thomas, il n'y a pas des milliers de questions à se poser, il y en a juste une.

– Ouais… je ne connais pas la réponse.

– Pourquoi tu voulais qu'on se remette ensemble, alors ?

– Ben… je ne veux pas te perdre.

– Ce n'est pas une bonne raison pour sortir avec quelqu'un.

– Je voudrais qu'on soit à la cool.

– Il me semble que, quand je m'imaginais sortir avec quelqu'un, je voyais quelque chose de beaucoup plus romantique que « j'aimerais qu'on soit à la cool ».

– Je veux juste qu'on arrête de se poser des questions

et qu'on s'éclate ensemble. Qu'on laisse les choses aller. Les moments romantiques vont venir.

– Et s'ils ne viennent pas ?

Thomas m'a longuement regardée. Mon cœur, pourtant si léger quelques minutes auparavant, est devenu lourd comme une tonne de brique. Si j'avais cru flotter sur des nuages un peu plus tôt, je me sentais à présent sur le point de rentrer dans l'asphalte. Il y a eu un éclair et un peu de pluie a commencé à tomber. On s'est réfugiés sous l'auvent d'un resto que je ne connais pas. Un resto dans lequel je n'entrerai jamais parce qu'il me rappellera toujours ce moment où Thomas m'a dit :

– Je crois que je suis incapable de te donner ce que tu veux.

J'aimerais que ce ne soit que pour quelques heures, mais je crois que cette fois-ci c'est pour de bon. Il a dit que c'était trop compliqué pour l'instant, qu'il voudrait simplement « s'éclater » (traduction : semer ses cellules reproductrices à tout vent ?). Il a ajouté qu'il préférerait qu'on ne se voie plus, pour ne pas se faire du mal et pour éviter d'entraver nos relations futures. J'ai insisté pour que nous restions amis. Sans succès.

– Jasmine, est-ce que tu embrasserais un autre mec ?

– Ben… pas tout de suite… (Flash dans ma tête : je m'imagine embrasser David. Pur système d'autodéfense.) Et toi ?

– Ce que je veux dire, c'est que j'ai plein d'amis devant lesquels ça ne me dérangerait pas d'embrasser une fille. Devant toi, ça me dérangerait. Alors je ne sais pas si nous pouvons être de vrais amis.

Selon lui, le fait de nous voir si souvent nous empêche de rencontrer des nouveaux potentiels. Bon, pas besoin de me faire un dessin, j'ai été assez longtemps embrouillée entre Thomas et David pour le savoir.

Il a terminé en disant :

– Je sens qu'on n'est juste pas à la même place. Et puis, de toute façon, tu as plein de mecs autour de toi. Ça ne sera pas dur de trouver ce que tu cherches.

Oui… mais… j'avais décidé que c'était *lui* que je voulais.

Je suis en plein traumatisme « mâlien ». Voilà pourquoi mes chroniques ont été si pathétiquement « drôlissimes ». Parce que je n'ai pas la tête à ça.

Après l'émission, qui s'est mal déroulée selon moi, mais qui était jubilatoire pour les autres, je décide de rentrer chez moi afin de me rouler en boule dans mon lit et de me saouler (pourquoi pas ?) en écoutant des chansons tristes à répétition pour me rappeler à quel point ma vie est un flop.

Je ramasse mes affaires, quand Cédric vient gentiment me proposer de me raccompagner. J'accepte. Immédiatement, quelques rumeurs démarrent dans l'équipe tandis que nous quittons le studio.

Dans sa voiture de marque je-ne-sais-pas-quoi mais de couleur blanche, il semble vouloir discuter. Moi, je regarde distraitement le paysage routier défiler devant mes yeux.

– Alors, toi… Jasmine… tu vis sur le Plateau. C'est cool… Seule ou avec un mec ? Tu as un mec ?

Il ne perd pas de temps, lui !

– Euh… non, je n'ai pas de mec.

– Pourquoi ?

Pourquoi ? Parce que je ne comprends rien à l'amour, peut-être ? Ou à cause de toutes les héroïnes fictives de films et de romans qui ont causé des dommages irréversibles à mon cerveau ?

– Ah, si tu savais comme j'en ai marre qu'on me demande ça. Comme si j'avais quelque chose à me reprocher. Tu ne me connais même pas, et tu es déjà prêt à dire que si je n'ai pas de mec, c'est parce qu'il y a quelque chose qui cloche chez moi.

– Euh… non, non… ce n'est pas ça. Moi non plus, je n'ai pas de copine, tu sais…

– Ah oui ! Et pourquoi ?

– C'est vrai que c'est débile de poser cette question… admet-il en riant.

– Est-ce qu'il y a une réponse à ça ? Peut-être que je pourrais te dire : « Je suis folle, tordue, ou j'ai des pustules sur tout le corps. » La vraie réponse, c'est que je tombe toujours sur des amourophobes. Et que je le suis moi-même.

– Tu sais… je trouve que tu as l'air d'une fille tripante. Si je ne l'avais pas pensé, je ne t'aurais pas proposé de te raccompagner. Enfin… si je ne t'avais pas trouvée jolie non plus…

– Quoi ?? Si j'avais été laide, tu ne m'aurais pas

proposé de me raccompagner ? Je croyais que tu faisais ça par gentillesse.

– Oui… mais… tu sais… c'était aussi pour te connaître. Toi, tu serais montée avec un vieux schnock puant ?

– Pour qu'on me raccompagne chez moi et éviter la cohue du métro, je serais prête à monter avec une bonne sœur qui m'oblige à chanter « Dominique-nique-nique » !

– Ah… eh ben… euh…

Pendant le reste du trajet, il me raconte sa plus récente histoire d'amour, qui a duré dix mois et qui s'est terminée il y a quelques semaines. En détail. Leur rencontre, leur relation, leurs problèmes sexuels, leur rupture, la nouvelle relation de la fille, la demande en mariage qu'il lui avait faite au sommet d'une montagne, quelques-unes de leurs récentes conversations. Tout ! C'est un peu tue-l'amour, ça, non ? Mais il a une belle voix grave, alors j'essaie de me convaincre que la conversation est distrayante. Il arrête (enfin) la voiture devant chez moi. On se dit au revoir, sans échanger nos numéros ni rien. Vu mon état sentimental, je ne veux pas lui donner d'espoir. Vaut mieux jouer la carte de l'amitié.

En me dirigeant vers mon appartement, je réfléchis. Peut-être qu'on joue trop la carte de l'amitié avec des gens qui ne nous intéressent pas vraiment, mais avec qui ça pourrait marcher. Ce n'est pas parce qu'il n'y a pas de coup de foudre instantané que ça ne viendra pas par la suite. Mais je dois être sincère, pendant que ce mec me parlait, tout ce que je me disais, c'était : « Avec Thomas… c'est tellement cool. Avec Thomas, on rit tellement. Avec Thomas, on partage tellement tout. Pourquoi n'y ai-je pas pensé quand il m'a demandé de ressortir avec moi ? Parce que j'avais peur que sa proposition ne soit pas honnête ou parce que je voulais continuer de tâter le terrain avec David ? Ou parce que je ne voulais pas faire descendre Thomas de son piédestal ? »

Mais Thomas n'est plus là.

Je retourne vers la voiture.

– Hé, Cédric ?

– Oui ? dit-il en baissant sa vitre.

– Peut-être qu'on pourrait aller prendre un verre à un moment donné, cet été ?

– Super ! répond-il en m'écrivant son numéro de téléphone sur un bout de papier.

Il faut *absolument* faire des efforts.

1. Thomas. (Snif, snif !)

2. Cédric-le-percussionniste. (Bien obligée de m'ouvrir un peu aux autres.)

3. David. (Est-ce que j'ai tout gâché avec Thomas à cause de mon attirance pour lui, ou est-ce que Thomas m'a fait sa proposition pas claire juste à cause de lui ? Une enquête s'impose.)

4. Guillaume C. (C'est décidé, je vais faire des pieds et des mains pour le recroiser par hasard.)

21

MA VIE SANS LUI + ACHAT D'UNE NOUVELLE TÉLÉ

Je mène maintenant une vie-sans-Thomas. Et je ne sais pas trop comment tout cela a pu arriver. Mes amies sont unanimes. Je. Ne. Dois. L'appeler. Sous. Aucun. Prétexte. Alors, il faut que je me trouve de nouvelles activités.

C'est la grande braderie des commerçants rue Mont-Royal. Je compte en profiter pour aller marcher et pour m'acheter une nouvelle télé. J'aimerais bien en avoir une plus petite, que j'installerais dans ma chambre pour regarder des séries avant de me coucher. Je me résigne. Bien que, selon la croyance populaire, le célibat soit rempli de soirées bien arrosées et de nuits torrides, ce n'est absolument pas le cas de mon célibat à moi. Donc, j'ai du temps libre en quantité phénoménale. Mes critères de sélection sont les suivants : petite, noire et pas chère. Noire, pour que la télé se fonde dans le décor de ma chambre ; pas chère, pour qu'elle s'harmonise parfaitement… avec mon budget.

Normalement, j'irais acheter un appareil électronique avec un mec qui s'y connaît. Histoire d'obtenir les conseils d'un expert. (Traduction : cela permettrait au mec de se sentir intelligent et me garantirait de petits bonus – sexuels ou autres –, en plus du transport et de l'installation dudit appareil.) Mais aujourd'hui, je suis décidée. Je veux une nouvelle télé coûte que coûte et rien ne m'arrêtera. J'ai l'intention de passer toute la soirée dans mon lit avec un gigantesque saladier de pop-corn à regarder trois cents comédies romantiques. Malgré la journée pluvieuse, il y a plein de monde à la braderie. Je dois me frayer un chemin tant bien que mal pour atteindre mon but, le magasin d'électronique. Soudain, un clown apparaît devant moi et me tend une glace rose fuchsia. Euh… ai-je l'air d'avoir seize ans ? Waouh ! Battement de paupières. Je déteste les clowns, mais puisqu'il ne me donne pas la presque mi-vingtaine, je vais accepter sa glace avec grand plaisir. (Je me demande s'il est mignon sous son ignoble maquillage de clown ? Hum…)

J'arrive au premier magasin d'électronique. Ça commence mal, on me refuse l'entrée à cause de ma glace. Merde ! Saleté de clown qui m'empêche d'atteindre mes buts ! Je finis la glace en vitesse en me demandant quels produits chimiques ils ont bien pu mettre dans leur recette pour qu'une mixture rose fuchsia ait un goût de pêche. M'enfin.

Le vendeur, un grand châtain-blond d'une trentaine d'années, m'accueille. Sur sa chemise bleue, il porte un badge avec l'inscription « Mathieu », sous le nom du magasin écrit en lettres rouges.

– Qu'est-ce que je peux faire pour vous, ma petite dame ? me demande-t-il, en se balançant sur ses pieds.

Est-ce qu'après avoir été prise pour une ado de

seize ans par ce merveilleux clown j'ai soudain l'air d'une *dame* ? La glace cause-t-elle un vieillissement prématuré ? Vite, un miroir ! Je déteste qu'on m'appelle « ma petite dame ». Je ne suis pas une dame. Encore moins une « petite dame ». Je mesure un mètre cinquante-cinq. C'est sûr que pour le vendeur, qui fait au moins un mètre quatre-vingt-cinq, je peux paraître petite. Mais ça sent la formule apprise dans un cours de vente accéléré.

– Euh… bonjour… Mathieu, c'est ça ?

– Non, Mathieu, c'est le nom de mon badge ! Hé, hé, hé, yuk, yuk.

– Ah…

– Mais non, c'est une blague ! Hé, hé, hé, yuk, yuk.

Vite, je dois aller droit au but avant d'attraper sa maladie.

– Je cherche une nouvelle télé.

– Ah ! j'ai des modèles parfaits pour vous.

Il me montre le présentoir de télés gris métallique.

– Euh… je cherche quelque chose de… noir.

– Côté qualité, celui-ci est…

– Non, non, je m'en fous de la qualité, je veux une télé noire.

– Vous vous foutez de la qualité ?

– Je veux une télé qui me montre des images, j'imagine que vous ne vendez pas de télés qui diffusent des images floues. À quel point la qualité est si importante de nos jours ? Je veux que ma télé soit noire et, si possible, pas chère.

– Ici, on n'a pas de modèles noirs…

– Bah ? Comment ça ? Il me semble que c'est

plus beau que gris métallique pseudo-futuriste qui ne s'agence avec aucun décor !

– Plusieurs personnes trouvent que ça s'agence très bien, dit-il, un peu troublé, en se balançant de nouveau sur ses pieds.

– Eh bien, pas moi !

– Mais j'ai ce modèle-ci, pas cher, qui a vraiment une bonne qualité d'image…

– Écoutez, Mathieu, ou peu importe votre nom…

– Oui, oui, Mathieu, c'est ça.

– … Mathieu, je vous ai dit que je voulais une télé de couleur NOIRE. Est-ce que vous êtes en train de me dire que vous me vendrez une télé grise plutôt qu'une noire parce que la noire a une moins bonne qualité d'image et, donc, que vous vendez des télés avec une piètre qualité d'image versus d'autres avec des bonnes ? Je veux une télé noire… et pas chère.

– Je n'ai pas de télé toute noire, et je ne crois pas en recevoir prochainement, m'annonce-t-il en levant les sourcils.

Bon, enfin une réponse claire ! Dans le fond, peut-être qu'il ne veut tout simplement plus jamais me revoir dans son magasin. Et son souhait sera exaucé ; je me rends dans ce genre de boutique chaque année bissextile.

Je dois donc trouver un autre magasin, ce qui retarde le début de ma soirée romantique (avec moi-même à regarder la télé, bien sûr).

Un assez beau mec, style méditerranéen, vient vers moi.

– Bonjourrr, ma-dé-moi-zelle, me dit-il avec un grand sourire.

Il m'appelle « ma*dé*moiselle », avec un accent… J'adooore ! C'est beaucoup mieux que « ma petite dame », dit par un gros débile d'à peu près mon âge.

– Que pouis-je fairrre pourrr vous ? ajoute-t-il.

– Je cherche une télé pour mettre dans ma chambre…

– Superrr ! J'ai des modèles sensationnels !

Sensationnels ? Assez bizarre comme qualificatif pour une télé. C'est juste une télé… On va mettre ça sur le fait que le français n'est pas sa langue maternelle.

– Écoutez, avant que nous allions plus loin dans notre relation « vendeur-cliente », je dois absolument vous dire que je ne cherche pas la pointe de la technologie, simplement une petite télé noire pas chère.

– Aaaah ! j'en ai quelques modèles noirrrs, comme celoui-ci.

Il me montre un modèle pas trop laid, mais pas noir.

– Écoutez, monsieur, ça, ce n'est pas noir, c'est charbon. Moi, je préférerais noir.

– Ah ? charrrbon ?? Mais… ce modèle, c'est mon meilleurrr en magasin ! Il peut…

– J'ai. Dit. Noir. Et. Pas. Cher. Tout ce que je veux, c'est regarder la télé avant de me coucher.

Là, je commence à m'impatienter. Je veux rapporter une télé chez moi et regarder mes films romantiques en paix dans mon lit ! J'ai demandé quelque chose de simple, il me semble, et j'entends me faire respecter !

– Bon, monsieur, avez-vous des télés noires ? Car… c'est ce que je veux.

– J'ai celle-ci. Elle est noirrre. Mais elle est plous chèrrre que ce que vous voulez payer.

– Combien ?

– Deux cent cinquante dollars.

Hum… Deux cent cinquante dollars plus la TVA, plus le prix du pop-corn, ça revient cher pour un trip solitaire.

– C'est trop cher, soupiré-je déconfite, la larme à l'œil. Je voulais seulement regarder des films romantiques dans mon lit et arrêter de penser à Thomas. Thomas, c'est le mec que j'aimais, dis-je au vendeur en cherchant un mouchoir dans mon sac. Je l'aimais, mais je ne savais pas que je l'aimais. Et lui m'aimait, mais il ne le disait pas de façon claire et… snif… je voulais une télé noire… Mais là, soit je vais devoir me contenter d'une grise et laide qui ne s'agencera pas du tout avec mes meubles, soit je devrai retourner chez moi sans télé et… je n'aurai rien à fai… ai… re ! Pourquoi il n'y a jamais rien qui fonctionne comme je veux dans ma… a… a… vie ? Snif…

– Écoutez, pourrr vous, madémoiselle, dit-il en me mettant une main sur l'épaule, cé serrra cent soixante-dix-neuf dollars, mon meilleurrr prrrix.

Mes larmes s'arrêtent net. On peut négocier dans un magasin d'électronique ?

– Super ! dis-je en m'essuyant les yeux.

Yahouuu ! Je suis venue seule dans un magasin d'électronique et j'ai été une super négociatrice. Bon, admettons que le mec avait peut-être hâte de se débarrasser de moi, mais j'ai quand même été rusée… Bon, admettons aussi que je ne l'aie pas fait exprès. Je ne m'attendais pas à fondre en larmes… mais j'ai obtenu un résultat tout à fait satisfaisant.

– Euh… juste une question comme ça, est-ce que la télécommande est compliquée ?

Vous dire l'air qu'il me fait quand j'ajoute ça. Finalement, je renonce à mes questions et je paye ma télé. Le vendeur avait tellement hâte que je parte qu'il ne m'a même pas proposé d'extension de garantie.

Je me sens devenir une redoutable femme d'affaires.

Je transporte ma télé seule jusque chez moi. C'est lourd, mais faisable. Je recroise le clown qui m'offre une autre glace, vert fluo cette fois-ci, censée avoir un goût de banane. Des bananes vert fluo ?… Eh ben ! Ce clown me tape sur les nerfs, peu importe s'il est beau sous son maquillage de clown. Il ne voit pas que j'ai les mains prises avec ma nouvelle télé ? On ne leur apprend pas le bon sens, à l'école de clowns ?

J'arrive à la maison. Je déballe ma télé et j'étudie le manuel d'instructions. Après un court moment de découragement, je réussis à tout brancher. Toute seule ! Fil rouge avec fil rouge, fil jaune avec fil jaune, facile ! Je me sens comme si j'avais réussi un exploit digne des plus grandes découvertes scientifiques !

J'aimerais tellement pouvoir appeler Thomas pour lui dire que j'ai réussi à acheter, transporter et installer une télé, et à y brancher tous les autres appareils électroniques nécessaires pour regarder des films dans ma chambre. Si on était ensemble, il m'aurait sûrement dit quelque chose de gentil comme : « Tu aurais dû m'attendre, je te l'aurais installée. »

Mais peut-être qu'en ce moment il est dans les bras d'une autre fille en se disant : « Mouhahaha… Pourquoi ai-je perdu mon temps avec Jasmine ? Mouhahahaha. » Oh… j'ai une boule à l'estomac en pensant à ça.

Vite, vite, je dois choisir les comédies romantiques indispensables à la soirée anti-angoisse amoureuse grâce à laquelle, enfin, j'oublierai Thomas.

1. Harry Connick Jr. (Je ne me lasserai jamais de l'entendre chanter It Had To Be You lorsque commence le générique final de Quand Harry rencontre Sally. Comme si, après avoir vu cette belle histoire d'amour, on pouvait garder l'espoir que quelqu'un, même imparfait, nous soit prédestiné.)

2. Hugh Grant dans Coup de foudre à Notting Hill. (Pour le regard qu'il lance à Julia Roberts lorsqu'elle prononce cette phrase charmante : « Je suis juste une fille devant un garçon, et qui lui demande de l'aimer. »)

3. Jim Carrey dans Eternal Sunshine of the Spotless Mind. (Quand, avec Kate Winslet, ils comprennent à quel point leur amour pourrait dégénérer, et la réponse qu'on devine dans leurs yeux à cette inévitable question : « Si on sait comment ça finira, recommence-t-on ? »)

4. Joseph Gordon-Levitt dans (500) Jours ensemble. (En hommage à tous les mecs bien qu'on laisse passer parfois.)

5. Woody Allen dans Annie Hall. (Parce que c'est le film qui mériterait la première position de toutes les listes de comédies romantiques. Mais comme cette relation compliquée me fait penser à Thomas, je le place en dernier...)

22

AMOUR AUTHENTIQUE + BARBIE ET SA BELLE CHATTE

Il fait beau ! Beau et très chaud ! Mon nouveau critère de sélection dans ma recherche de l'homme idéal est qu'il doit a) être propriétaire d'un chalet près d'un lac, ou b) avoir une piscine. Non, pas un mec avec une piscine, finalement, parce que ça me laisse beaucoup trop de choix du côté de la banlieue. J'aimerais mieux avoir un destin différent de celui de mes meilleures amies. Je préfère rester en ville.

– Sale snob ! lance Roxanne, vexée, tout en brossant les cheveux de la Barbie de sa fille.

Nous sommes étendues au soleil, tout près de sa piscine.

– Je suis une banlieusarde maintenant, moi. Et mon mec aussi ! Tu sais que la banlieue, c'est juste une position géographique ?

– Non, non ! C'est un mode de pensée. Disons qu'on vient ici pour être plus… tranquille ?

– La banlieue, c'est tranquille, répète Laurence.

– Ne répète pas tout ce que dit Jasmine, grogne Roxanne. Alors, tu me trouves tranquille ? me demande-t-elle en se retournant vers moi.

– Pas toi, la banlieue en général.

– Je te ferai remarquer qu'Isa aussi va déménager en banlieue.

– Je sais, j'ai juste des amies chiantes ! Faudrait que je m'en trouve d'autres.

Elle lève les yeux au ciel. Mais elle sait bien que je la taquine. La véritable raison de mon aversion pour la banlieue est que j'ai l'impression qu'elle m'a volé mes amies. Pour ce qui est des mecs, je ne conduis pas. Donc, par le fait même, je n'ai pas de voiture, et si je rencontre un mec habitant la banlieue, je ne pourrai pas lui rendre visite. Et techniquement, s'il a une maison avec une piscine (seul atout qui me ferait pencher pour un mec de banlieue), il n'aurait aucune raison de venir me voir, surtout en pleine canicule. D'ailleurs, il voudrait peut-être même éventuellement que j'emménage chez lui, et je ne suis pas psychologiquement prête à ça. Faire mes courses une fois par semaine au lieu d'au jour le jour me plongerait à coup sûr dans un état de choc post-traumatique.

– Au fait, Roxanne, ça te va, de faire tes courses une fois par semaine ?

– Je faisais déjà mes courses une fois par semaine en ville, débile, j'ai deux enfants !

– Quoi ?

– Jasmine, si tu n'arrêtes pas de critiquer la banlieue, tu ne seras plus la bienvenue chez moi et tu ne pourras plus te baigner !

– OK, j'arrête…

– Ah ! fait soudain Roxanne, qui a comme une

inspiration subite. Avantage banlieue : en ville, on ne trouve jamais de places de stationnement !

Voilà bien la différence entre les célibataires et les filles en couple. Personnellement, si le nombre de beaux mecs est plus élevé en ville, avoir du mal à trouver une place de stationnement est vraiment le dernier de mes soucis. Roxanne, qui ne se cherche pas de mec, se préoccupe en revanche de ce genre de léger détail insignifiant.

– Tu n'as plus besoin de chercher un mec, alors tu te plains de trucs futiles comme le manque de places de stationnement à Montréal. Dans le fond, si les gens qui conduisent sont énervés, c'est à cause des couples ! Parce qu'ils n'ont rien de mieux à faire que de se plaindre de trucs anodins. Les gens célibataires, eux, ne se plaignent que de leur vie de célibataire.

– Toi, tu te plains de la banlieue ! Tu ne te plains pas de ta vie de célibataire !

– OK, je suis bouchée.

– Tu as des préjugés ! Et puis, qu'est-ce que tu as contre les mecs qui veulent s'engager, avoir une maison, fonder une famille ?

– Ce n'est pas réservé qu'aux mecs de banlieue, ça !

– C'est vrai, ça. Il est où, ton futur mari ?

– Tu as bien rencontré Marc-André en ville, toi !

– Tu sais quoi ? J'ai un flash ! À Montréal, les gens sont habitués à ne pas trouver de stationnement, c'est pour ça qu'ils ne se « stationnent » pas dans leur vie non plus.

– Roxanne, t'as un diplôme de philo ?

– Non.

– De sociologie ?

– Non, pourquoi ?

– On dirait.

Je pense que le soleil commence à nous taper un peu sur la tête et que nos daïquiris aux fraises font effet, c'est pour ça qu'on dit des bêtises. Roxanne finit par m'avouer que ça lui manque de marcher en ville pour aller chercher une glace. Elle se demande ce qui l'a amenée en banlieue. La paix, le terrain, une piscine, une meilleure qualité de vie... Son adaptation est plus difficile qu'elle ne le croyait. Quand je regarde sa maison accueillante, l'espace qu'elle a dans la cour, son jardin, sa piscine, je trouve qu'elle a fait le meilleur choix pour sa famille. Mais elle devra me torturer pour que je le lui avoue.

– Jasmine, tu penses vraiment que je suis devenue une fille chiante ? Parce que je vis en banlieue ?

– Oui.

Elle me jette le contenu du verre de thé glacé de sa fille à la figure.

– Mamaaaaaan ! lui crie Laurence.

– Je vais aller t'en chercher un autre, mon amour. C'était pour faire une blague à tata.

– Je te préviens, si ta fille me lance un verre de thé glacé par mimétisme, ce sera la guerre ! Et arrête d'apprendre à tes enfants à m'appeler « tata », ça me vieillit !

Pendant que je m'essuie le visage et que je m'apprête à sauter une fois de plus dans la piscine (je suis toute poisseuse à cause de la douche de thé glacé... humph.), Zak, mon filleul, s'approche de moi :

– Tata, pourquoi pas d'amoureux ? dit-il avec un sourire, en me regardant avec ses grands yeux et en se tortillant les doigts.

Je lance à Roxanne un regard furieux et j'aperçois son homme, derrière la porte-fenêtre, en train de rire aux larmes.

– Marc-André ! c'est toi qui as demandé à Zak de me dire ça ?

– Ne te fâche pas, Jas, c'est juste une blague, me rassure Roxanne.

Quant à Zak, aussitôt après m'avoir récité sa phrase apprise par cœur, il retourne jouer avec ses petites voitures dans son bac à sable. Comme j'aimerais avoir encore cet âge-là pour jouer toute la journée sans avoir à penser qu'il faut absolument que je me trouve un amoureux pour répondre aux standards de la société et – raison non négligeable – pour éviter d'exploser pour cause de trop-plein-d'amour-mal-canalisé.

Soudain, Zak revient vers moi. Il met sa petite main pleine de sable dans la mienne et m'entraîne vers son bac à sable. Il me tend une petite voiture et me dit :

– Ze t'aime.

Je regarde successivement Roxanne, puis Zak, et des larmes me montent aux yeux.

– Tu vois qu'il y a des mecs super en banlieue ! dit fièrement Roxanne sans me regarder, en redonnant sa Barbie à Laurence.

Ouais, bon. C'est sûr que Zak est un peu jeune pour que je le considère comme un mari potentiel.

Je reste plantée là, devant Zak, la petite voiture pleine de sable dans les mains, à me dire que l'utilisation de la voiture dans le processus de séduction mâle commence bien tôt. Je le regarde, pleine d'admiration, pendant qu'il vaque à ses occupations. Il construit un château, enfin… disons une espèce de truc en sable qui, côté architectural, ne tient pas du tout la route, mais que je trouve quand même extraordinaire. Il ne se doute pas à quel point il me bouleverse.

– Je t'aime, moi aussi, Zak, dis-je en me penchant vers lui et en lui caressant les cheveux. Et tu peux m'appeler « tata » si tu veux, ajouté-je en chuchotant.

Je me demande à quel moment on commence à avoir peur de dire « je t'aime » dans la vie. La déclaration de Zak était tellement sincère et spontanée. Elle est survenue à un moment de sa journée bien ordinaire. Il n'a pas attendu de savoir si j'étais sa tante préférée, si on avait un avenir sérieux ensemble. Il a ressenti de l'amour pour moi et me l'a exprimé, tout simplement. Voilà ce qu'est l'amour authentique.

Laurence, fière de sa Barbie à la coiffure parfaite, s'est approchée de moi. Laurence est plus discrète. Elle a déjà passé l'âge où on dit « je t'aime » sans réfléchir.

– Regarde, c'est Barbie et sa belle chatte ! me dit-elle.

– Quoi ?? m'indigné-je.

J'avais entendu parler des nouvelles Barbie plus féministes : Barbie dans l'espace, Barbie directrice de banque, Barbie avocate… mais Barbie et sa belle chatte ?

– Barbie et sa belle chatte, répète-t-elle.

Je regarde Roxanne, perplexe. Pourquoi pas Barbie prostituée ou Barbie junkie, tant qu'on y est ?

– Ma poulette, je t'ai dit de dire : « Barbie et son beau *chat* », insiste Roxanne en appuyant bien sur le dernier mot.

– Non, le chat, c'est une fille, alors c'est une chatte ! s'impatiente Laurence, comme si c'était la centième fois qu'elle expliquait ce concept, trop compliqué pour sa mère.

– Tu as raison, Laurence. C'est une fille. Vive les filles ! m'exclamé-je, contente d'avoir une si jeune féministe à ajouter à ma liste (inexistante) de copines célibataires.

À quatre ans, ça me surprendrait que Laurence ait un mec, hein ? Et puis, je ne vais quand même pas me priver de faire vivre ce délicieux malaise à d'autres personnes, mettant dans l'embarras mon amie parfaite !

– Jasmine ! me crie Roxanne en me faisant les gros yeux. Le nom de la Barbie est « Barbie et son beau chat », c'est ce qui est écrit sur la boîte, parce que la poupée est vendue avec un chat. Ne l'encourage pas à dire (elle baisse soudainement le ton) l'autre truc. Ça porte à confusion.

– Roxanne, n'oublie pas que tu n'as aucune autorité sur moi, hein !

Au même moment, mon portable sonne. Je réponds. C'est David.

– Ça te dit de passer la soirée avec moi ? demande-t-il. Il fait vraiment beau, on pourrait se promener en voiture sur le mont Royal.

Réfléchissons vite. Je devais dîner ici, mais j'ai

l'occasion d'avoir un chauffeur (et-ou une possibilité de soirée romantique), et ça fait déjà des heures que je squatte la banlieue. Mes oreilles bourdonnent déjà au son des tondeuses.

– C'est David, dis-je à Roxanne en mettant ma main sur le combiné. Ça te dérange si je ne dîne pas ici ?

– Tu satures déjà de la banlieue ? marmonne-t-elle. Fais ce que tu veux, je n'ai aucune autorité sur toi, à ce qu'il paraît !

Je vois dans ses yeux qu'elle est furieuse.

– Écoute, dis-je à David, je suis à Chambly. Si tu peux venir me chercher, je ne dis pas non.

Sa voiture, peu-importe-la-marque, servira à quelque chose.

Une éternité plus tard, il arrive. J'ai préalablement pris soin de me changer. Avant de sortir, j'ai jeté un dernier coup d'œil dans le miroir et je n'ai pu que constater qu'après une journée de soleil et de piscine mes cheveux ont l'air d'un désastre d'après-guerre. Quelqu'un pourrait-il me donner autant d'attention qu'à Barbie et sa belle chatte, côté coiffure ?

Il sonne à la porte. Roxanne va ouvrir.

– Salut. Enchanté de vous connaître, dit David en tendant la main à Roxanne et à Marc-André.

– On s'est déjà rencontrés, répond Roxanne.

Elle fulmine. David ne s'imagine pas à quel point il vient de commettre un impair en ne la reconnaissant pas.

– Salut, Dave, lui dit Marc-André, en lui tendant la main à son tour.

Je trouve que pour une première rencontre Marc-André se montre un peu familier avec David, mais je ne fais aucune blague à ce sujet, étant donné la fumée invisible qui sort déjà des oreilles de Roxanne. Ce n'est pas le moment d'envenimer la situation.

Je sors de la maison, tout de même contente de mon périple dans cette contrée lointaine (je taquine Roxanne jusque dans mes pensées !). Je monte dans la voiture de David. Et je suis un peu bouche bée.

– Tu ne m'avais pas dit qu'elle était décapotable.

– Je t'avais dit que c'était un modèle cabriolet, il me semble.

– Ah… je ne… m'en souviens pas.

La vérité, c'est que « cabriolet », ça ne me disait rien comme mot jusqu'à maintenant. Je pensais que ça faisait partie de la marque de la voiture.

Je mets tout de suite à mon agenda d'aller consulter Wikipédia. Je dois faire quelques recherches sur les voitures pour m'ouvrir aux passions de mon filleul et, possiblement, de mon futur mec… Et aussi, surtout, pour ne plus jamais perdre la face.

23

SOIRÉE AVEC DAVID + MA VIE EN AVANCE RAPIDE ?

Alors que nous roulons en direction du mont Royal, David m'avoue que, finalement, il préférerait marcher.

– À quoi ça sert d'avoir une… (je cherche la marque de la voiture en vain) décapotable ou… un cabriolet, enfin bref ?

– C'est juste pour plaire aux filles, mais ça ne fonctionne pas avec toi, dit-il avec un sourire entendu.

En fait, je n'aime pas les voitures décapotables parce que 1) ça me décoiffe, 2) on ne s'entend pas parler, et 3) je me rends compte en ce moment même que ça me donne le vertige quand je regarde le ciel pendant que la voiture roule.

Dire qu'il faut payer un prix fou pour une voiture sans toit. Illogique ! Vraiment, l'univers des voitures et moi, ça fait deux.

David et moi décidons donc de marcher. Le temps est doux et brumeux, ce qui confère à la ville un aspect romantique.

Un SDF me sort brusquement de ma bulle en nous demandant de l'argent. David lui en donne.

J'ai remarqué que, lorsque les hommes marchent dans la rue avec une fille qu'ils ne connaissent pas beaucoup, ils donnent plus souvent de l'argent aux SDF que lorsqu'ils sont seuls. (Bon, je n'ai jamais pu *vérifier* si les hommes, quand ils sont seuls, donnent de l'argent, mais je sais que, quand ça fait quelques semaines que deux personnes sortent ensemble, le mec est moins porté à donner de l'argent qu'aux premiers jours de la relation.) Phénomène de tentative de séduction ? Tant mieux si les rendez-vous galants permettent à certains sans-abri de se payer un repas !

Mais, un instant… selon cette théorie, David voudrait me séduire ?

– Vous avez une belle femme, faites-y attention, dit le SDF avant de mettre l'argent dans une de ses poches. Et vous, madame, vous avez choisi un homme généreux.

David et moi nous regardons, un peu gênés. Nous continuons notre route et, spontanément, David me prend la main. Je ressens un malaise. Il me semble que je ne me sens pas prête à ça. Pas prête à tenir la main de quelqu'un quand je me sens encore triste d'avoir perdu Thomas.

Thomas… Que fait-il en ce moment ? Que fait-il alors qu'il m'a dit qu'on n'était pas « à la même place » ? Est-ce qu'il est dans un bar en train de tenter de ramener une conquête chez lui ? Je ne peux l'imaginer en train d'embrasser une autre fille. Pas ce soir. Et s'il passait et qu'il me voyait, main dans la main avec David Gagné ? Est-ce qu'il ferait une dépression nerveuse ? Pff ! ce serait bien fait pour lui ! Ah non, je préfère ne pas le croiser par hasard. Mon cœur ne le supporterait pas. Et si *lui* se promenait main dans la main avec une autre fille, comment réagirais-je ? Je ferais certainement une crise cardiaque. *Lui* avec une autre fille ? Une autre fille avec qui il rit. Une autre fille avec qui il a une grande complicité. Une autre fille à qui il dessine des personnages de bandes dessinées sur des serviettes de table au restaurant. Non, je ne peux pas le supporter.

– Sympa, ce type ! me dit David.

– Thomas… ah oui… il est très… gentil.

– Je parlais du SDF.

– Qui ? Ah… euh… oui, bien sûr.

– Jasmine, est-ce qu'on peut se dire les choses ?

C'est quoi, les choses ? Que depuis qu'il me connaît il ne rêve que de m'amener chez lui pour qu'on consomme enfin notre relation et qu'il n'ait plus jamais à me rappeler après ?

– Qu'est-ce que… qu'est-ce que tu veux dire, au juste ?

– Tu sembles tendue. Perdue dans tes pensées. Est-ce que je peux faire quelque chose pour toi ?

Je. Suis. En. Total. Chagrin. D'amour. Mais est-ce que je devrais le lui dire ? Techniquement parlant, David fait encore partie de ma liste de mecs potentiels et, puisqu'il me tient la main, il démontre quand même un intérêt plus grand que n'importe qui sur ma liste.

– Écoute, pour être parfaitement honnête, depuis que je te connais, je sens que nous sommes à la frontière entre l'amitié et un désir animal intense qui me donne envie de t'arracher tes vêtements.

Je n'ai pas dit ça. Ma réponse donnait plutôt ça :

– Écoute, je me sens toujours intimidée avec toi, car je ne sais pas si je peux te faire confiance.

– Ah oui ? C'est à cause de ma réputation de merde, c'est ça ?

– Ben… peut-être.

– Tu ne pourrais jamais sortir avec un mec comme moi ? demande-t-il en lâchant instantanément ma main.

– Je ne pense pas. J'ai (traduction : Roxanne et la plupart de mes connaissances ont) la ferme conviction que tu es quelqu'un qui ne se casera jamais.

– Me caser ? Non, ça c'est vrai ! Je ne me « caserai » jamais. Avec des mots comme ça, comment on peut en avoir envie ? Se caser… C'est tellement chiant !

– C'est vrai, admets-je en souriant. Le pire, c'est le mot « conjoint ». Beurk ! « Voici mon conjoint ! » On dirait : « Voici le con qui s'est joint à moi par dépit ! » Je déteste ce mot.

– Se caser, se ranger, se calmer… Pire que si tu parlais d'arrangements funéraires ! Ce sont des mots chiants à mourir pour décrire les relations de couple. Le pire ennemi de l'engagement amoureux, ce sont les mots qu'on a choisis pour le décrire ! s'emporte-t-il en gesticulant vivement.

– Se marier… ça, c'est beau, dis-je, en rêvassant.

– Jasmine, tu es une incorrigible romantique ! Alors, tu me dis qui est le mec qui hante tes pensées ?

Je ne peux pas résister. Je lui parle de Thomas.

En long et en large. Je lui confie à quel point nous avons tout gâché en étant compliqués. Je lui parle de l'amourophobie. Je lui raconte notre dernière soirée, celle où il a mis un terme à notre relation.

– C'est simple. Il n'était pas prêt à « se caser », avance-t-il.

– Tu crois ?

– Il n'a pas peur de l'amour, comme tu dis, il a peur de ses conséquences. Il a peur du couple. Comme beaucoup d'hommes, et beaucoup de femmes aussi.

– Mais… tu crois vraiment que…

– Cite-moi des couples que tu connais qui ont l'air vraiment épanouis.

– Euh…

Mes parents ont divorcé. Roxanne et Marc-André s'aiment et sont chouettes. Mais avec les enfants, ils n'ont plus vraiment de temps à passer en amoureux. Isa était heureuse d'avoir rencontré Gabriel, mais elle semble dire qu'il s'agit d'un choix « de raison ». Un peu comme si devant un menu elle avait choisi la salade au lieu du burger pour garder la ligne.

– Plein de gens ont peur de ça. On a peur de s'ennuyer. On a peur de perdre la possibilité de faire des nouvelles rencontres.

– Si tu avais le merveilleux privilège de sortir avec moi, tu y renoncerais de peur de perdre la « possibilité » de faire des nouvelles rencontres ? interrogé-je, avec un brin de cynisme.

– Ah ! c'est une question piège. Je ne réponds pas à ça. On ne peut jamais connaître l'avenir.

Je pense à Thomas et à toutes les certitudes que j'ai exigées.

– Tu n'es qu'un séducteur ! Tu utilises une ruse qui pourrait me faire croire que ça serait peut-être différent avec moi.

– Non, je te dis la vérité. On ne peut jamais savoir si une relation va fonctionner ou non avant même de l'avoir commencée. C'est tout.

– Mais il y a un ingrédient essentiel pour faire fonctionner une relation, la volonté. Si on aime une personne et qu'on veut que ça fonctionne, il y a plus de chances que ça fonctionne que si on persiste à vouloir rencontrer le plus de célibataires possible.

– Tu marques un point, dit-il. Je ne sais pas quoi répondre à ça.

Nous nous arrêtons à la terrasse d'un petit resto et nous mangeons en silence. Nous écoutons les conversations autour de nous. Deux mecs à l'air intello parlent de cinéma, et nous tentons de deviner de quel film il s'agit. On conclut que c'est soit *La Liste de Schindler*, soit… *Dumb and Dumber*. Faut dire qu'on n'entend pas très bien. Deux autres personnes, assises plus près de nous, sont en train de rompre – à les voir, c'est évident –, ce qui me rappelle mon malaise intérieur. Mais je refuse de m'y attarder. La nuit est chaude, et la terrasse que nous avons choisie est joliment décorée de plantes exotiques. Si nous étions amoureux, ce serait une soirée parfaite.

Après le resto, David me raccompagne chez moi. Avant de nous quitter, nous nous enlaçons très fort.

Il semble vouloir ajouter quelque chose, mais il se contente de me dire au revoir. Je descends de la voiture, je le regarde un peu s'éloigner, puis je monte l'escalier menant à mon appartement.

En rentrant chez moi, je rallume mon portable. La voix robotisée de ma boîte vocale m'informe que j'ai « six. nouveaux. messages ». Je prie pour que l'un d'eux soit de Thomas.

Premier message : Roxanne, 21 h 50. « Je suis très vexée que tu aies quitté la *désolante* banlieue pour sortir avec David. Qu'est-ce que tu fais ? Pourquoi tu n'es pas chez toi ? »

Deuxième message : Roxanne, 22 h 13. « Où est-ce que tu es ? Je sais que tu es en manque de sexe, mais tu pourrais te trouver un amant qui n'a pas couché avec toute la ville, au moins ! »

Troisième message : Roxanne, 22 h 47. « Pas encore rentrée ? Dis donc, qu'est-ce que vous faites sur le mont Royal ? Ce n'est pas si long à visiter ! »

Quatrième message : Roxanne, 23 h 02. « Jasmine, je suis désolée d'agir en mère supérieure avec toi. Tu sais, dans le fond, que je t'aime. Je ne veux pas que tu souffres. »

Cinquième message : Roxanne, 23 h 36. « Si tu ne rentres pas avant minuit, j'appelle la police ! »

Sixième message : Roxanne, 0 h 04. « Je suis désolée pour mon précédent message, je n'ai pas appelé la police, ne t'en fais pas. Je suis un peu énervée. Je vais bientôt avoir mes règles. Rappelle-moi. »

Déçue de n'avoir aucun message de Thomas, je

décide de prendre un bain avant d'aller me coucher. De toute façon, il fait tellement chaud chez moi que je ne pourrai pas dormir sans me rafraîchir un peu. Je me fais donc couler un bain tiède, j'y verse un peu d'huile de lavande, et je me plonge dans l'eau parfumée. Je commence tout juste à me détendre quand le téléphone sonne.

– Oui, allô ? dis-je d'un ton exaspéré, certaine que je vais pouvoir rappeler à Roxanne que j'ai l'âge de rentrer à l'heure que je veux.

– Jasmine… je voulais te dire… j'ai passé une belle soirée, dit David à l'autre bout du fil, ce qui, bizarrement, chatouille mon oreille et fait courir un frisson dans tout mon corps.

En fait, c'est soit sa voix, soit l'eau froide que j'ajoute à mon bain.

– Moi aussi… réponds-je, flattée.

Je raccroche, le sourire aux lèvres, et je plonge la tête dans l'eau. Puis j'entends le téléphone sonner de nouveau.

– Jasmine !!!

Cette fois, c'est Roxanne.

– Bah alors, où est-ce que t'étais ? crie-t-elle sur un ton vraiment fâché, ce qui détruit complètement l'ambiance dans laquelle j'étais.

Je suis de nouveau parcourue d'un frisson, de terreur cette fois.

– J'étais avec David. On a passé une bonne soirée. Tu t'inquiètes pour rien. On a beaucoup parlé.

– Parlé ? Parlé de quoi ?

– De tout et de rien… Je lui ai même parlé de

Thomas. Roxanne, je prends un bain, je te rappelle demain, d'accord ?

– Sache que… Ben… désolée. Je m'excuse d'être chiante avec toi.

– Tu es super ! Je ne sais pas ce que je ferais sans un bouledogue de vie amoureuse comme toi !

– Très drôle. Bonne nuit, je ne te dérangerai plus maintenant que je suis rassurée !

– Merci.

Je m'immerge dans mon bain.

Parfois, on dirait que la vie est comme un film. Et je pense que si ma vie était un film, il y aurait quelques passages où j'aurais envie d'appuyer sur avance rapide. Je me rends compte qu'il faut 1) que je profite du moment présent en m'efforçant de rendre chaque instant agréable et 2) que j'arrête d'attendre l'action : c'est à moi d'agir.

Oui, mais… par où commencer ?

1. Zak. (Son « Ze t'aime » a été le point culminant de ma journée. Hic : il est un peu trop jeune pour moi.)

2. David. (Hum... ?)

3. Guillaume C. (Il faudrait vraiment que je le revoie. Mes souvenirs de lui sont flous.)

4. Cédric. (Je pourrais peut-être le rappeler.)

5. Stéphane Camirand. (L'autre jour, au studio, je l'ai vu se curer les ongles avec sa carte Vitale. Complètement tue-l'amour.)

6. Thomas. (Je me suis forcée à le mettre à la fin de la liste.)

24

COMMENT TROUVER UN JULES ?

J'entre dans une maison de la presse, dans le but de faire quelques recherches pour ma chronique. En tant que *spécialiste* des magazines, je devrais savoir lesquels choisir, mais je n'arrive pas à me décider. Devrais-je me tourner vers des sujets plus sérieux, comme les plus récentes découvertes scientifiques, ou vers d'autres, beaucoup moins substantiels mais ô combien divertissants ? Mes mains agrippent instinctivement le magazine qui propose un article sur « les 10 indispensables de l'été ».

1) *Les espadrilles*

2) *La pochette en raphia (out. les gros sacs fourre-tout)*

3) *Le bijou de tête...*

Je referme vivement le magazine. J'ai un flash-back sur l'état lamentable dans lequel je suis depuis le printemps dernier, depuis le moment où j'ai lu dans la chronique des *In* et des *Out* que le célibat était *out*. Je ne voudrais pas qu'il m'arrive la même chose en voyant écrit, à la sixième position de la liste des indispensables de l'été : « Un amoureux qui vous aime et qui vous câline et qui vous susurre des mots doux toute la journée à l'oreille, et qui vous empêche de vous sentir seule, et qui répare vos canalisations bouchées, et qui vous trouve superbement jolie même si vous ne portez pas de bijou de tête. »

Je reluque du côté des magazines français et aperçois un gros titre : « COMMENT TROUVER UN JULES ? » Ha ! s'ils prennent la peine de mettre ça en une, être célibataire ne doit pas être réservé qu'à une triste poignée de filles complètement *out* comme moi. Voilà un réel problème de société qu'il serait intéressant de soulever à l'émission. (Traduction : voilà un article que j'aimerais bien apprendre par cœur afin d'appliquer à la lettre toutes les règles qu'il recèle et ainsi réhydrater ma sécheresse affective.)

Étant donné ma nouvelle résolution de me prendre en mains et d'agir, c'est-à-dire de créer de l'action dans mon film de vie, j'opte pour ce magazine, qui est vendu avec une trousse de maquillage en raphia. Wahouuu ! J'en choisis aussi deux autres, un de tourisme et un people. Ma chronique sera assurément intéressante.

En allant à la caisse, je me demande si je n'aurais pas dû prendre la trousse bleu indigo au lieu de vert forêt. Confuse, je tends tout de même mes achats au caissier avec ma carte Bleue.

– Vous voulez un extra ? me demande le caissier, me tirant de mes pensées.

– Un extra ? Un extra de quoi ?

Je regarde son comptoir. Il n'y a aucun billet de loterie. Je me demande pourquoi il m'en propose un. Peut-être qu'il a déjà travaillé dans un supermarché et qu'il a conservé ce réflexe.

– Un extra d'argent… Avec votre carte, précise-t-il.

– Ah ! euh… non. Scusez-moi… Je pensais que…

Le mec me regarde, interloqué.

– Vous pensiez que je m'offrais ?

Malaise.

Je suis impatiente de rentrer et d'apprendre comment trouver un jules. Même les caissiers qui ne me connaissent pas devinent que je suis un cas désespéré. Il est évident que je ne mettrai plus jamais les pieds dans cette boutique.

Arrivée chez moi, je constate qu'il fait très chaud. Je branche le ventilateur, je me sers un verre d'eau rempli de glaçons et m'assois bien confortablement sur le canapé en ouvrant mon magazine.

« *Comment trouver un jules,*
par Corinne Dubois »

Je me demande si Dubois est le nom de famille de son mari ou son nom à elle. Comment fonctionnent les Françaises ? Prennent-elles le nom de famille de leur mari ? Cette pratique est soit terriblement vieux jeu, soit terriblement romantique. Je me mets alors à imaginer l'histoire d'amour de Corinne Dubois, jusqu'à son mariage. Elle est sûrement devenue experte en recherche de jules après avoir aidé toutes ses amies célibataires à rencontrer quelqu'un grâce aux judicieux conseils de sa mère ou peut-être de sa grand-mère. Ces conseils étaient peut-être un secret de famille bien gardé, qu'elle a décidé de partager avec toutes les célibataires du monde. Ah ! Corinne Dubois… Quelle femme extraordinaire, pensé-je avant de plonger le nez dans l'article, tout émue par ma nouvelle idole.

Truc n° 1 : *Demandez à des copines de vous en présenter un.*

Ouais… pas mal. Sauf qu'aucune de mes amies ne connaît un célibataire intéressant. Mais je peux essayer. Après tout, c'est le conseil d'une *experte*.

Truc n° 2 : *Soyez de toutes les soirées de célibataires.*

Ah non ! Je déteste ça ! L'autre jour, j'ai reçu une invitation pour une soirée appelée « Célibataires en fête ». Pas de quoi faire la fête avec mon état civil ! Si j'en arrive là, c'est que j'aurai vraiment touché le fond.

Truc n° 3 : *Intéressez-vous aux mecs. Rendez-vous aux matchs de foot, de rugby…*

Quoi ?? Oui, je sais que beaucoup de filles tripent sur ces sports, mais pas moi ! En plus de passer une soirée seule, je devrais aller dans un stade, où ça pue la sueur et les hot dogs ? Beurk ! Les voitures, je veux bien, mais le rugby, non merci ! Je ne peux pas croire que Corinne ait rencontré son mari en mangeant un hot dog. Je l'imagine maintenant, assise dans les gradins d'un stade, du ketchup au coin des lèvres, tandis que son futur mari lui demande, en lui faisant signe avec une pointe de dégoût qu'elle a du ketchup au coin des lèvres, si le siège à côté du sien est libre.

Truc n° 4 : *Soyez un bon coup.*

Euh… est-ce que cette Corinne Machin est en train d'insinuer que si je suis célibataire, c'est que je n'ai pas su satisfaire mes anciens amants ? Je commence à sentir la rage monter en moi. Cette supposée experte est une vraie conne !

Truc n° 5 : *Trouvez le bon casting. Si un mec n'est pas pour vous, ne perdez pas votre temps.*

J'avais vraiment besoin de me faire dire que je n'ai fait que de mauvais choix jusqu'à présent et que c'est à cause de mon mauvais jugement que je suis célibataire. Merci beaucoup, Corinne.

Truc n° 6 : *Ayez confiance en vos charmes.*

Oh noooon ! Je me suis fait avoir ! J'ai payé huit dollars quatre-vingt-quinze pour ce magazine français ridicule qui ne me donne aucun bon truc pour rencontrer l'homme de ma vie. J'étais certaine d'avoir déniché LE magazine qui allait me donner réponse à tout.

Je sais, j'aurais dû le feuilleter *avant* de l'acheter, mais il était emballé dans du plastique avec son cadeau attrayant. J'ai. Un. Mauvais. Jugement. Et je me suis laissé avoir par le cadeau alors qu'une trousse de maquillage de cette (piètre) qualité m'aurait coûté un dollar quatre-vingt-dix-neuf dans n'importe quel magasin. Voilà qui ne m'aide ni dans mes relations amoureuses ni dans mon budget.

Je suis la fille la plus nulle de l'univers. Voilà ! C'est ce que je suis en train d'apprendre.

Truc n° 7 : *Ne restez pas bloquée sur le passé.*

Ben oui, je le sais ! Il-ne-faut-plus-que-je-pense-à-Thomas-si-je-veux-rencontrer-quelqu'un-et-bla-bla-bla. Cette Corinne, elle croit vraiment avoir réponse à tout avec ses trucs bidon publiés dans un magazine hors de prix ! Si ça se trouve, cette fille n'est pas du tout mariée. C'est une célibataire sèche et décrépite, probablement laide comme un zombie !

Trucs n° 8 : *Faites-les halluciner grave.*

Alors mon look n'est pas assez intéressant, c'est ça, Corinne ? Si je suis célibataire, c'est parce que j'ai plein de défauts. Je n'aurais pas dû me teindre les cheveux en brun, car le brun est *out* ! Surtout que ma couleur s'est délavée et que mes cheveux sont maintenant d'une teinte qu'on pourrait appeler « fond de cendrier ». Alors, je ferais mieux de m'acheter un chat et d'aller me perdre dans le bois parce que, selon Corinne, dont le ton franchouillard et snobinard, en passant, est très agaçant, je ne devrais carrément pas exister ! Je ne suis pas assez douce, pas assez belle, pas assez mince, pas assez top-modèle, pas assez détachée de mon passé, pas assez quoi encore ?

Je jette furieusement le magazine contre le mur. Il retombe ouvert à la page de l'article intitulé « Comment se désintoxiquer d'un mec ? » Décidément, on me rit en pleine figure. Je le saisis pour le déchirer violemment en morceaux. (Je le regrette par la suite, car il m'a quand même coûté cher, et je n'ai toujours pas de bons sujets pour ma prochaine chronique.) À l'avenir, quand je préparerai une chronique, je choisirai des sujets plus intéressants et profonds.

Cet article (malgré la colère qu'il m'a inspirée) m'a néanmoins permis de faire une découverte : je suis une c-é-l-i-b-a-t-a-i-r-e. Ahhhhhh ! illumination !

C'est vrai ! Le monde se divise en deux catégories, les célibataires et les gens en couple. On essaie de nous faire croire que le bonheur passe inévitablement par la vie à deux. C'est simple, les amoureux sont heureux, les célibataires, malheureux. Foutaise ! La vie ne se résume pas qu'à 1) trouver quelqu'un, 2) faire des enfants et 3) déménager en banlieue. De nos jours, être célibataire est peut-être un mode de vie. Et il est grand temps que je l'accepte.

Tant pis pour les magazines conseils. (À moins qu'il n'y en ait un qui explique « Comment être célibataire et vous débarrasser de votre propension à vouloir rencontrer l'homme idéal ».)

25

INSCRIPTION DANS UNE SALLE DE GYM

Comme j'ai finalement décidé d'accepter mon célibat et que je n'ai pas envie d'appuyer sur avance rapide en regardant passer ma vie, j'ai pensé qu'il serait intéressant de me trouver des activités différentes, à faire seule sans attendre mes amies-heureuses-en-couple.

Comme la plupart de mes activités en solitaire exigent que je sois en position assise (lecture dans un café, resto, cinéma) ou que je dépense mon argent (shopping dans mes boutiques préférées), pourquoi ne pas m'entraîner dans une salle de gym pour changer ? Ça me permettrait de voir du monde (traduction : des beaux mecs) et de dépenser des calories (youhou) !

L'idée a germé après que j'ai reçu par la poste une publicité offrant un abonnement dans une salle de gym avec en cadeau un sac de sport. Youpi ! Et, autre avantage, si jamais par un hasard extraordinaire je décide de revenir dans la course du je-me-cherche-un-jules-désespérément, j'aurai un corps parfait.

En plus du sac de sport (pas très tendance, en passant), mon inscription me donne droit à une séance avec un coach qui va préparer un programme d'entraînement spécifiquement adapté à mes besoins.

Rendez-vous à la salle de gym. Je rencontre le coach en question. Il est beau ! Oups... il ne faut pas que je perde de vue mon but premier. Je ne suis pas là pour baver devant la beauté sculpturale de cet Adonis, mais bien pour faire une activité en solo.

– C'est quoi, tes objectifs ? me demande-t-il en passant une main dans sa chevelure blond doré.

Ce geste me rappelle Thomas. Grrrr. Focus.

– Mes objectifs ? Euh... sortir de chez moi et... faire de l'exercice.

Pendant qu'il note ce que je viens de dire, j'ajoute, un peu embarrassée :

– Ah et... si tu pouvais faire quelque chose pour ma cellulite, ce serait super.

– De la cellulite, toi ?

– Hi, hi, oui...

Je suis coooomplètement sous le charme.

– Parfait. Tu as des questions ?

– Oui. C'est quoi, ton numéro de téléphone ?

Mais non. Je n'ai pas dit ça. Après tout, je suis en mission pour assumer ma vie telle qu'elle est et non pour draguer ce jeune coach (beau gosse, apollon, éphèbe...).

– Le problème, c'est que je suis gênée de m'entraîner en public, expliqué-je. Je voudrais me sentir à l'aise dans mon programme. Je ne veux pas que tu me fasses faire des exercices comme lever le bassin sur un tapis au sol.

– Ah non ? Pourquoi ?

– J'aimerais mieux garder ça pour l'intimité.

– Dis donc, tu as été élevée par des religieuses, toi ?

Ce mec, aussi beau soit-il, est vraiment con.

– Je ne veux pas non plus m'entraîner avec les espèces de gros ballons.

– Je ne comprends pas.

– Pas besoin de comprendre, je ne veux pas, c'est tout. Mon but n'est pas de préparer un numéro pour le Cirque du Soleil. Je veux juste bouger un peu. Ah ! et je ne veux pas non plus faire des exercices qui montreraient aux autres des parties de mon corps plus enclines à la transpiration.

– Ce sera pas évident de perdre ta cellulite, si tu ne veux rien faire.

Je lui lance un regard menaçant. Je commence à m'impatienter. Difficile d'expliquer à quelqu'un d'aussi fringant que me donner en spectacle dans un accoutrement pitoyable ne fait pas partie de mes grands plaisirs de la vie ! Après quelques explications, il comprend, tant bien que mal. Bon, il se peut qu'après notre rencontre il soit obligé de suivre une thérapie. Mais ce n'est pas parce qu'il m'a donné un sac de sport – qui, en passant, ne m'aurait coûté que vingt-neuf dollars quatre-vingt-dix-neuf dans une boutique de sport et non un an d'abonnement dans une salle de gym – qu'il peut tout se permettre. J'ai le droit d'avoir mes exigences.

Tout se passait très bien dans ma nouvelle activité jusqu'à ce qu'un élément perturbateur vienne troubler ma paix intérieure. Lors de mon quatrième entraînement, j'ai envie de vérifier si tous ces exercices commencent à faire effet sur mon corps (traduction : je me pèse), et je découvre que la balance indique six kilos de plus que lors de ma première visite à la salle de gym. Bien sûr, je n'ai pas de poids à perdre. Mais tout de même, six kilos ? Personne ne serait satisfait d'un tel résultat. En cherchant en vain sur mon corps les traces de mon gain de poids soudain, j'en arrive à la conclusion que mes muscles sont devenus plus lourds.

Donc, pour que mes muscles ne soient pas aussi lourds, je décide de diminuer un peu les charges que je soulève (ben quoi ?).

C'est alors qu'un coach entre dans la salle. Pas celui qui a conçu mon entraînement. Un autre. Différent. Un beau mec lui aussi. Grand, brun, mince et musclé. Style animateur de camp de vacances qui, à la fin de l'été, a embrassé toutes les monitrices. Il se promène dans la salle. En regardant sa démarche de type pectoraux sortis-jambes écartées genre cow-boy du Far West, et sa visible confiance en son pouvoir masculin, on croirait (euh… *je* croirais) entendre la vieille chanson disco *You Sexy Thing*. Il propose son aide à toutes les filles, sans même jeter un regard aux mecs, même ceux qui semblent pourtant réclamer son attention.

Agrippée à une barre de métal, une fille tente de se soulever avec les bras : il la tient à la taille et lui donne un coup de main, sans effort.

Une fille lève des poids : il lui montre comment forcer en lui tenant le bras.

Quant à moi, je me trouve dans une position très élégante avec les jambes en l'air (je soulève des poids avec mes jambes, je ne me tiens pas les jambes en l'air pour rien, quand même) lorsqu'il s'approche de moi en me lançant un regard ravageur.

– Ça te dérange que je vienne te déranger ? demande-t-il d'une voix grave en souriant, comme s'il se trouvait drôle.

« Ça te dérange que je vienne te déranger ? » Qu'est-ce qu'il parle mal ! Je veux lui répondre que oui, ça me dérange, parce que je n'ai pas besoin qu'il m'aide dans mon entraînement parfait, mais je n'ose pas.

– Euh… non… fait ma bouche pendant que mes yeux lui envoient le message très clair de foutre le camp.

– Je trouve que tu n'as pas l'air de forcer fort fort, continue-t-il.

Pfffff ! qu'est-ce qu'il y connaît ?

– J'ai de *très* bonnes raisons ! dis-je.

– Ah oui ?

Je me relève de l'appareil et me mets à lui expliquer ma vision de l'entraînement.

– Je préfère que ce ne soit pas trop difficile parce que je m'entraîne juste pour apporter quelques légers ajustements.

Je veux bien avoir les fesses fermes, à condition que mes muscles ne deviennent pas trop lourds, que je ne rougisse pas en forçant, que je ne sue pas et qu'aucune veine ne sorte inopinément de mon cou pendant que je soulève des poids. Dignité oblige.

– Mais c'est bien de travailler un peu les muscles, dit-il en fixant sur moi des yeux étonnés.

– Je ne veux pas devenir trop musclée.

– Tu n'as pas l'anatomie de quelqu'un qui pourrait devenir musclé, tes muscles seront simplement mieux dessinés, dit-il en empoignant un de ses biceps.

Bon, je suis forcée de lui soumettre ma théorie sur mon gain de poids.

– OK. Je vais te dire la vérité. Tout à l'heure, je me suis pesée. Ce n'est pas que je veuille perdre du poids, mais c'était pour voir… Et j'ai pris six kilos depuis le début de mon entraînement.

– Six kilos ? Depuis combien de temps tu t'entraînes ?

– C'est la quatrième fois que je viens… et j'ai pensé que mes muscles étaient peut-être un peu plus lourds.

– Plus lourds de six kilos ? Viens, on va aller te peser.

J'avais hâte de lui prouver que, même s'il se moquait de moi, la balance me donnerait raison.

Il me pèse. Je le regarde avec défi. Puis le verdict tombe : j'ai exactement le même poids que le jour du premier entraînement. Où sont passés les six kilos ?

Par orgueil, je déclare :

– C'est sûrement parce que j'ai diminué les poids sur l'appareil.

Il me regarde d'un air perplexe. Nous retournons ensemble à l'appareil et il augmente les poids. De quoi je me mêle, monsieur Sexy ? Puis il retourne aider d'autres filles, mais la musique disco imaginaire ne le suit plus.

Il est troublé, ça se voit. Où est passé son sex-appeal ? À la même place que mes six kilos, peut-être ?

Il retourne tenir la fille agrippée à la barre de métal. Il la tient de nouveau par la taille et l'aide à se soulever encore une fois. Elle commence à pousser des cris de force, mais qui sonnent drôlement sexuel. La musique disco reprend de plus belle dans ma tête. Et, en m'assurant qu'il ne me voit pas, je choisis une charge moins lourde, juste au cas où.

Hors compétition : le coach disco. (Pong ! po po po po ! pong ! po po ! You sexy thing ! Rouuuuuuuuuaaaahhhhhh !)

26

RENCONTRE AVEC LA PRODUCTRICE + RETROUVAILLES AVEC GUILLAUME C.

Élyse Grand'Pré m'a fait venir dans son bureau après l'enregistrement de l'émission. Veut-elle me proposer un travail pour l'automne ? C'est vrai que les spécialistes des magazines, ça ne doit pas courir les rues. Il faut sûrement une expertise hors du commun pour accomplir cette tâche difficile qui consiste à lire un magazine et à en faire un compte rendu concis et dynamique pour la télé. Mais passons.

J'entre dans le bureau. Élyse est au téléphone et me fait signe de m'asseoir. Elle a un regard austère. En fait, je ne me souviens pas de l'avoir jamais vue sourire. (C'est faux. Je me souviens très bien d'une fois où elle a souri, mais je préfère l'oublier, et j'espère que ça ne se reproduira plus jamais parce que c'était absolument hideux.) Je me demande à quand remonte sa dernière partie de jambes en l'air. Bof… probablement depuis moins longtemps que la mienne. D'ailleurs, mon état de fille en manque de sexe atteint des sommets. À tel point que la dernière fois que je suis allée à la salle de gym, j'ai imaginé le coach disco déchirant sauvagement mon survêtement, m'emmenant dans un bureau tranquille de l'établissement, et…

– Jasmine, il faut qu'on parle, me lance Élyse en raccrochant.

– Oui… dis-je en la fixant, me demandant si les pensées fantaisistes que j'ai eues au sujet du coach, qui, dans la vraie vie, ne m'est d'aucun intérêt, se voyaient dans mes yeux.

– Je ne veux plus que tu parles des orphelinats en piteux état dans le monde, ni des conséquences de la montée du féminisme, ni des accidents causés par la vitesse au volant…

– Mais… je voulais ajouter plus de profondeur à mes chroniques… et ne plus faire la promotion des diktats de la mode qui ont des répercussions négatives sur l'estime que les femmes ont d'elles-mêmes.

– On fait une émission d'été. Légère. Concentre-toi sur les potins et les conseils pour ne pas brûler au soleil ! On ne t'a pas engagée pour donner ton opinion sur les grands débats sociaux.

Je sors du bureau, un peu déçue. Sur mon chemin, je croise Pascal, l'animateur.

– Elle t'a parlé, hein ? Tu sais… on en discutait l'autre jour en réunion, et j'étais d'accord avec elle.

– Tu étais d'accord avec mon renvoi ?

J'aime bien créer des malaises dans de telles circonstances.

– Euh…

– Je rigole ! T'en fais pas, Pascal. Je ne me servirai

plus de ton émission pour soulever des débats. Je voulais juste apporter un peu de substance à ma chronique.

Surtout après m'être humiliée avec mes gaffes en tout genre. Je voulais simplement être prise un peu plus au sérieux. Pour de vrai.

En nous dirigeant vers la salle de maquillage, nous croisons Stéphane qui, tout enjoué, nous offre des billets pour son spectacle. Il se produira ce soir dans un bar qui accueille plusieurs jeunes humoristes.

– Super ! J'en profiterai pour vous présenter mon nouveau mec, dit Pascal d'un ton enthousiaste. Vous allez voir : une bombe ! Intelligent, en plus !

– Et toi, Jasmine ? demande Stéphane en se tournant vers moi.

– Moi, je n'ai pas de bombe…

– Non, mais tu vas venir au spectacle ? précise-t-il en souriant.

– Ah… euh… oui… peut-être… dis-je en prenant nonchalamment le billet.

Pascal entre dans la salle de maquillage et je reste seule avec Stéphane qui veut absolument me convaincre d'assister à son spectacle.

– J'aimerais beaucoup que tu viennes.

– Oui, peut-être. On verra. Je suis très fatiguée.

« Je suis très fatiguée » ? C'est ma nouvelle façon de repousser les mecs potentiels, ça ? Une soirée d'humour, c'est mieux que « Célibataires en fête », quand même.

– Mais enfin, t'as quel âge, tata ? plaisante-t-il.

Ah non ! pas question de me faire appeler « tata » par quiconque est âgé de plus de quatre ans.

– OK, je vais venir.
– Promis ?
– Promis.

Quelques heures avant le spectacle, devant une pile de vêtements, je me demande si je dois m'habiller pour séduire ou tout simplement pour assister à une soirée d'humour en toute tranquillité. Stéphane ne m'intéresse pas assez pour que je sorte l'artillerie lourde, mais je ne veux pas non plus passer inaperçue. Hum…

Le téléphone sonne.

Faites que ce soit Thomas. Faites que ce soit Thomas !

– C'est Isa ! Ça va ?

Légèrement déçue de constater que l'univers accorde si peu d'importance à mes souhaits.

– Oui, ça va, mais je suis un peu pressée. Je vais voir des humoristes ce soir et je ne sais pas comment m'habiller.

– Toute seule ?

– Pas vraiment, je connais un des humoristes.

– Waouh ! un mec potentiel ? Est-ce que je peux venir ?

– Depuis quand tu laisses ton mec tout seul un soir de semaine ?

– J'ai besoin de réfléchir… de prendre l'air.

Encore une remise en question ? Ce n'est pas que je souhaite que la relation d'Isa se termine, mais des fois je me dis que ce serait vraiment chouette de retrouver ma partenaire de célibat.

– OK, viens. Euh… j'ai besoin de ton avis. Pour

une soirée où tu as été invitée par un collègue de travail célibataire, qui ne t'intéresse pas vraiment mais à qui tu voudrais peut-être laisser une chance, est-ce que tu t'habilles sexy ou décontracté, genre « je suis passée là par hasard après avoir fait mes courses » ?

– Sexy ! Pour l'ouverture. Juste au cas où.

Isa arrive chez moi un instant plus tard et nous nous rendons ensemble au spectacle.

Je cherche Pascal, mais ne le vois pas. Il faut absolument qu'il se pointe, car si le spectacle est nul, Isa et moi pourrons au moins potiner sur son mec.

Nous trouvons une bonne place. Au même moment, Stéphane s'avance vers nous et nous souhaite la bienvenue avant de retourner en coulisses.

– Waouh ! il est super ! me dit Isa.

– Épouse-le !

– J'en ai assez d'un, merci.

– Qu'est-ce qui se passe au juste ? lui demandé-je.

– Je ne sais pas… J'ai besoin de réfléchir… J'ai peur… Je crois que j'ai peur d'acheter une maison, de fonder une famille, même si c'est mon rêve depuis plusieurs années. Maintenant que j'y suis, je me dis que je suis peut-être en train de passer à côté… de quelque chose de mieux. J'ai peur que Gabriel soit le bon, mais de manquer un « bon » encore mieux si je le choisis comme vrai « bon ». Tu comprends ?

Non. Pas du tout. Mais je ne vais certainement pas le lui avouer. Ça me décourage que tout le monde en vienne toujours à la conclusion qu'il y a peut-être mieux ailleurs. Moi y compris.

– Quand tu aimes quelqu'un, tu ne le laisses pas partir comme je l'ai fait avec Thomas.

– Thomas n'a pas été mieux que toi. Arrête donc de te mettre ça sur les épaules !

– Chuuut ! s'impatiente une dame assise près de nous aussitôt que les lumières se sont éteintes.

Le premier humoriste entre en scène. Tout le monde applaudit. Tout le monde, sauf moi. Je me demande souvent pourquoi les gens applaudissent avant même que l'artiste ait ouvert la bouche. J'applaudirai si je le trouve drôle. J'ai mon intégrité.

– L'autre jour, j'étais en train de voter et j'ai pensé que, putain, on est dirigés par une sacrée bande de cons…

L'auditoire éclate de rire. Il n'a même pas encore fait de blague. Je veux rentrer chez moi et me mettre en pyjama. (Traduction : je perds mon temps alors que je devrais penser à des stratégies pour reconquérir Thomas !)

La soirée passe, les humoristes se succèdent. Certains sont bons, d'autres moins. Finalement, je suis contente d'être venue. Une soirée d'humour, ça fait toujours du bien. Quand vient le tour de Stéphane, je l'applaudis chaleureusement dès son entrée en scène. (Ben quoi ? Je le connais. Je l'encourage. Et j'ai bu deux verres, alors mon intégrité est quelque peu noyée dans l'alcool…)

– Avez-vous remarqué que les filles donnent toujours des petits noms à leurs copains ? Mon poussin, mon doudou, mon minou ?

Ouais, et alors ?

– Dans un couple, il y a toujours des choses qui reviennent. Peu importe le nombre de copines que tu as eues dans ta vie, tu auras toujours à gérer les mêmes problèmes. Pas vrai, les mecs ? Comme par exemple, la fameuse lunette des toilettes…

Oh non ! pas encore la blague de la lunette des toilettes ! Je regarde les gens autour de moi. Ça rit. Fort. Quelle déception ! La blague de la lunette des toilettes, qui revient d'un humoriste à l'autre, me rend malade. Je me demande si l'idée vient vraiment du fait qu'une fille a engueulé son mec parce qu'il ne baissait pas la lunette des toilettes, ou si les filles ont commencé à engueuler leurs mecs parce qu'elles ont entendu des humoristes raconter leurs histoires de lunette de toilettes pas baissée. Grande question existentielle, l'œuf ou la poule ? La fille ou l'humoriste ? Parce que franchement, une lunette de toilettes, c'est TRÈS facile à baisser. Ça ne pèse pas DIX TONNES, que je sache ! Et les filles qui disent : « Ouais, mais on peut tomber dans la cuvette si la lunette est relevée… » REGARDE LA CUVETTE AVANT DE T'ASSEOIR, C'EST SIMPLE, IL ME SEMBLE ? En tout cas, si c'est une fille qui a lancé cette anecdote récurrente, elle devait a) avoir un mec depuis longtemps ou b) être célibataire et vouloir le rester, parce que moi… ça ne me dérangerait pas qu'un mec (traduction : Thomas) laisse la lunette relevée. Je la baisserais, c'est tout. Tssss !

Stéphane termine son sketch. Un autre humoriste apparaît sur scène. Vraiment beau.

– Bonsoir, tout le monde ! Je me présente, je m'appelle Benoît Champagne, et je n'ai jamais aimé mon nom…

L'homme de ma vie !

– Wouuh ! il est beau à mort ! me dit Isa.

– C'est clair !

– Chuuuuuut ! postillonne la dame assise près de nous.

Benoît Champagne continue :

– J'ai été élevé par une mère célibataire et j'ai une sœur. Laissez-moi vous dire que lorsqu'on dit que le masculin l'emporte toujours sur le féminin, C'EST FAUX !

Je suis totalement séduite.

Après le spectacle, Stéphane me demande comment j'ai trouvé la soirée.

– Le spectacle était bien. Certains m'ont plu plus que d'autres.

Stéphane, un peu arrogant, a pris ce compliment pour lui. J'irais même jusqu'à dire qu'il a pensé que je flirtais avec lui. Tant mieux, je ne veux pas avoir à lui dire que je l'ai trouvé moyen. Mais ce que je souhaiterais vraiment lui demander, c'est de me présenter Benoît Champagne.

Pascal vient à son tour féliciter Stéphane. J'aperçois également Guillaume C. qui arrive. Il était là, lui aussi ? Il couvrait peut-être le spectacle… Après tout ce temps à vouloir le revoir ! J'ai bien fait de choisir de bien m'habiller. Il s'approche. Je défroisse un peu mes vêtements et je recoiffe discrètement mes cheveux avec mes doigts.

– Tout le monde, je vous présente Gui-Gui, mon nouveau mec, nous dit Pascal en enlaçant Guillaume.

Gui-Gui ? Guillaume C. ? *Mon* Guillaume C. ? Son nouveau mec ? Je suis sous le choc. Suis-je complètement aveugle ? Notre soirée ensemble repasse dans ma tête comme un film, et plusieurs éléments se mettent en place.

– Salut, Jasmine. Tu vois, je te reconnais ce soir, me dit-il.

J'ai la bouche grande ouverte pendant qu'il m'embrasse (chastement) sur les joues.

Isa s'approche de moi et chuchote :

– Ce n'était pas ton beau petit journaliste, lui ?

Incapable de lui répondre, je reste plantée là, un sourire niais sur les lèvres. Isa, qui, contrairement à moi, sait se montrer d'une diplomatie incroyable, demande immédiatement :

– Où vous êtes-vous rencontrés ?

Pascal raconte leur rencontre. Ils étaient tous les deux dans un bar (gay), ils se sont foncé dedans (ben oui, il me semble). Ils ont immédiatement eu le coup de foudre (tellement cliché) et se sont immédiatement fait une demande d'amitié Facebook. Cette histoire, que je résume à l'essentiel, Pascal a mis au moins trois quarts d'heure à la raconter. Je baye aux corneilles quand Isa me propose enfin de me raccompagner chez moi. Ce qui me réjouit, car je suis complètement déprimée. Au même moment, Stéphane m'offre lui aussi de me raccompagner. Isa, malicieuse, me fait un clin d'œil et s'empresse de répondre que ça l'arrangerait vu qu'elle doit aller rejoindre son mec. Je lui envoie des signaux télépathiques avec mes yeux pour qu'elle comprenne que je préférerais partir avec elle, mais elle m'ignore (je suis une télépathe pourrie). Je demande un instant à Stéphane pour aller parler à Isa.

– Je préfère partir avec toi, lui dis-je. On communique difficilement par télépathie, on dirait.

– Pars avec lui. Il est super, ce mec-là. Donne-lui une chance.

– Mais tu ne voulais pas qu'on parle un peu de ton couple ?

– Tu sais quoi ? Pas besoin… Je suis ici, et je pense juste à lui. J'ai peur de déménager en banlieue parce que j'ai peur de manquer des sorties, des soirées. Mais finalement, je ne manque rien.

– Hey !

– Non, ce n'est pas que je ne m'amuse pas avec toi. Mais quand je me pose des questions, je réalise que j'idéalise une vie qui ne me rendait pas si heureuse.

– T'es en train de me dire que même quand on rencontre quelqu'un qu'on aime, on se pose mille et une questions ?

– Je pense juste qu'il y a autant de compromis à faire dans le célibat que dans le couple.

Je la regarde, compatissante. Et elle ajoute :

– Ne me regarde pas avec pitié. C'est juste que… j'ai d'importances décisions à prendre. C'est énorme, ce qui m'arrive…

– Je sais…

– Donne une chance à d'autres que Thomas. T'es jeune. Expérimente.

Stéphane nous interrompt :

– Je m'en vais. Tu viens, finalement ?

En partant avec Stéphane, je réfléchis au conseil d'Isa. J'admets que mon radar, en matière d'hommes, n'est vraiment pas au point.

27

RUPTURE : 1, MEC : 0 + NOUVELLE SURPRENANTE

Mon radar n'est peut-être pas au point, mais en marchant vers chez moi, j'ai l'impression qu'il y a autant de chimie entre Stéphane et moi qu'entre deux cailloux. J'ai beau vouloir m'ouvrir à de nouvelles possibilités, la tâche est ardue. Je ne peux quand même pas me forcer à avoir de la libido si le mec ne m'intéresse pas.

J'alimente la conversation en tentant subtilement d'obtenir des informations sur Benoît Champagne. Peut-être qu'avec lui j'aurais une meilleure chimie.

– Je n'ai pas beaucoup aimé le sketch de Julien Mongeau. C'était un peu chiant.

– Ouais, je comprends ce que tu veux dire, son sketch ne repose sur rien qui nous touche vraiment.

« Je m'en fous complètement, de ton analyse ! »

– Par contre, j'ai bien aimé le mec… attends, comment il s'appelle, déjà ?

« Benoît Champagne ! »

– Félix Potvin ?

« Non ! Benoît Champagne ! »

– Non… c'était quelque chose comme B… Benoît quelque chose, il me semble ?

« Benoît Champagne ! »

– Ah ! Benoît Champagne ! Ah oui, lui, il est super fort.

– C'est ton ami ?

« Il. Faut. Que. Tu. Me. Le. Présentes. »

– Non. Quand on étudiait à l'École nationale de l'humour, il m'a volé ma copine. Je sortais avec elle depuis trois mois et il a commencé à la draguer. Ils sont sortis ensemble pendant un mois, jusqu'à ce qu'il ait une autre copine. C'est un connard, ce mec-là ! Un bon humoriste, mais une mauvaise personne.

Oui, mais peut-être qu'une fille géniale (traduction : moi) arriverait à le faire changer. On ne sait jamais.

– Et… est-ce qu'il sort toujours avec elle ? demandé-je nonchalamment.

– Avec qui ? La fille ? Oui, il sort encore avec la même fille. Ça doit faire environ deux ans qu'ils sont ensemble. Mais elle est complètement cocue.

Quel est le nom, au juste, de cette maladie qui fait que je suis toujours attirée par des connards ? Ce Benoît Champagne, c'est de la viande à donner à manger aux tigres dans les zoos, ou bien il devrait carrément être lui-même enfermé dans une cage. Et moi, je tripe sur lui comme un goéland sur des vieilles frites !

– Mais pourquoi tu poses des questions sur lui ? ajoute-t-il.

– Oh… pour rien. Je le trouvais… euh… BON, OK, je le trouvais beau ! Mais maintenant que je sais que c'est un connard, je l'apprécie moins.

– Je connais d'autres mecs qui ne sont pas des connards, dit-il doucement.

Oh ! quelle approche pourrie ! Ça me fait grincer des dents !

– Jasmine… je ne sais pas si tu as remarqué, mais depuis le début de l'été…

– Ah ! nous sommes arrivés chez moi ! le coupé-je avant qu'il n'ajoute des choses trop gênantes.

On s'arrête devant mon appartement.

– Est-ce que je peux entrer deux minutes ? demande-t-il. Il faudrait que je te parle.

– Ah oui… Tu veux me parler de… ta carrière ? lancé-je avec un sourire qui trahit mon malaise. Une autre fois peut-être, car, comme je te l'ai dit, je suis très fatiguée…

Pour le prouver, je me force à bâiller. J'essaie de lui montrer par une technique pas très subtile que je ne tiens pas à entendre ce qu'il a manifestement très envie de me dire.

– Non, je veux te dire quelque chose de… disons… personnel.

Mais on dirait qu'il n'a pas compris.

– Ah, eh bien, pas besoin d'entrer chez moi pour ça. De toute façon, c'est un peu le bordel.

– Ce n'est pas grave, ce n'est pas la propreté de ton appartement qui m'intéresse.

Cette phrase aurait pu être charmante, si elle avait été dite par un bon mec potentiel. J'ai remarqué que quand un mec ne nous intéresse pas, les choses délicates sont perçues comme absolument ringardes. En revanche, quand il nous intéresse, le moindre truc ringard est perçu comme de la plus grande délicatesse.

– Écoute, Stéphane…

– Non ! Ne dis pas « écoute, Stéphane »… dit-il en me prenant dans ses bras.

– Je sors d'une relation intense, répliqué-je en me dégageant, et je ne suis pas prête à vivre quelque chose de nouveau.

C'est la meilleure raison que j'aie trouvée pour l'instant.

– Mais je ne comprends pas. Tu m'as toujours dit que tu étais célibataire…

– Oui, mais… j'avais quelqu'un en tête et… je lui ai dit non quand il m'a proposé de « réessayer » parce que, tu comprends, on s'était déjà séparés deux fois et j'avais peur de manquer mon coup encore une fois. Mais je me rends compte aujourd'hui que, finalement, je le regrette.

– C'est compliqué, ton histoire.

– Excuse-moi… J'ai la tête ailleurs en ce moment…

– Je suis prêt à t'attendre.

TU N'ES PAS MON GENRE ! TU COMPRENDS ??

– Écoute, Stéphane…

– Je t'ai dit de ne pas dire ça.

– Il y a sûrement plein de filles qui seraient très contentes de sortir avec un mec super comme toi. Je dois rentrer maintenant, j'ai une grosse journée demain.

Une grosse journée à rester seule chez moi et à n'avoir rien à faire.

– Bonne nuit, Jasmine. Je suis désolé… J'avais cru que…

– Non, ça va. Ce n'est pas toi, c'est moi.

– Bonne nuit, dit-il en me faisant la bise avant de s'en aller.

Une fois rentrée chez moi, je me sens mal. J'ai une grosse boule à l'estomac. Et je sais très bien sur qui je peux me venger.

Je compose son numéro.

– Oui, allô ? dit Isa, tout endormie.

– Isa ! tu n'es qu'une traîtresse ! Tu savais que Stéphane ne m'intéressait pas et tu t'es arrangée pour qu'on soit seuls…

– Oui, mais… je me disais que ça pourrait peut-être…

– … et c'était une très mauvaise idée car il ne m'intéresse pas. Et Guillaume C. est gay et…

– C'est un mec bien…

– … ma vie est complètement pathétique et je suis dégoûtée de tout et ce n'est pas drôle si mes amies ne sont même pas solidaires avec moi !

– Tu…

– Et de plus, c'est toi qui as insisté pour venir et…

– Jasmine ! dit-elle d'un ton sec, je ne comprends rien de ce que tu dis ! Tu délires !

La boule que j'avais à l'estomac me monte soudainement à la gorge et je me mets à sangloter.

– J'en ai marre d'être toute seu-eu-eu-eu-eule !

– Tu n'es pas seule. Tu as plein d'amis.

– Je m'en fous ! Chaque fois que vous sortez avec

moi, toi ou Roxanne, c'est parce que vos mecs ne sont pas disponibles.

– Mon mec était disponible ce soir et je suis sortie avec toi.

– C'est juste parce que tu voulais prendre l'air ! J'en ai marre. J'en ai marre d'être forte. J'en ai marre de faire semblant que ma vie est palpitante. J'en ai marre de tout ! Je sais pourquoi la journaliste a écrit que le célibat était *out* dans sa chronique, elle en avait marre, elle aussi !

– Qu'est-ce que tu racontes ?

– Tu ne comprends rien parce que tu as trouvé un mec avant que ça devienne *out* d'être célibataire. Mais moi, je suis en retard ! Voilà !

– Jasmine, ça arrivera quand ça arrivera. Ne te décourage pas. Tu vas trouver le bon. J'en suis sûre.

– Ça sert à quoi, hein ? Tu es la preuve que l'amour n'apporte pas le bonheur, puisque tu n'es toujours pas sûre.

– Jasmine… Ce soir, j'avais besoin de réfléchir, c'est tout. C'est que… figure-toi que… Gabriel m'a demandée en mariage.

La surprise me coupe le souffle. Combien de temps peut-on arrêter de respirer sans que ce soit dangereux pour notre survie ?

– Quoi ? Pourquoi tu ne m'as rien dit ? réussis-je à prononcer.

– J'avais besoin de réfléchir. Ça va un peu trop vite, nous deux… J'avais besoin de recul. Pour être certaine que c'est vraiment lui et que c'est le bon moment dans ma vie.

– Tu me l'as caché et tu m'as fait terminer la soirée avec un mec qui ne m'intéresse pas au lieu d'aller fêter ça ?

– Je n'avais pas envie de « fêter ça ». J'avais envie d'avoir l'impression de vivre encore une soirée de célibataire avec toi. Juste pour voir. Mais quand je suis rentrée chez moi et que j'ai vu Gabriel dans mon lit, ça m'a fait chaud au cœur. J'avais un peu froid, je me suis collée à lui et ça m'a réchauffée. C'est à ce moment-là que j'ai su que la vie de célibataire, ce n'est plus pour moi… et je lui ai dit oui.

– Tu aurais pu t'acheter une bouillotte, ça coûte moins cher qu'un mariage.

– Jasmine… j'ai dit OUI ! Je vais me marier ! Et même s'il me tape sur les nerfs des fois, je ne pourrais pas me passer de lui. En fait, je pourrais, parce que je suis une grande fille, mais ça ne me dit pas. Ma vie est plus belle avec lui. Et je vais me marier. Parce que c'est l'homme de ma vie et… je l'aime.

– Ah… dis-je en ravalant mes derniers sanglots. C'est beau, ce que tu dis. Mais je me demande quand même si tu ne devrais pas aller consulter un médecin, parce que avoir froid en pleine canicule, ce n'est pas normal…

– Je m'excuse pour Stéphane, je ne le referai plus. Je pensais simplement que ce serait bien que tu passes une nuit torride.

– Ça partait d'une bonne intention. Je te pardonne. Ce sera mon cadeau de fiançailles.

– Désolée, ce n'est pas sur ma liste.

– Bonne nuit, Isa, désolée de t'avoir réveillée.

– Ce n'est pas grave. Bonne nuit…

Je suis allée me coucher en prenant soin de régler le ventilateur au maximum et en soupirant de bonheur d'avoir mon lit pour moi toute seule. Mon côté diabolique me pousse à penser qu'Isa se marie juste parce que le mariage est *in*. Ce n'est pas que j'aie lu ça quelque part, mais sûrement qu'on l'apprendra tôt ou tard dans la chronique *In* et *Out*. Et que même si elle n'en a jamais parlé, ça l'a rendue folle, comme pour moi avec le célibat.

1. P-E-R-S-O-N-N-E.
2. Thomas. (À oublier.)
3. David. (Monument d'amourophobie.)
4. Guillaume C. (Si jamais je décidais de subir la grande opération et de devenir un homme, j'aurais peut-être des chances...)
5. Stéphane Camirand. (Incompatibilité physique et intellectuelle. Ce sera très gênant de le recroiser au travail.)
6. Cédric. (Dernier espoir.)

Mec potentiel de secours : le coach disco. (Si jamais un jour il se met à faire plus frais, que je me rends compte que ma bouillotte ne fonctionne plus et que je suis vraiment totalement en manque, je l'envisagerai peut-être.)

28

ORGANISATION DE MON ANNIVERSAIRE

À Noël, j'étais célibataire. J'ai pleuré sur des chansons comme *All I Want for Christmas Is You*, *Please Come Home for Christmas* et autres classiques qui remuent le couteau dans la plaie. Ça prouve que j'étais vraiment désespérée. Et qu'il faut être complètement sadique pour écrire des chansons pareilles. Le jour de l'an, encore célibataire. J'ai eu les larmes aux yeux lorsque le décompte est arrivé à zéro et que je n'avais personne à embrasser. À la Saint-Valentin, célibataire et misérable. Même si je répète chaque année à quel point je trouve cette fête totalement ringarde et inutile, j'ai failli me faire arrêter par la police en épiant, par la fenêtre d'un resto, un couple qui dînait en tête à tête.

C'est mon anniversaire dans cinq jours et je suis toujours célibataire. Je sais que j'ai dit que j'acceptais mon célibat et tout et tout, mais c'est plus difficile lors des fêtes officielles. Je me sens triste et nostalgique chaque fois qu'il faut faire la fête…

Mais pas question que mon anniversaire soit raté cette année. C'est pourquoi j'ai décidé de m'occuper moi-même de l'organisation. Je ne voudrais pas que d'autres s'en chargent, et qu'on invite un strip-teaseur ou qu'on m'organise un rendez-vous-surprise. Ça me rappellerait juste à quel point ma vie est pathétique…

En fait, j'aimerais quelque chose de simple, entourée de ma famille et de mes amis. Je pourrais faire ça chez Roxanne. Elle a de la place et, surtout… une piscine. Ah ! je sais ! Je pourrais faire une *soirée plage* !

Étape n° 1 :

Faire une liste d'invités.

Liste d'invités :

– Roxanne (+ Marc-André)

– Isa (+ Gabriel, son f-i-a-n-c-é)

– Maman (+ Paul, son ami gay)

– Papa (+ Lyne, sa copine)

– Geneviève (+ Maxime, son *sex friend)*

– Moi

À proscrire de la liste d'activités de la soirée : les jeux d'équipe.

Raison : je n'aurai pas de coéquipier.

Étape n° 2 :

Demander à Roxanne si on peut faire une *beach party* chez elle.

Je l'appelle immédiatement.

– Est-ce que je peux fêter mon anniversaire chez toi, j'aimerais faire une *beach party* avec ma famille, toi, Isa et vos mecs…

– Hum…

– Qu'est-ce qui te fait hésiter ?

– Je pensais que les *party*, ça se passait juste à Montréal.

– Euh... hi, hi, j'ai jamais dit ça, enfin...

– Non, mais c'est ce que tu penses ! Tu te plains de la banlieue, mais quand ça t'arrange, tu es prête à ravaler tes convictions ?

– Bon, d'accord, je vais acheter une minipiscine gonflable, je vais dessiner des palmiers sur les murs de mon trois pièces et je vais faire ma *beach party* ici. De toute façon, ce sera parfait : vu que je n'ai pas la clim, il fait mille degrés dans mon appartement !

– J'accepte qu'on fasse la fête chez moi seulement à la condition que tu dises que la banlieue est l'endroit le plus paradisiaque sur terre.

– Ben attends... l'endroit le plus paradisiaque sur terre, tu exagères ! Est-ce que ça inclut certaines îles tropicales ?

– Oui.

– Argh. La banlieue est l'endroit le plus paradisiaque sur terre... répété-je lentement en levant les yeux au ciel, vaincue.

– HA ! HA ! HA ! HA ! HA ! HA ! Tu es une vendue ! J'ai gagné ! J'aurais été d'accord pour faire ton anniversaire ici, même si tu n'avais pas dit ça !

– Dis donc ! t'as quel âge, Roxanne ? Je crois que ta fille est plus mature que toi !

– Peu importe, j'ai gagné ! Na-na-nère !

– Bon, je peux faire ma *beach party* chez toi, alors ?

– Bien sûr, puisque c'est l'endroit le plus paradisiaque du monde !

Roxanne aurait-elle pris de la drogue aujourd'hui ? Peut-être qu'elle a bu un peu trop de Red Bull. C'est très dangereux, le Red Bull, passé un certain âge. Surtout en pleine canicule, ça tape fort.

Étape n° 3 :
Envoyer l'invitation à tous par mail.

Objet : C'est mon anniversaire : invitation et règlement

Salut tout le monde !

Je vous invite cordialement à une super *beach party* en l'honneur de mon anniversaire, qui aura lieu chez Roxanne samedi prochain. Ce sera un barbecue, alors apportez vos propres merguez, côtelettes ou brochettes.

Règlement :

Comme je voudrais que ce soit un événement heureux, j'aimerais que certaines règles soient observées.

1. Ne pas me demander mon âge toute la soirée. (J'aurai vingt-cinq ans, vous le savez maintenant, on n'en parle plus ! D'ailleurs, Évitez de me rappeler constamment que vingt-cinq ans, c'est un quart de siècle.)

2. Interdiction de poser la question : « Quand est-ce que tu vas avoir un mec ? »

3. Vous avez le droit de chanter « *Joyeux anniversaire, Jasmine !* », mais utilisez ce droit avec parcimonie si vous ne voulez pas me taper sur les nerfs.

4. Si vous m'achetez un gâteau, prenez un vrai gâteau et non une mousse, car je déteste ça. Si possible, choisissez-la au chocolat car c'est ce que je préfère.

5. Chez Roxanne, bien refermer la clôture autour de la piscine pour protéger ma nièce et mon filleul. Merci. Ça va être cool, cool, cool car toutes les personnes (ou presque – pas presque dans le sens de « presque personne » mais dans le sens de « presque tout le monde ») que j'aime seront là.

Bisous à tous et à samedi,

Jasmine

xxx

P.-S. : Si vous avez des questions ou un imprévu, n'hésitez pas à m'écrire ou à m'appeler.

P.-P.-S. : Si vous avez des questions ou un imprévu et que ça implique que vous ne viendrez pas, je serais très déçue.

P.-P.-P.-S. : Prière de ne pas souligner que je suis control-freak. C'est mon anniversaire, je fais ce qui me plaît.

29

PRÉPARATIFS D'ANNIVERSAIRE + PROPOSITION INDÉCENTE

Pour mon anniversaire, j'organise donc une *beach party*.

Ça sous-entend qu'il faudra m'exhiber en Bikini. Il faut que je sois vraiment parfaite. (Traduction : aucune trace de cellulite ni de graisse apparente pour éviter que tout le monde pense que si je suis la seule célibataire du groupe, c'est parce que j'ai des grosses fesses.) En plus, Isa va complètement me voler la vedette avec ses fiançailles et sa bague. Il faut donc que j'aie des cuisses d'enfer pour pouvoir rivaliser. Il me reste cinq jours pour y arriver. Programme : entraînement intensif et salade. Proscrit : chocolat, chips et pop-corn.

Après avoir jeté mes réserves de réglisse, raviolis et autres friandises réconfortantes (ça m'a fait mal au cœur de jeter les Dragibus… ils sont si utiles quand on est plongée dans le tourbillon « Qui suiiiiis-je ? Que devieeeeens-je ? Où vaiiiiis-je ? Où va ma viiiiie ? » et qu'on les engloutit de façon compulsive), je décide d'aller à la salle de gym.

Pendant que je cours sur place sur un tapis roulant,

j'aperçois Cédric, le batteur du groupe qui avait été invité à l'émission et que je n'ai jamais rappelé.

– Cédric ? Tu t'entraînes ici ? dis-je, très peu emballée à l'idée qu'un beau mec me voie en train de courir un marathon stationnaire avec des gouttes de sueur dégoulinant sur mon front. (Impossible de lever mon bras afin de vérifier si je sens la transpiration sans risquer de mettre en péril mon élégance. Situation assez gênante et sans issue… Aïe !)

– Comme tu vois, dit-il sarcastiquement.

Oups. Serait-il déçu que je ne l'aie pas rappelé ? Malaise.

– Qu'est-ce que tu fais en ce moment ? lancé-je sans arrêter de courir.

– Je fais des concerts. On a fait une tournée un peu partout au Québec. Là, on fait une pause.

– Ça s'est bien passé… la tournée ?

– Ouais… dit-il, un peu sèchement, en montant sur le tapis roulant voisin.

– Est-ce que quelque chose ne va pas ? On dirait que t'es énervé.

– Ouais… excuse. Tu te souviens de mon ex, celle dont je t'ai parlé ? demande-t-il en commençant à courir plus vite. Celle qui m'avait trompé ?

Difficile à oublier, après tous les détails qu'il m'a donnés sur elle la première fois.

– Oui…

– Eh ben, on s'est remis ensemble et elle habite maintenant chez moi. Mais le problème, c'est que je crois que je suis maintenant amoureux d'une autre fille…

Peut-être moi ?

– Ah.

– Je crois que je me suis remis trop rapidement avec elle, ajoute-t-il.

– L'autre fille… tu crois que tu aurais des chances avec elle ?

Si c'est moi, maintenant qu'on s'est vus en sueur et en jogging, la magie a complètement disparu. Mais ça se travaille. C'est un pas vers l'intimité, disons. Je suis ouverte.

– Je ne sais pas…

– Peut-être que je peux t'aider ?

Il a peut-être pensé à moi tout l'été. Si j'avais été ouverte avant aussi…

– C'est compliqué. C'est une fille qui travaille avec nous…

Ah bon. OK, c'est pas moi…

– Elle s'occupe de la coordination des tournées. Elle est vraiment cool. On s'entend bien.

Décidément, il drague tout le monde, ce mec-là ! Il y a à peine un mois, il voulait qu'on aille prendre un verre et, tout d'un coup, il emménage avec son ex et tripe déjà sur une autre fille.

– Connard !

– Quoi ?

Meeeeerde ! Je ne peux pas croire que j'ai dit ça tout haut. Je regarde autour de moi à la recherche d'une explication, et j'aperçois tout à coup le coach disco.

– Ah, excuse-moi ! J'ai été déconcentrée parce que j'ai vu le coach là-bas qui drague plein de filles. C'est un connard. Continue…

Ouf.

– Qu'est-ce que je devrais faire ?

Euh… ne pas courir quatre cents lièvres à la fois ?…

– Tu sais, je pense que tu devrais apprendre à être seul et à vivre ta vie de célibataire. J'ai l'impression que tu t'es remis avec ton ex juste parce que tu voulais gagner…

– Non, je…

– J'ai connu des mecs comme toi. Ils courent après une fille pendant des mois, allant jusqu'à parler d'elle à des peut-être futures conquêtes, et ensuite, quand elle se décide à être avec eux, ils changent d'avis et tripent sur une autre fille. Tu as voulu te remettre avec ta copine, assume !

– Mais t'es méchante ! Dis donc, ce n'est pas ma faute si t'es frustrée.

– Moi, frustrée ? Hé, c'est toi qui me racontes ta vie, hein !

Tout à coup, le coach, qui a dû entendre le ton monter, s'approche.

– Est-ce que cet homme te dérange ? demande-t-il en faisant scintiller ses dents impeccablement blanches.

– Oui ! dis-je en descendant du tapis roulant.

Dans ma tête : « Il me fait croire que tous les mecs sont des connards-incapables-de-prendre-des-décisions-éclairées-sur-la-vie-et-surtout-sur-l'amour. »

Quand j'analyse un peu la situation, je réalise qu'il ne reste plus beaucoup de mecs potentiels sur ma liste. Suis-je moi-même une connasse-incapable-de-prendre-des-décisions-éclairées-sur-la-vie-et-surtout-sur-l'amour ?

Je sors de la salle de gym assez rapidement, parce que je ne veux plus voir Cédric qui est définitivement rayé de ma liste.

Étant donné que je n'ai pas pris de douche, je décide de retourner chez moi en empruntant une petite rue tranquille qui protégera mon look après-sport des regards indiscrets. Ah non ! Mauvais choix ! Après une minute de marche, j'aperçois David. Il est au téléphone. Il parle en regardant par terre. J'ai peut-être une chance de l'éviter. Nous sommes presque face à face, mais avec un peu de chance, il sera trop absorbé par sa conversation et ne me verra pas.

Merde, il m'a vue. Il sourit. Avec son index, il me fait signe de l'attendre une minute. Si je continuais mon chemin, ce serait franchement antipathique. Réfléchissons vite. Le seul geste qui pourrait me sauver, c'est montrer du doigt mon poignet gauche en tapant dessus trois petits coups, comme si je portais une montre, en levant les épaules et les sourcils tout en étirant la bouche, geste universel qui signifie : « Pas le temps ! » Trop tard, il range son téléphone.

– Comment ça va, Yasmina ? dit-il en prenant mon bras et en changeant sa trajectoire pour marcher dans la même direction que moi.

– Yasmina ?

– Tu trouves pas que ça te va bien ?

– Ben… Ce n'est pas… mon nom.

– Je l'ai juste transformé un peu. Ça fait sexy…

Ça y est, je suis nerveuse. David est trop près de moi, et je pue la transpiration. Pourquoi faut-il que j'aie un figurant aussi séduisant ? Si je ne fais pas trop de mouvements brusques, mes odeurs d'après-gym passeront peut-être inaperçues. Il poursuit :

– Tu te poses toujours trop de questions, dit-il en se pressant contre moi.

– Euh… je reviens de la salle de gym et je n'ai pas pris de douche, parce que je déteste me laver là-bas, et je trouve que tu es peut-être un peu trop proche de moi…

Il fallait que je le dise.

– Ah… excuse-moi… Je n'avais pas remarqué, je trouvais que tu sentais bon.

Oups. J'ai la tête qui tourne. J'ai peut-être trop couru sur le tapis roulant. Il faudrait peut-être que je songe à réviser ma position sur ma « résolution anticellulite en cinq jours ». Ce n'est peut-être pas bon pour ma tension artérielle.

Un peu plus loin, David lâche mon bras subitement et m'annonce qu'il doit me quitter. Il me lance un rapide « à bientôt » et s'éloigne, mais revient immédiatement sur ses pas.

– Ça fait quelque temps que je pense à ça… En fait, je pense à toi, précise-t-il en me prenant les mains.

Puis, d'un seul geste, il lâche mes mains, me prend dans ses bras et m'embrasse. Ce qui me surprend. Dans mon souci de camoufler mes odeurs d'après-gym, je ne m'attendais pas à ça du tout. J'ai soudain un flash futuriste dans lequel je raconte notre premier baiser à nos petits-enfants. Je leur dis que David, leur grand-père, m'a embrassée par surprise alors que je sortais de la salle de gym et que je puais. Bah, est-ce si important que ça, l'*histoire* d'un premier baiser ?

– J'ai pensé que… Viens chez moi, dit-il en continuant de m'enlacer. Ça fait trop longtemps qu'on attend…

La proposition mérite réflexion.

– C'est juste que…

– Que quoi ?

– Si je vais chez toi…

– Oui…

– Et que… tu sais…

– Jasmine, arrête de te poser des questions. Je sais que tu m'as dit que tu voulais t'engager, que tu voulais un mec stable. Mais profite du moment présent. Il y a une attirance forte entre nous. On peut commencer par être amants… Pour le reste, on verra.

30

MON ANNIVERSAIRE + ANALYSE (SUPERVISÉE) DE LA SITUATION N° 3

– Il a dit : « On peut commencer par être amants » ? s'étonne Isa tandis que Roxanne dispose des ballons un peu partout dans la maison pour mon anniversaire.

– Roxanne, je t'ai dit de ne pas en faire trop ! Je vais avoir vingt-cinq ans, pas sept !

– Ça met de l'ambiance ! Et en plus, ça me détend, réplique-t-elle d'un ton agressif en soufflant de toutes ses forces dans un ballon rose fluo. Gonfler des ballons, c'est thérapeutique.

– Ne le prends pas comme ça, Roxanne ! Il a dit « commencer » par être amants. Et je n'ai pas dit oui, je te ferais remarquer.

– Ben non, tu as dit : « Peut-être une autre fois… » Ce n'est pas mieux ! fulmine-t-elle en portant à sa bouche un ballon bleu poudre.

– Moi, j'aimerais tellement savoir si la rumeur selon laquelle il est un merveilleux amant est fondée, fait Isa d'un air songeur. Tu te dois de devenir sa maîtresse juste pour nous, les femmes fiancées de ce monde qui ne pourront plus jamais coucher avec des hommes mystérieux et charismatiques comme lui, ajoute-t-elle tout en admirant sa bague de fiançailles.

– Premièrement, ton Gabriel est très mystérieux et charismatique, dis-je en jetant un coup d'œil par la porte-fenêtre pour apercevoir Marc-André et Gabriel, bière à la main, qui discutent. Et deuxièmement, ton cadeau de fiançailles, c'est que je te pardonne de m'avoir trahie l'autre soir à la soirée d'humour. Roxanne, si tu continues à souffler aussi fort dans les ballons, tu vas faire un AVC ! Relaxe ! Je ne lui ai pas dit oui, je te dis !

– Tu lui as demandé au moins pourquoi il te proposait simplement d'être « amants » ? À quelle heure les invités arrivent ?

Je ne sais pas si je devrais répondre à sa première question. À voir la vigueur qu'elle met à gonfler les ballons, j'ai vraiment peur pour sa santé, voire sa survie.

– Il a dit qu'il était… qu'il n'était pas… monogame. Et les invités arrivent dans à peu près dix minutes.

Roxanne se met à hyperventiler.

– Roxanne, fais-nous donc des margaritas à la place, ce sera plus utile que de mettre des ballons partout, lui dit Isa.

Au même moment, la sonnette retentit. Laurence court ouvrir la porte. Ma mère entre, cachée derrière un immense bouquet de fleurs.

– Bon anniversaire, ma cocoooootte ! lance-t-elle, tout excitée.

Avec ma mère, je ne risque vraiment pas de réaliser

que je suis âgée d'un quart de siècle, parce qu'elle me donne l'impression d'avoir encore quatre ans.

– Ma cocotte ! Hi ! hi ! hi ! ma cocotte ! répète Laurence.

Se faire moquer par une fillette de quatre ans, ce n'est pas idéal pour remonter un ego.

– Ma cocotte toi-même ! dis-je en lui pinçant une joue avant d'aller embrasser ma mère.

Ma sœur arrive ensuite avec Maxime, qu'elle nous présente comme un « ami ».

– Ami moderne ? chuchote Isa à l'oreille de Geneviève, qui lui répond par une grimace.

Le Maxime en question est vraiment beau. Je me demande ce qui cloche chez lui pour que ma sœur ne le considère pas comme un amoureux potentiel. Comme avec David. Qu'est-ce qui empêche notre relation, au juste ? Pourquoi sa demande est-elle seulement sexuelle ? Et pourquoi je m'embête à y réfléchir ? C'est un amourophobe… Il n'allait quand même pas me demander en mariage spontanément à un coin de rue !

Pendant que je parle avec ma sœur et Maxime, Roxanne se dispute avec Marc-André au sujet du fonctionnement du barbecue. Ça me fait plaisir d'être témoin d'un petit accrochage entre eux. Ça me prouve que tout n'est pas parfait dans sa vie parfaite. À moins que ce ne soit ma faute… C'est vrai que je l'ai saoulée avec mes histoires. Peut-être que la vie de Roxanne n'est pas faite pour moi, après tout. Ni celle d'Isa qui, depuis qu'elle porte une bague de fiançailles, ne cesse de la tourner et de la retourner sur son doigt afin que les gens la remarquent. Je suis peut-être faite pour être l'amante de David. Ou plutôt, *une* des amantes de David…

Roxanne invite tout le monde à profiter de la piscine. Nous nous apprêtons à nous baigner lorsqu'un coup de tonnerre retentit, suivi de deux ou trois éclairs et d'une pluie diluvienne. Oh noooooon ! En un instant, ma *beach party* se transforme en déluge *party*.

– Mes ballons serviront à quelque chose, au moins ! me crie Roxanne pendant que nous tentons de tout ramasser.

Puis nous rentrons, tout trempés, complètement gelés, avec chacun une petite partie du buffet dans les bras.

Roxanne dispose sur la table ce qu'on a pu récupérer, Marc-André fait un feu dans la cheminée et tout le monde continue la fête comme si de rien n'était, en riant. C'est génial.

Après qu'on a mangé, Isa propose qu'on joue à des jeux de société. Pendant que tout le monde propose des jeux, la discussion est interrompue par la sonnerie de mon portable.

– Oui, allô ?

– Salut ! Bon anniversaire ! me dit Yannick à l'autre bout du fil.

– C'est gentil de t'en être souvenu.

– Je t'offre un dîner gratuit à mon resto.

– Un ?

– OK, deux dîners gratuits, mais pas plus, hein ! Je n'ai pas envie de faire faillite.

– Merci.

– Aussi, je voulais te dire que… tu es importante pour moi…

– Toi aussi… Bye.

On me regarde, l'air intrigué.

– C'était Yannick, leur dis-je.

Ils font tous une moue déçue. À qui pensaient-ils que je parlais, enfin ? Ryan Gosling ? Désolée, il ne fait pas partie de mes mecs potentiels. Quoique… j'aimerais bien. S'il m'avait demandé d'être son amante, lui, je me demande si j'aurais hésité… Ah non ! Cette vie n'est pas pour moi ! Je mérite mieux. Mais d'un autre côté, j'ai le droit de fantasmer…

Alors que nous allions nous mettre d'accord sur un jeu, mon portable sonne de nouveau.

– Oui, allô ?

– Allô, Yasmina… Je voulais te souhaiter un joyeux anniversaire.

– C'est gentil.

– Je te souhaite beaucoup de bonheur pour tes…

– Chut !

– Ha ! ha ! ha ! OK ! Je suis content de t'avoir rencontrée. Je t'aime beaucoup.

Sirène d'alarme, ding, ding, ding. « Je t'aime beaucoup » n'est pas une déclaration d'amour. Ça veut dire : « Je t'aime beaucoup… comme possible future amante. » Ne pas m'emballer afin que ça n'influence pas ma décision. Après tout, c'est un polygame avoué, alors il fait sans doute ce genre de déclaration à au moins dix personnes par jour.

En raccrochant, j'aperçois des points d'interrogation dans les yeux de ceux qui m'entourent.

– J'ai trouvé un bon jeu ! crie mon père. On joue à deviner qui appelle Jasmine sur son portable !

– C'était David, dis-je en lorgnant Roxanne du coin de l'œil. Il voulait me souhaiter un joyeux anniversaire. Et me dire qu'il m'aime beaucoup.

– Il est trop mignon ! clame Isa en regardant amoureusement Gabriel qui, lui, arrache minutieusement l'étiquette de sa bière.

– Il n'est pas mignon du tout ! peste Roxanne. C'est un ma-ni-pu-la-teur !

– Hey ! c'est mon anniversaire ! On ne parle plus de ça. Et on ne commence pas à parler dans le dos des gens qui m'appellent pour me souhaiter bon anniversaire !

En fait, jusqu'à ces deux appels, je me sentais bien. Même l'orage n'avait pas eu raison de ma bonne humeur. Mais le fait que Yannick et David m'aient appelée m'a permis de réaliser que Thomas, lui, ne l'a pas fait. Pourquoi ? Il a dû oublier. Il a dû m'oublier…

Ma sœur, qui est assise à l'autre bout de la pièce, a sûrement senti que j'avais la larme à l'œil puisqu'elle me fait signe de sortir de la pièce. Pendant que les autres continuent de débattre au sujet du jeu, nous nous enfermons dans le bureau de Marc-André pour parler.

– Qu'est-ce qu'il y a, Jas ? demande-t-elle.

– Rien… Je suis émue, c'est tout.

– On ne sort pas d'ici tant que tu ne m'auras pas dit la vérité, déclare-t-elle d'un ton ferme. C'est à cause de Thomas ?

– Ouiiiii, dis-je en commençant à sangloter. J'aurais

aimé qu'il m'a-a-a-appelle. Ça fait un peu plus d'un mois qu'on ne s'est pas pa-a-a-arlé. Il me man-an-anque. Et c'est mon anniversai-ai-aire. Et il ne m'appe-e-e-elle pas.

– Je croyais que tu m'avais dit que c'était fini.

– Oui… mais… je n'étais pas sûre… Je ne savais plus où j'en étais.

– Pourquoi tu ne l'appelles pas, toi ?

– Ben, c'est *mon* anniversaire ! Je ne vais pas dire : « Allô, c'est mon anniversaire ! Tu t'en souvenais ? » et me mettre à chanter : « Joyeux anniversaire moi-même, joyeux anniversaire moi-mêmeeeee ! »

– Peut-être qu'il pense à toi mais qu'il préfère ne pas t'appeler pour respecter la distance entre vous. Appelle-le, toi.

– Mais tout le monde dit que je ne devrais l'appeler sous aucun prétexte, lui rappelé-je en prenant un mouchoir sur le bureau de Marc-André.

– Si tu as envie de construire quelque chose avec ce mec-là et que tu joues un jeu, ça ne sera jamais solide. Reste toi-même, il saura mieux à qui il a affaire. Les jeux de séduction, d'indépendance et tout, moi, je n'y crois pas. S'il n'est pas intéressé, vraiment pas, tu le sauras si tu l'appelles, beaucoup plus sûrement que si tu ne l'appelles pas.

– Je ne sais pas si tu as raison, mais si je décide de l'appeler, tu viens de me fournir un super bon argument à donner à mes amies ! Mais toi, continué-je en me mouchant, ton *sex friend*…

– Tu peux l'appeler Maxime.

– Pourquoi tu ne veux pas aller plus loin avec lui ?

– Je n'ai pas l'impression que ça pourrait marcher.

– Pourquoi ?

– La seule chose qu'on a en commun, c'est qu'on est des *Homo sapiens*. On s'éclate bien ensemble, c'est tout…

Je ris.

– Pourquoi je ne serais pas capable d'avoir ce genre de relation-là, moi aussi ? Avec David. Il me l'a proposé, justement.

– Ben… t'es peut-être passée à autre chose.

– C'est ça ! Dis carrément que je suis vieille.

– Ben non, mais tu as peut-être envie d'avoir un vrai mec.

En réfléchissant à ce qu'elle vient de dire, je regarde autour de moi. La pièce est bien rangée. Il y a des photos de la famille de Roxanne. Le genre de photos qu'on pourrait trouver dans un catalogue. Tout est à sa place. Il n'y a pas un grain de poussière. Je souris.

– Je pense que ça me fait peur, avoué-je en cherchant la poubelle pour jeter mon mouchoir.

– Tu as peur de quoi ? D'une relation qui marche ?

– J'ai peur de n'être pas faite pour ça.

– On dirait que tu te fais des scénarios d'amour parfait, pour être sûre de ne jamais tomber amoureuse.

– Euh…

– Tu sais, la vie, c'est pas un film. Il n'y a aucun couple semblable à un autre. N'attends pas qu'un homme te donne la réplique parfaite dans un décor parfait, avec de la musique parfaite. Essaie juste de voir comment tu te sens avec lui et si ça vaut la peine d'aller plus loin.

– J'ai tout gâché avec Thomas, je pense… À cause de ça, justement.

– Arrête de te sentir coupable. Tu as fait des erreurs, mais lui aussi. Arrête d'écouter tout le monde, et fais ce dont tu as envie ! Si tu sens qu'avec Thomas il pourrait y avoir quelque chose de fort, fonce, suis ton instinct ! Et si tu te plantes, tu seras au moins allée au bout de cette histoire-là.

– Geneviève… comment ça se fait que tu sois si équilibrée ? On a les mêmes parents, pourtant…

– Il paraît qu'on étudie la psycho pour régler ses propres problèmes…

– Tu feras vraiment une bonne psy. Ça fait combien pour la séance ?

– Cadeau d'anniversaire.

En serrant ma sœur dans mes bras, je vois Roxanne qui entre dans le bureau.

– Jasmine… est-ce que je t'ai fait de la peine ? Je m'excuse… Je voulais…

– Mais non, Roxanne. Tu ne m'as pas fait de peine. C'est juste que je viens de prendre une décision… Je vais appeler Thomas. Et comment tu fais pour garder ce bureau aussi propre ? Il n'y a même pas de poubelle !

Roxanne veut dire quelque chose, mais je m'empare des mouchoirs et menace de les lui mettre dans la bouche, ce qui la fait taire.

1. Thomas. (Je vais l'appeler et mettre les choses au clair avec lui. Mais je ne me ferai pas trop d'idées. Parce que je pourrais être déçue. Surtout s'il a rencontré quelqu'un d'autre. En fait, je vais attendre un peu avant de l'appeler. Bon plan.)

2. David. (Si jamais j'ai un trop-plein d'hormones avant de trouver le Bon...)

3. Le coach disco. (I Believe in Miracles ! Pong ! po po ! pong ! You Sexy Thing !)

31

APPEL À THOMAS

J'ai suivi mon plan à la lettre. Je n'ai pas appelé Thomas immédiatement après mon anniversaire. Ça aurait fait totalement désespéré. Et je ne suis pas totalement désespérée. De plus, je me suis dit que si j'attendais quelques jours de plus, ça lui laisserait *peut-être* le temps de se réveiller et de *peut-être* se souvenir que c'était mon anniversaire et de *peut-être* m'appeler.

Comme il ne l'a pas fait, c'est aujourd'hui que je me lance.

J'ai mon téléphone en main depuis une demi-heure, et je compose son numéro sans avoir le courage d'aller jusqu'au bout. Je m'entraîne à le composer plus vite. Je pourrais peut-être battre le record de rapidité dans la composition d'un numéro de téléphone. Y a-t-il une section consacrée aux appels téléphoniques dans le *Livre Guinness des records* ?

En fait, si je prends mon temps, c'est que je me sens mal. J'ai l'estomac tout à l'envers. C'est bizarre de se sentir si intimidée à l'idée de téléphoner à quelqu'un de qui on a été si proche.

Mon but, c'est d'attendre 14 h 37 pour l'appeler. Parce que 14 h 37 est une heure de la journée qui fait « non préparé à l'avance ». Si j'appelle à 19 heures, ça fait : j'ai-attendu-qu'il-soit-19 heures. Si j'appelle à midi, ça fait : j'ai-attendu-qu'il-soit-midi. Mais 14 h 37, ça fait nonchalant comme heure, comme si j'avais pensé à lui et que hop, spontanément, j'avais décidé de lui passer un coup de fil, comme ça, à tout hasard.

14 h 36 et 30 secondes, 31, 32, 33, 34…

Au moment où je m'apprête à composer son numéro, pour de vrai cette fois, le téléphone sonne.

– Allô… Thomas ?

Est-ce qu'en passant une demi-heure à composer son numéro de téléphone sans appuyer sur la touche « appel », je lui aurais envoyé des messages télépathiques ? Je suis devenue experte en télépathie, maintenant ? Ou serait-ce le destin qui m'a offert le cadeau suprême de l'obliger à m'appeler, comprenant qu'il ne faut absolument pas que ce soit moi qui l'appelle en premier ? Waouh ! c'est fort !

– Euh… je voudrais parler à Jasmine, s'il vous plaît.

Une voix de femme. À travailler : mes aptitudes télépathiques et ma propension à tirer des conclusions hâtives.

– Oui, c'est moi.

– Ah ! bonjour. C'est Johanne Gratton, je suis productrice d'une nouvelle émission culturelle qui sera diffusée à la télé cet automne. Notre directrice de programmation vous a vue à « Visions estivales » et elle vous adore. Seriez-vous intéressée pour faire des reportages ou des chroniques pour nous ?

– Sa… Bi… So… Co… Euh… désolée… Je veux dire : bien sûr !

– Je pense que vous seriez parfaite pour le ton que nous voulons donner à l'émission. Pourriez-vous venir passer une audition la semaine prochaine ?

– Oui, je le veux !

Et je le veux vraiment. Ce n'est pas comme adopter un arbre pour les beaux yeux d'un mec ni comme m'imaginer des choses avec Thomas. Je dis oui à quelque chose de vrai. Je n'en reviens pas ! Je me sens survoltée. Je raccroche et, cette fois, je compose le numéro de Thomas avec une confiance en moi titanesque.

– Allô ?

– Allô, Thomas ? C'est… En fait, je ne sais pas trop si tu te souviens de moi. Je suis la fille avec qui tu es sorti, que tu as quittée et avec qui tu as été ami, et avec qui tu es ensuite ressorti, et que tu as requittée pour finalement redevenir son ami, et…

Il rit. Bon signe.

– Je suis content que tu m'appelles.

– Ah oui ?

– Oui… Je croyais que tu étais fâchée contre moi. Quoi de neuf ?

– Hum… Ah ! je me suis acheté une nouvelle télé et je l'ai installée moi-même.

– Waouh ! il y a plein d'action dans ta vie !

– Sois pas ironique. Et toi ?

– J'ai beaucoup travaillé, entre autres sur l'affiche d'une pub de voiture. Mais telle que je te connais, tu n'as pas dû la remarquer… Et je suis en train d'écrire une BD.

– Ça raconte quoi ?

– Je ne te le dis pas tout de suite. C'est encore flou…

– Ah, d'accord. Hé, devine quoi ?

– Quoi ?

– La productrice d'une nouvelle émission culturelle m'a appelée pour que je passe une audition. Ils m'ont soi-disant vue à la télé cet été et m'ont trouvée bonne. C'est génial, hein ? Je n'ai même pas eu besoin d'envoyer de CV, ils m'ont appelée comme ça.

– Waouh ! je te félicite. Quand je te regardais à la télé, j'étais certain que quelqu'un te remarquerait.

– C'est vrai ? Tu m'as regardée ?

– Oui.

Une vague de nostalgie monte en moi.

– C'était mon anniversaire, il y a quelques jours, et tu ne m'as même pas appelée…

– C'est vrai ? Oh ! je m'excuse. Je suis con ! J'ai oublié. Mais c'est vraiment bizarre que tu m'appelles aujourd'hui, parce que j'allais t'appeler.

– Je ne te crois pas.

– Je te jure. J'attendais encore cinq minutes, et je t'appelais.

Merde ! si j'avais pu attendre 14 h 47, au lieu de 14 h 37, je n'aurais pas été la première à l'appeler.

– Ah oui ? Eh bien, tu ne l'as pas fait, alors j'ai gagné. C'est quoi, mon prix ?

– Une journée… avec moi ?

– C'est prétentieux, ton prix. Je pensais à quelque chose qui aurait pu me faire vraiment plaisir, comme un cadeau… Un cadeau d'anniversaire en retard, peut-être ?

– Je suis désolé d'avoir oublié… Je t'avais enlevée de mes pensées pour être certain de respecter notre pacte de ne pas s'appeler.

Nous parlons pendant au moins une heure et quart. De tout et de rien. De la chaleur. Du smog. Du fait que nous nous sommes ennuyés l'un de l'autre. C'était comme si on s'était parlé la veille. En fait, la conversation était parfaite jusqu'à ce qu'il me dise :

– Oups, merde, Jasmine… je dois te laisser. Il y a quelqu'un qui arrive chez moi. On pourrait faire quelque chose ensemble bientôt ? On se rappelle, OK ?

– Oh, ce n'est pas nécessaire, je voulais juste te dire bonjour, et on a largement dépassé mon objectif… Alors… bye.

Quelqu'un arrive chez lui. Quelqu'un ? Je me demande bien qui ça peut être, ça, quelqu'un. Quelqu'un qui aime les affiches de pub de voiture, peut-être ? QUELQU'UN ? Il n'a pas dit : « Mon ami Bob arrive chez moi. » Il n'a pas dit non plus : « mon frère », il a dit « quelqu'un ». C'est un très mauvais signe.

POURQUOI LE MOT « QUELQU'UN » NE S'ACCORDE-t-IL PAS ? ÇA ME COMPLIQUERAIT BEAUCOUP MOINS LA VIE !

Ah, et puis, ça suffit ! J'ai bien fait de l'appeler parce que, comme dit ma sœur, ça me permet de réaliser que je dois en faire mon deuil. Je ne vais quand même pas ne penser qu'à un seul mec (traduction : lui) pour toujours, quand il reste tellement de terrains inconnus (traduction : hommes) à explorer.

J'éteins mon téléphone et… je le rallume tout de suite après, parce qu'on ne sait jamais, si quelqu'un essayait de me joindre. Je mets des sandales, je prends un sac (évidemment super bien assorti à mes sandales) et je sors de chez moi. Un peu de lèche-vitrines, ça me calmera. Et peut-être même que je croiserai David, qu'il me refera sa proposition et que je dirai oui. Ah ! Tant pis pour Roxanne, tant pis pour tout le monde ! Je suis une célibataire. J'ai le droit de faire tout ce que je veux ! La la lère ! (Très mature.)

1. Moi. (Je suis une personne tellement agréable !)

32

FIN DE « VISIONS ESTIVALES » + OVERDOSE DE MOUSSEUX PÉTILLANT ROSÉ

Aujourd'hui, c'est le tournage de la dernière émission de « Visions estivales ». Normalement, ça devrait me rendre un peu triste, mais puisque j'ai eu un appel d'une productrice d'émission culturelle, je suis contente que ça se termine, voyant que j'ai de nouvelles opportunités. Mon règne de spécialiste des magazines est enfin révolu. Quoique, il se peut que je passe l'audition et que les gens de cette équipe se rendent compte qu'ils se sont trompés sur mon compte… Mais non ! Tout ira bien. Je vais réussir. C'est ce que je veux depuis longtemps. Et j'en suis capable. Ça suffit, de penser que je ne serai pas à la hauteur. Et même si ça ne fonctionne pas, j'ai envoyé ma démo à plein de boîtes de production. Je sais que c'est ce que je veux faire, et je vais essayer d'y arriver sans attendre que ça me tombe dessus par hasard. Je choisis mon destin ! (J'ai lu ça sur un blog féministe – pas le mien, que je n'ai jamais ré-alimenté – celui d'une autre blogueuse, sous lequel j'ai commenté un « Je suis avec toi ! » bien senti.)

– Jasmine, tu es demandée sur le plateau dans deux minutes, me dit le régisseur alors que je suis en train de me faire maquiller.

– Euh… mais Martine n'a pas fini de me maquiller et…

– Cinq minutes, pas plus ! On a une émission chargée aujourd'hui, pour la dernière, et il faut commencer plus tôt.

– Ça va aller, m'assure Martine, la maquilleuse, en accélérant la cadence.

– Tu es super belle de toute façon, me lance Stéphane qui passait par là.

Depuis notre soirée, il multiplie les petits commentaires de ce genre, auxquels je réponds toujours poliment.

– Ha ! ha ! Tu es tellement charmeur !

Ben quoi ? Je ne vais tout de même pas lui faire perdre sa dignité. Et puis, il n'est pas trop collant. Je l'ai quand même rejeté en utilisant la technique « ce n'est pas toi, c'est moi ». Et tout le monde sait que ça signifie : « C'est vraiment toi, tu ne me plais pas. » C'est une règle tacite de la séduction. C'est pour ça que j'essaie de ménager son ego.

– Hé, peut-être qu'après la soirée, on pourrait sortir ? demande-t-il en se postant derrière Martine, face au miroir.

Est-ce que la règle lui aurait échappé ?

– Je croyais que… tu avais compris que… je suis trop occupée pour… commencé-je.

Bon. Je fais de l'insomnie depuis trois jours parce que je me demande qui était cette « quelqu'un » arrivée à l'improviste chez Thomas. Martine manque d'ailleurs de maquillage pour camoufler les cernes qui me descendent jusqu'aux genoux, alors je n'ai pas assez de patience pour me réexpliquer avec ce bouché qui ne comprend rien !

– Écoute, Stéphane… je ne sais pas si j'ai été assez claire l'autre jour. Ce n'est pas toi, c'est moi, dis-je en le regardant intensément pour lui montrer que je viens de prononcer la phrase magique qui devrait l'aider à comprendre l'issue de notre relation.

– Je… J'invitais Martine. Ce n'est pas que je ne veuille pas aller prendre un verre avec toi, mais Martine et moi…

Ma-lai-se.

– Ah non ? Euh… Oups. Je… Ça doit être à cause du miroir. Ça a inversé… ton regard. Euh… je suis contente pour vous, hé hé.

Martine, qui vient d'achever mon maquillage, ricane timidement en regardant Stéphane, les yeux brillants. Je sais reconnaître une fille amoureuse quand j'en vois une.

– Bon, Jasmine, je crois que tu es attendue sur le plateau, me dit-elle en enlevant la cape qui protégeait mes vêtements.

Je pars en évitant leurs regards, vraiment honteuse, presque en courant.

Sur le plateau, un preneur de son ajuste mon micro-cravate et, pour la dernière fois, le régisseur me fait le décompte, cinq, quatre, trois, deux, un, et me fait signe que c'est à mon tour.

– Jasmine, nous avons passé un merveilleux été ensemble, me dit Pascal.

Je le regarde et je l'imagine avec Guillaume C. Voleur de mecs potentiels !

– Je sais que tu as sûrement préparé une bonne chronique, mais nous avons une surprise.

Une surprise pour moi ?

– Puisque tu nous as fait rire tout l'été, nous avons fait un montage de tes meilleures gaffes.

Ah nooon ! ils ne vont pas repasser *toutes* mes gaffes de l'été ! 1) J'étais éprouvée amoureusement parlant. 2) C'était une nouvelle expérience. 3) J'espère que la productrice Johanne Gratton ne verra pas ça. 4) Quelle humiliation ! 5) Dépression totale assurée.

Je dois alors me taper tous mes épisodes les plus humiliants tout en souriant pour la caméra, et en entendant tout le monde rire. Pas mon moment le plus glorieux.

À la soirée organisée en l'honneur de la dernière, je décide de me saouler. Je commande à répétition des verres de mousseux rosé. J'ai envie de boire parce que je dois absolument oublier 1) mes gaffes, 2) mes amours ratées (traduction : inexistantes), et 3) ma vie en général.

– Un autre mousheux pétiyyyyyyant roshé, dis-je tant bien que mal au barman.

Je suis assise seule au bar et je lui commande mon cinquième verre.

– J'espère que tu n'es pas fâchée que nous ayons fait un montage de tes meilleures gaffes pour terminer la saison, me lance Élyse en postillonnant.

Malheureusement, j'ai trop bu pour lui envoyer avec élégance une réplique incendiaire capable de lui faire comprendre que si elle continue à me cracher au visage, je vais être malade.

– Tu nous as offert de bons moments, poursuit-elle. Tu as beaucoup de talent. Tu sais, les erreurs à la télé, ça te rend humaine aux yeux du public. Personne n'aime les gens trop parfaits. Je suis certaine que tu auras beaucoup de succès… En fait, à l'âge que tu as, je ne te souhaite pas le succès.

– Ah non ?

Ça ne me surprend pas. Vieille conne ! Vite, un autre verre !

– Je te souhaite de t'épanouir autant dans ta carrière que dans ta vie personnelle. Je te souhaite d'être heureuse. Souvent, on a du mal à garder un équilibre.

– Tu as bu trop de mousseux toi aussi, Évelyne… euh… Élyse ?

– Non, pourquoi ?

– J'ai pas trop d'équilibre en ce moment, mais c'est à cause de l'alcool.

Elle rit. J'ajoute :

– J'aimerais continuer de travailler pour toi, si jamais tu as quelque chose à m'offrir…

– On se *booke* un dîner la semaine prochaine ? Sobres ? Et on discutera de possibilités… d'équilibre ?

Je la serre dans mes bras, ce qui semble la surprendre. Mais elle ne fait pas mention du malaise que j'éprouve malgré mon alcoolémie avancée, qui doit sans doute être perceptible sur mon visage (ou dans mon haleine). Elle ne réplique rien et pivote pour parler à Louis-Martin, l'autre chroniqueur de l'émission, qui passait par là.

En sirotant mon cinquième… euh… sixième… peut-être même septième verre, je regarde au loin Stéphane et Martine qui dansent un slow sur… une salsa. Franchement ! Ces deux-là ont bien fait de se mettre ensemble, ils n'ont a-u-c-u-n sens du rythme ! C'est un vrai point commun, ça. Quand les gens leur demanderont pourquoi ils sortent ensemble, ils diront, tout en roucoulant comme des tourtereaux : « Eh bien, nous avons une grande complicité, nous n'avons aucun sens du rythme ! Hi, hi, ha, hou, ha ! »

J'en suis à ce point de la soirée où, bourrée, je voudrais textoter quelqu'un (traduction : Thomas), mais je remarque que mon téléphone est mort. Après mes quatre-vingt-treize-mille verres de mousseux, je décide donc de rentrer. L'émission « Visions estivales » est une époque révolue pour moi.

Une fois rentrée à la maison (je me demande pourquoi je dis « à la maison » pour désigner un trois pièces qui ne ressemble en rien à une maison), je recharge mon portable et appelle ma messagerie. J'entends la phrase fatidique : « Vous n'avez *aucun* nouveau message. » Je suis fâchée contre la dame qui m'annonce de façon très condescendante – je tiens à le préciser – que je n'ai « *aucun* nouveau message ». D'ailleurs, j'inscris à mon agenda d'appeler la compagnie de téléphone pour leur demander pourquoi la dame appuie autant sur le mot « aucun » quand elle nous annonce que nous n'avons *aucun* nouveau message. C'est déjà assez tragique, pas besoin d'en rajouter ! Un peu de compassion pour les gens seuls qui n'ont *aucun* message serait très apprécié.

1. Thomas. (Coule maintenant des jours heureux avec « Quelqu'un ».)

2. David. (Attitude rébarbative face aux relations à long terme.)

3. Stéphane Camirand. (A vite trouvé refuge dans les bras de Martine.)

4. Cédric. (Rock star, quasi-cliché, exemple typique de mâle ambivalent.)

5. Guillaume C. (Gay.)

6. Marco. (Marco est un lapin en peluche que j'ai depuis l'âge de cinq ans et que j'ai ce soir-là embrassé sur la bouche avant d'aller dormir. En temps normal, je n'aurais pas fait ça. C'est pathétique. Mais vu la quantité inconsidérée d'alcool que j'avais dans le corps, je m'en suis à peine rendu compte. Décrire ma sensation du lendemain matin, quand je me suis réveillée dans ses bras, est impossible. Disons qu'on perd tout discernement quand on a un taux élevé d'alcool dans le sang, et que les lendemains de fête peuvent se révéler gênants quant au choix du partenaire. À la suite de cet événement qu'on pourrait qualifier de « zoophilie peluchienne », j'ai donné Marco à un organisme de charité. Le malaise était devenu trop grand entre nous.)

33

DÎNER ENTRE FILLES + INVITATIONS QU'ON NE PEUT PAS REFUSER

C'est samedi matin, et il fait très beau. À la fin de l'été, la lumière change. Le soleil me semble différent, et la brise fraîche qui me chatouille le visage me rend de particulièrement bonne humeur. J'ai envie d'appeler Roxanne et Isa pour les inviter à un dîner entre filles que je concocterais moi-même. Et elles feraient mieux d'accepter et de ne pas me servir pour excuse qu'elles passent la soirée avec leurs mecs-qu'elles-voient-tout-le-temps, alors qu'elles ne me voient pratiquement jamais !

J'appelle d'abord Isa.

– Un dîner entre filles ce soir, ça te dit ?

– Ouiiiii, ça me dit ! J'ai tellement hâte de parler entre filles !

– Comment ça ? Tu n'es pas enceinte, quand même ? Parce qu'un mariage avec une mariée enceinte, c'est beaucoup moins glamour. Sur tes photos de mariage – que tu gardes pour la vie, en passant – tu vas avoir l'air d'une baleine. Penses-y, un mariage a lieu une fois dans une vie, et ce serait mieux que…

– Je ne suis pas enceinte, et j'aurai l'air d'une vraie

princesse dans ma robe ! Non, j'avais envie de vous voir, toi et Roxanne. Je suis en manque d'activités sociales. Ça tombe bien, c'est tout. Et les femmes enceintes n'ont pas l'air de baleines, franchement !

– Je le sais… Mais si toutes mes amies, en plus d'être mariées, ont des enfants, je vais me sentir plus seule que jamais.

– Ha ha ! Je sais que tu as beaucoup de changements à assimiler. Mais t'en fais pas, c'est pas pour tout de suite. Une chose à la fois.

J'appelle ensuite Roxanne.

– Dîner entre filles chez moi ce soir et tu n'as pas le droit de dire non.

– Euh… OK !

Bon, j'ai quelques préparatifs à faire avant l'arrivée des filles. Je dois aller faire des courses. Je pourrais leur préparer quelque chose de simple comme des pâtes ou… du saumon en croûte. Petit problème, je ne sais pas du tout comment faire du saumon en croûte. Peut-être une salade de pâtes estivale.

Une heure et demie plus tard (je n'ai pas pu résister à l'envie de m'acheter un super beau pantalon que j'ai vu dans une boutique sur le chemin du supermarché), je me rends compte que mes sacs sont beaucoup trop lourds pour que je puisse grimper l'escalier (traduction : escalader le mont Everest) menant à mon appartement. Je lance des regards de demoiselle en détresse aux gens qui passent, mais personne ne propose de m'aider. Bande de malpolis !

Pendant que je monte tranquillement pour ne pas tomber, une feuille morte vient se poser sur mon épaule. Elle vient de mon arbre, dont j'avais totalement oublié l'existence après avoir payé pour sa survie. Je remarque qu'il est beaucoup plus costaud qu'au printemps et ça me fait chaud au cœur. Je souris en pensant que ma contribution, même si elle a d'abord été faite pour de mauvaises raisons, a pu lui sauver la vie. Puis, de ma main, je balaie la feuille de mon épaule.

Si j'en suis à m'émouvoir pour un arbre, c'est que a) je vais avoir mes règles d'une minute à l'autre ou b) je vieillis.

Arrivée tant bien que mal chez moi, je me débarrasse de mes sacs avant d'écouter machinalement mes messages. J'en ai trois. Ah non ! pas les filles qui se désistent, quand même ! J'ai déjà tout acheté et je n'ai vraiment pas envie de passer la soirée toute seule.

Premier message : « Salut, Jasmine, c'est Yannick. Il fait beau aujourd'hui, et je me disais que tu aurais pu te mettre en minijupe et venir te balader avec moi. Si jamais ça te dit de faire quelque chose, appelle-moi. Euh… je plaisantais pour la minijupe… »

Deuxième message : « Hé, Jasmine, c'est David. Écoute, c'est peut-être une des dernières belles journées d'été, on pourrait peut-être aller faire un tour en voiture. Rappelle-moi. »

Troisième message : « Jasmine… c'est Thomas. J'avais envie d'aller passer l'après-midi au parc Lafontaine. Et peut-être qu'on aurait pu aller voir un film et dîner après. J'aimerais vraiment te voir…

enfin, qu'on se voie… Ça fait longtemps… En tout cas, rappelle-moi. »

J'ai besoin de réfléchir, vite. Les filles se sont souvent désistées à la dernière minute pour des histoires de cœur ou de famille. Je suis certaine qu'elles ne m'en voudront pas si j'annule la soirée. Et puis, ce n'est pas comme si c'était un dîner prévu depuis hyper longtemps. Ça fait à peine deux heures que je les ai invitées. Je pourrais feindre une maladie attrapée au supermarché. Leur dire que j'ai touché un morceau de bœuf et que j'ai attrapé une bactérie ou quelque chose du genre. Impossible ! Je manque de temps pour faire une recherche sur Internet afin de vérifier si ça se peut.

La meilleure raison que je pourrais invoquer serait le manque manifeste de présence mâle dans ma vie, alors qu'il y a pas mal de petits travaux à faire dans mon appartement, et que pour l'instant c'est trop dangereux pour recevoir des invités. Elles me croiraient. Mais elles proposeraient d'aller au resto… Je pourrais peut-être leur dire que je me suis presque cassé le dos en montant les sacs de courses…

Non ! je ne peux pas annuler mon dîner entre filles. C'est *totalement* contre mes principes. Je ne peux pas faire ça sans me déshonorer. Pourtant, j'en ai tellement envie… De toute façon, ces trois mecs existeront encore demain et on pourra se rattraper. Bien qu'il n'y ait vraiment qu'une seule de ces propositions qui me ferait annuler ma soirée. Hum…

J'appelle Roxanne.

– Allô, Roxanne… euh… je voulais te dire que…

ben, en fait… je ne peux plus faire le dîner ce soir parce que j'ai des travaux à faire et c'est vraiment difficile et que toi, tu ne peux pas comprendre parce que ce n'est pas toi qui fais ça chez vous, mais bon, tout ça pour dire que je ne peux plus vous recevoir à dîner ce soir.

– Mamaaaaaan ! C'est tata, elle ne veut pas dîner !

Oups ! j'étais tellement prise par mon discours que je n'ai pas remarqué que je parlais à Laurence.

– Tu annules le dîner ? s'indigne Roxanne en s'emparant du téléphone.

– Tu ne peux pas comprendre, toi ! Tu ne fais jamais tes travaux toi-même parce que tu as un mec depuis super longtemps !

– Écoute, on peut t'aider pour tes travaux, si tu veux…

– C'est vrai ? Oh ! T'es tellement gentille ! Ça me fait me sentir mal, là… La vérité, c'est que j'ai… j'ai eu une proposition que j'ai envie d'accepter. Je t'en reparle demain, d'accord ? Je préfère garder ça pour moi pour l'instant, pour ne pas me faire trop d'idées.

– Tu ne vas pas accepter la proposition de David ! Tu n'as pas assez souffert avec Yannick ? Je t'ai dit d'arrêter de faire ça, sinon tu vas être puni !

– Tu vas me punir ? N'exagère pas, Roxanne, quand même. Je ne suis…

– Ha ! ha ! ha ! je ne te parlais pas. Je parlais à Zak. Il touche le four et j'ai peur qu'il se brûle. Mais tu n'as pas déjà dit que tu n'annulerais jamais une soirée de filles pour un mec ?

– Euh… si, mais ce que je voulais vraiment dire à ce moment-là, c'est que…

– Et que maintenant, tu assumais totalement ton célibat ?

– Oui, mais…

– Je te taquine. Passe une bonne soirée. Et sache que je te respecte dans toutes tes décisions. Et si jamais tu as de la peine, ben… je serai là. Mais on se le fera, ce dîner entre filles, hein ?

– J'ai pas besoin de mec, je t'ai toi.

– Je peux t'aider à faire des travaux, mais je ne peux rien faire pour le sexe. Continue de chercher.

Une de faite. Il ne me reste qu'Isa.

– Isa… j'annule le dîner.

– Oh noooon ! Pourquoi ?

– J'ai eu une autre proposition.

– Ouuuh ! De qui ?

– Je ne veux pas en parler pour l'instant, parce que je ne veux pas me faire trop d'idées. Mais je t'en reparle, c'est promis.

– OK. Mon mec était triste de rester tout seul, de toute façon.

Fayotte ! Je raccroche et, avec une pointe de culpabilité, je rappelle Roxanne.

– Roxanne, tu es sûre que tu n'es pas fâchée que j'annule, hein ? Je me sens mal… C'est vrai que j'ai toujours dit que…

– Ben non, voyons ! Mais il faut absolument qu'on se rattrape, il me semble que l'été a passé trop vite et qu'on ne s'est presque pas vues.

– C'est ta faute, t'avais qu'à pas aller vivre en banlieue !

– Qu'est-ce que je t'ai dit ? Tu veux être punie ? C'est ça que tu veux ?

Je ne sais pas comment Roxanne fait pour entretenir deux conversations totalement opposées en même temps. Soit elle souffre de dédoublement de la personnalité, soit c'est un don qui vient avec l'instinct maternel.

– Cette fois, c'est bel et bien à toi que je parlais, précise-t-elle à mon intention.

– Bref, je te laisse éduquer tes enfants, il faut que je rappelle…

– Qui ?

– Ah non ! je ne te le dis pas.

– Argh.

– Merci, Roxanne. En tout cas, ça me fera au moins quelque chose de plus excitant à raconter au prochain dîner entre filles que mon histoire de lapin en peluche.

– De quoi ? Zak ! qu'est-ce que je t'ai dit ?

– Oh, laisse tomber ! Bonne soirée ! Fais des bisous à Zak et Laulau de ma part !

Bon… Il ne me reste plus qu'à appeler celui que j'ai envie de mettre en tête de ma liste.

34

ROMANCE AU PARC LAFONTAINE

À cent vingt kilomètres à l'heure, les cheveux au vent dans une décapotable, on se sent merveilleusement bien quand il fait beaucoup trop chaud pour une fin d'été.

C'est ce que je me dirais sans doute si j'avais choisi de faire une balade en voiture avec David. Mais aujourd'hui, j'ai décidé de passer l'après-midi avec Thomas. Ben quoi ? Il faut que je découvre qui est « Quelqu'un », ma curiosité est trop grande. (Traduction : j'avais très envie de passer l'après-midi avec lui.)

– Il fait vraiment chaud aujourd'hui, hein ? dis-je à Thomas tandis que je tente de me rafraîchir en me servant de ma main comme d'un éventail (technique qui, soit dit en passant, n'est pas tellement au point et n'a surtout rien d'élégant).

C'est ma faute aussi. J'ai choisi de porter le pantalon (collection automne-hiver) que je me suis acheté plus tôt. Je me suis dit que ça allait faire de l'effet à Thomas et qu'en me voyant il allait peut-être oublier « Quelqu'un ». Malheureusement, je n'avais pas prévu que j'aurais aussi chaud et que je luirais comme une poupée de cire fondant au soleil.

– Tu veux aller te changer ? Tu dois avoir chaud avec ton pantalon.

On sait bien que lui, il n'a pas pensé à me charmer. Il a mis un bermuda, le même qu'il a dû porter tout l'été. Il n'a pensé qu'à son confort personnel. Aucun risque d'en faire un peu plus pour me plaire.

– Non, non, je suis bien.

Je n'ai pas chaud. Je n'ai pas chaud ? *Je meurs de chaud !!*

Finalement, nous plaçons près du petit lac la couverture que Thomas a apportée et nous nous installons. Je me demande si « Quelqu'un » serait jalouse si elle passait par ici.

– Est-ce que tu es venu souvent ici… cet été ? demandé-je en lissant la couverture avec ma main.

Il faut vraiment que je revoie mes techniques de drague…

– Non, pas vraiment. Je suis allé souvent au chalet de Patrice.

– Ah oui… Comment il va ?

Y est-il allé accompagné de « Quelqu'un » ? Hum…

– Il va bien.

Si je lui demande s'il a rencontré quelqu'un, ça va faire louche.

– Et toi ? ajoute-t-il.

– Non, j'ai trop travaillé.

« Et j'ai pensé à toi tout le temps… »

À cet instant précis, je sens les mots monter en moi

et je me lance. Thomas semble avoir la même idée puisque, en même temps, nous demandons :

– Tu as rencontré quelqu'un ?

Au lieu de répondre, nous éclatons de rire.

– OK, tu commences, propose Thomas.

– Non… toi. Commence, insisté-je.

Ainsi, selon son histoire avec « Quelqu'un », je pourrai m'adapter et m'inventer un jeune amant italien avec qui c'est la passion totale.

– Je n'ai rencontré personne, répond-il. Personne d'important. Personne qui m'intéresse, en fait.

Ment-il ?

– Moi non plus…

Juste un percussionniste débile et infidèle, un dragueur en série notoire, un mec gentil mais qui ne m'intéresse pas, un gay et… un lapin en peluche.

Un silence s'installe entre nous et nous nous regardons longuement. Qu'est-ce que nous attendons pour sauter sauvagement l'un sur l'autre ? Puis je pense à « Quelqu'un ». Il faut que je sache.

– L'autre jour, quand on parlait au téléphone, tu as raccroché parce que *quelqu'un* arrivait chez toi…

– Quelqu'un ? Attends, c'était quel jour ?… On était au téléphone, quelqu'un est arrivé… Ah ! c'était le mec qui venait réparer mon ballon d'eau chaude. Ça faisait une semaine que je prenais des douches froides. Oh non ! tu as pensé que c'était… quelqu'un d'important ? Genre une fille ?

– Ben non ! J… j'étais curieuse, c'est tout. Je me disais justement ça, que… si jamais ton ballon était cassé, ce serait cool que *quelqu'un* le répare. Ha ! ha !

– Jasmine… pourquoi tu n'as jamais voulu qu'on se remette ensemble ? Est-ce que j'ai vraiment tout gâché ?

– Quoi ?? C'est toi qui n'as pas voulu !

– Non ! c'est toi ! Tu trouvais toujours des raisons pour me repousser. À force de me faire repousser, j'ai fini par comprendre qu'il valait mieux qu'on prenne nos distances.

– Oui, mais je n'arrêtais pas de te dire que je voulais qu'on soit ensemble !

– Non, tu me demandais des certitudes, et je ne savais pas quoi dire.

– En tout cas, j'ai été punie parce que j'ai pensé à toi tout l'été.

– Tant pis pour toi.

– Oh, t'es dur ! J'ai même lu plein d'articles comme « Comment trouver un jules », « Comment garder un jules », « Comment oublier un jules ». Mais je n'ai pas trouvé d'articles sur comment oublier un Thomas…

Il baisse les yeux et les relève en souriant.

– Moi aussi, j'ai beaucoup pensé à toi.

– C'est vrai ?

– Tu m'as vraiment manqué. Je voulais souvent t'appeler, mais je ne savais pas trop quoi dire.

– Chaque fois que le téléphone sonnait, j'espérais que ce soit toi.

Et c'est là qu'il se met à genoux et qu'il me demande de l'épouser…

Ha ! ha ! ha ! Ce n'est pas vrai !

Il dit plutôt :

– Jasmine, quand je disais qu'on pourrait réessayer, j'étais sérieux.

– Mais moi, je ne trouve pas ça romantique... J'avais besoin d'une déclaration d'amour... et de quelque chose de plus romantique que de m'entendre dire que mon nom signifie « dinde » en iroquois.

– Ha ! ha ! ha ! Elle était bonne, celle-là, hein ?

– Thomas !

Il soupire et me regarde droit dans les yeux.

– Je suis nul en déclarations d'amour... Je sais juste que... j'aime qu'il y ait au moins six flacons de shampooing chez toi et que je ne sache jamais avec lequel me laver, et...

– Euh... ce ne sont pas six flacons de shampooing, il y a un revitalisant, un exfoliant, un gel de douche, un démaquillant... Mais pourquoi tu parles de ça ?

– Je trouve ça mignon que tu achètes toujours des cosmétiques sur lesquels il est écrit « nouveau »...

– C'est vrai que j'adore cette expression. Hi ! hi ! « Nouveau » ! Je me dis que si les fabricants prennent la peine d'en faire un nouveau, c'est que ça doit être de meilleure qualité... Mais je ne pense pas comme ça quand il s'agit des mecs... Enfin, plus maintenant.

– Ça me fait rire aussi que tu achètes des choses juste parce qu'il y a un cadeau avec, mais que tu le regrettes deux jours plus tard.

– Ouais, ça m'arrive souvent...

– Et que tu pleures pendant les pubs, ou quand un candidat donne la bonne réponse finale à un jeu...

– Je crois que j'ai un problème héréditaire de glandes lacrymales. Je dois tenir ça de ma mère.

– Et que quand tu pleures, ta gorge émette un petit sifflement, comme ça : iiiiii.

– Ah.

Iiiiii…

– Et je trouve ça charmant que, par une journée comme celle-ci, tu portes un pantalon beaucoup trop chaud et que, sûrement par orgueil, tu ne veuilles pas aller te changer.

– Euh, non, non… je n'ai pas trop chaud.

Je suffoque, oui !

– Et aussi que quand on dort ensemble, tu trouves cent cinquante anecdotes à me raconter exactement au moment précis où je vais m'endormir.

– Oh… t'aimes bien dormir avec moi ?

– Je voulais qu'on soit ensemble, mais qu'on y aille, disons, à un rythme qui nous conviendrait à tous les deux.

– Mais tu disais que… ça te faisait peur.

– Je crois que j'avais peur… de ne jamais être capable de me débarrasser de toi.

– C'est assez vexant.

– Mais c'est trop tard, je m'ennuie de toi quand tu n'es pas là. Là, je trouve qu'on a assez plaisanté.

Il me prend les mains et je sens mon cœur faire des bonds. J'ai envie de pleurer et de rire en même temps. En fait, si je laissais libre cours à mon émotion présente, je ressemblerais au Joker dans *Batman*. Une espèce de lutin excentrique qui rit de façon hystérique sans raison apparente. Mais je m'abstiens, parce que ça pourrait vraiment diminuer mon sex-appeal.

– Tu sais, continue-t-il, tu m'as toujours demandé

de te dire que je t'aime, mais toi, tu ne me l'as jamais dit…

– Thomas, t'es mon meilleur ami, t'es la personne avec qui j'aime être le plus. Ma personne préférée. Je pense que j'ai trop voulu que ce soit comme dans un film. Moi aussi, je veux essayer avec toi et voir ce que ça va donner. J'avais peur aussi. J'ai peur, en fait. De te perdre, surtout. Quand t'es pas là, je suis peut-être capable d'installer ma télé toute seule, mais c'est vraiment moins sympa.

Je regarde Thomas, et je me demande ce qui m'a fait hésiter si longtemps. Qu'est-ce qui fait que, quand on a le bon mec entre les mains – pas « bon mec » dans le sens où il est parfait, mais dans le sens où il est celui avec qui on *voudrait* vraiment que ça marche –, on est toujours portée à reluquer du côté du mec avec qui on *sait* que ça ne marchera pas ? Peut-être que ça demande moins d'efforts de choisir des gens incompatibles avec nous. On connaît d'avance le résultat, il n'y a pas de surprise. On sait que ça va finir. C'est peut-être rassurant…

Je repense à la notion de courage dont parlait Isa. Peut-être que le courage, c'est simplement de définir l'amour qui nous convient, le calme ou les montagnes russes, et d'assumer ce qui va avec. Je ne suis peut-être pas tant amourophobe que terrifiée par un modèle de couple que je ne suis pas prête à assumer. Je dois juste trouver ce qui me convient à moi, peu importe l'opinion des autres. J'ai trop cherché l'approbation de tout le monde sans me demander ce que je voulais. Pourtant, c'était tellement clair.

Je suis face à Thomas, et je le regarde. On dirait que le parc Lafontaine tourne autour de moi. Je sais que ce n'est pas une déclaration d'amour digne des plus grands films romantiques, mais je n'ai pas envie d'appuyer sur avance rapide. En fait, si, j'aurais envie d'appuyer sur avance rapide pour arriver au moment où on s'embrasse. Mais ça m'empêcherait de profiter de ces secondes totalement délicieuses qui précèdent un inévitable baiser, durant lesquelles on s'imagine toutes sortes de choses qui donnent à croire que l'on vit un instant magique.

Et c'est mieux que n'importe quel scénario que j'aurais pu imaginer, parce que… c'est vrai. (À part pour la musique romantique que j'entends dans ma tête de façon incontrôlable, bien sûr.)

Puisque le parc Lafontaine tourne plus vite qu'un manège de La Ronde[1] et que j'ai l'impression que je vais m'évanouir (peut-être parce que j'ai vraiment trop chaud), je décide de me libérer d'un grand poids.

– Thomas… je sais pas trop comment dire ça… Le truc, c'est que… ben… je t'aime.

– Ah ! enfin ! Je t'ai eue, hein ? C'est toi qui me l'as dit en premier… Tu as perdu. Bye !

Il se lève et fait mine de partir, me laissant pantoise, mais il revient immédiatement sur ses pas. Il prend mes mains et m'aide à me relever. Et il me serre dans ses bras.

– Moi aussi, je t'aime…

J'ai perdu la notion du temps pendant qu'on

1. Parc d'attraction québécois. *(N.d.É.)*

s'embrassait sans pudeur devant tous ces gens qui promenaient leurs chiens, lisaient, faisaient du vélo ou du roller, et qui devaient être dégoûtés de nous voir. Mais je m'en foutais complètement.

Alors j'ai laissé la musique jouer dans ma tête toutes sortes de chansons appropriées à ma nouvelle situation d'amour(heur)euse.

1. Thomas. (Enfiiiiiiiiiiiiiiiiiiiiiiiiiiiiiiiiiiiiiiiiiiiiiiiiiiiiiiin ! Je suis totalement IN !)

REMERCIEMENTS

J'aimerais remercier tous ceux qui m'ont aidée, de près ou de loin, dans mon aventure.

Merci pour tout… Maman, ma sœur, papa.

Merci à mes amies Mélanie Robichaud, Mélanie Beaudoin, Maude Vachon, Julie Blackburn, Gabrielle-Andrée Hogue, Emily Brunton, Nathalie Slight, Claudia Larochelle, Pascale Lévesque.

Elsa Lafon (qui me pousse toujours à croire en moi) et Clara.

Élyse-Andrée Héroux, fidèle complice d'écriture.

Et merci à Simon, qui m'a le plus encouragée à écrire des histoires.

Composition et mise en pages
Nord Compo à Villeneuve-d'Ascq

MARQUIS

Québec, Canada

Imprimé au Canada
Dépôt légal : juin 2018
ISBN : 979-10-22402-82-8
POC 0188